百年文学主流

小说大系

总主编 张清华 翟文铖

本册主编 薛红云

第十个弹孔

反思与蜕变
新时期的反思小说

山东城市出版传媒集团·济南出版社

图书在版编目（CIP）数据

第十个弹孔 / 从维熙等著 . — 济南 : 济南出版社，
2022.1
（百年文学主流小说大系 / 张清华，翟文铖主编）
ISBN 978-7-5488-4940-7

Ⅰ.①第… Ⅱ.①从… Ⅲ.①中篇小说—小说集—
中国—当代②短篇小说—小说集—中国—当代 Ⅳ.
① I247.7

中国版本图书馆 CIP 数据核字〔2022〕第 001733 号

百年文学主流小说大系·第十个弹孔
本册主编：薛红云

责任编辑： 宋涛 闫菲
装帧设计： 牛钧

出版发行： 济南出版社
编辑热线： 0531-82772895
地址： 山东省济南市二环南路 1 号
印刷： 济南新科印务有限公司
版次： 2022 年 1 月第 1 版
印次： 2022 年 1 月第 1 次印刷
成品尺寸： 148mm x 210mm 1/32
印张： 8.5
字数： 186 千字
印数： 1—5000 册

定价：56.00 元

总序

  自从 1918 年 5 月 15 日 4 卷 5 号的《新青年》上刊载了现代中国第一篇白话小说《狂人日记》至今，新文学已走过了百余年历史。百年以来，新文学始终与现代中国社会历史的风云变迁相互交织激荡，从启蒙到救亡，从民族解放到社会变革，所有重大的事件、历史的转折，还有这一切背后的精神流变，都在文学中留下了生动的印记。

  因此，本套丛书的出版目的，即是要通过对经典作品的系统梳理，完整而形象地再现这一过程，展示其历史与精神景观。每篇作品都承载着一段民族记忆：或是一个历史的瞬间，或是一个生活的小景，或是一朵思想的火花，或是一道情感的涟漪，但这一切都与大历史的变迁息息相关，都与社会进步的洪流汇通呼应。

  为了尽量完整地呈现这种历史感，我们按照时间线索，依循文学史演变的轨迹，选择了若干重大的现象，它们或属文学流派，或是文学运动，总之都是百年新文学中最接近于社会主流运动的部分，故称之为"百年文学主流"。这一名称，得自丹麦文学史家勃兰兑斯的《十九世纪文学主流》的启示，同时也贴合着百年新文学的实际。

这套丛书的定位是普及本，阅读对象首先是普通读者、文学爱好者，包括广大学生读者，其次才面向专业研究人员。因此，主题内容上的积极健康是我们选编持守的一个基本标准。选文尽力容纳每个时代最具代表性的作品，因为它们更多承载着时代的主导价值和进步的精神追求，且能让我们以最直观的方式感受到历史跳动的脉搏。

除了上述要求外，最能体现本丛书编选特色的，是我们还特别关注作品的艺术性和可读性。尽管是"主流"，但绝不意味着对于艺术标准的忽略。同样是某一时期的作品，我们会尽量选取那些艺术上更为成熟和讲究的，如孙犁的《铁木前传》、宗璞的《红豆》、王蒙的《组织部来了个年轻人》这些脍炙人口的名篇；甚至还有一些特别富有艺术探索倾向的作品，像魏金枝的《制服》、萧红的《手》、端木蕻良的《爷爷为什么不吃高粱米粥》、萧平的《三月雪》等，都采用了儿童的叙事视角，通过对视野的限制和陌生化处理，使叙述显得更富有诗意。

正是因为对艺术标准的注重，这套丛书还选入了一些相对"另类"的篇目，在其他普及本中难得一见。如洪灵菲的《在木筏上》、曾克的《女神枪手冯凤英》、秦兆阳的《秋娥》、徐怀中的《十五棵向日葵》、海默的《深山里的菊花》等等，不一而足。这些作品要么在人物与故事上更加新奇，要么在风格上更为独特和陌生，总之都会给读者带来更新鲜的体验。

长篇小说是"百年文学主流"中的砥柱之作，但篇幅所限，无法像中短篇那样尽行选入，只能在今后该丛书的其他分类卷次中一一展现。

丛书以历史的流变和风格的趋近为划编依据，分为以下10卷：

《天下太平》　普罗文学与"左联"小说

《没有祖国的孩子》　"东北作家群"小说

《暴风雨的一天》　抗战时期的"左翼"小说

《喜事》　解放区的翻身小说

《一颗未出膛的枪弹》　解放区的战争小说

《喜鹊登枝》　"十七年"的合作化小说

《十五棵向日葵》　"十七年"的革命历史小说

《明镜台》　"十七年"的探索小说

《第十个弹孔》　新时期的反思小说

《阵痛》　新时期的改革小说

　　将"东北作家群"独立编为一卷，是有特别的考虑。早在九一八事变以后，东北作家群已开始了四处漂泊的生活，创作出大量以悲情怀乡与抗日救亡为主题的作品，这应该是中国最早的"抗战文学"了。这个作家群后来与"左翼"作家非常贴近，萧军、萧红等深受鲁迅影响，亦是人所共知的事，因此，他们又被视为"左翼"创作的重要力量。将他们单列出来，除了因为其作品数量庞大，当然也是为了凸显该作家群的渊源与风格的独特性。

　　另外还需交代的，是每卷前面有一个编选序言，简要说明了该卷所涉作品的总体倾向、艺术特点、文学史地位等。每篇作品均配有一个简要的导读，分"关于作家"和"关于作品"两个部分。"关于作家"是一个作家小传，介绍作家的生平和创作简历；"关于作品"则主要介绍所选作品的思想艺术价值。所有导读文字，力图做到学术性和通俗性的结合，以让中学生和普通读者能够读懂。

至于文本版本的选定，原则上原始版本（初刊本或初版本）优先，亦选用"新文学大系"等权威选本中的文本，还有作者本人声明的定本或其他善本。每卷的字数大体均衡，约为 16～18 万字。此外，为保持作品原貌，使读者更易对写作时代的特点和笔触的风格产生深刻理解，对其中与现代用法不尽一致的字词暂做保留。

本丛书的编选者，或在高校任教，或在研究机构任职，或在国内外修读博士，但都是专门从事中国现当代文学专业研究的学者。依照本套丛书的选编顺序，编者们的具体分工如下：第一卷和第二卷由周蕾负责编撰，第三卷由黄瀚负责编撰，第四卷和第七卷由翟文铖负责编撰，第五卷由施冰冰负责编撰，第六卷由张高峰负责编撰，第八卷由刘诗宇负责编撰，第九卷由薛红云负责编撰，第十卷由陈泽宇负责编撰。

成书之际，适逢建党百年。百年风云舒卷，百年洪流激荡，百年文学亦堪称硕果累累。作为这一"主流"的一个汇集，一个展示，足以令人心潮澎湃。愿此书能够给亲爱的读者们带来一份慰藉，一份喜悦。

张清华　翟文铖

2021 年 6 月 8 日，于北京师范大学京师学堂

序

本书所选篇目主要是 20 世纪 70 年代末至 20 世纪 80 年代初的作品，这时期的作品在当代文学史上多被称为伤痕小说或反思小说。这两种小说思潮都有一个共同的表现对象，那就是距离当时不远的"文革"。简单来说，伤痕小说是揭露、批判、控诉"文革"对人们造成的身心伤害，反思小说则是在伤痕小说的基础上进一步反思"文革"形成的原因。可以说，伤痕小说是反思小说的源头，反思小说则是伤痕小说的深化。它们出现的时间略有先后，伤痕小说在前，反思小说在后。但是两者在特征上的界限并不是非常清晰，有些作品既有对历史创伤的描写，也有对于"文革"发生原因的反思，很难确定它们的归属。二者作为一种整体性的文学潮流，在 1979 年到 1981 年间达到高潮，后来势头减弱，但以"文革"为背景或者题材的作品在后来的文学中仍然存在。

伤痕小说主要以控诉和揭露"文革"对青少年、对年轻人造成的肉体和精神上的伤害为主旨，如：《班主任》中谢惠敏身体僵硬、思想僵化；《伤痕》主人公王晓华在除夕之夜赶回家，等到的却是母亲病逝的噩耗；《第十个弹孔》中原本具有艺术才华的鲁小帆被"四人帮"拉拢腐蚀变成罪犯，成为射向革命者鲁泓的又一颗子弹；等等。在控诉的同时，伤痕小说也在试着为知识分子"正名"，希望重建他们启蒙者的角色并恢复主体性地位，如《班主任》中张老师工作兢兢业业、废寝忘食。

反思小说在伤痕小说暴露、控诉的基础上，加强了探究历史责任的成分，即探寻是哪些原因导致了"文革"给整个民族带来了灾难。很多作品回溯 20 世纪五六十年代的一些重要历史时段，如"大跃进"等。这些作品也经常以中心人物的人生轨迹来连接历史上的重要社会政治事件。王蒙的《蝴蝶》就是通过主人公张思远在不同历史时期的身份变化反思了"文革"，将"文革"的发生归于干群关系的变化；《被爱情遗忘的角落》虽然不是以一个人物为中心展开的，却也把母女三代人的婚恋故事分别放在新中国成立初期"土改"时、"文革"中以及"文革"后。这些作品的结构是相似的，基本上都通过历史和现实的比较来表达作者对历史的思考。

伤痕小说和反思小说的作者们多经历过现实生活的磨难。他们有的是知青——知青是知识青年的简称，是一个特定的历史称谓，指从 1968 年到 1978 年从城市去到农村和农垦兵团务农或建设、保卫边疆的年轻人——他们在上山下乡之前是初中生或者高中生，身份的落差以及从相对繁华的城市到边远落后农村的生活变迁，以及"文革"结束返城后的遭遇，深深地影响了他们的生活和创作，如卢新华、张抗抗。还有的曾被打成"右派"，如王蒙、高晓声、方之、从维熙、张贤亮等。他们中的很多人在 20 世纪 50 年代就已经开始写作、发表作品，并提出了自己的创作观念，组建了文学社团。新时期复出时，他们是以文化英雄的身份出现的，因而一下子就成为文坛的中心。被错打成"右派"的作家因着生活的经历而多写反思小说，写当代历史的曲折，有着历史的纵深感和对社会生活的深刻思考。

新时期文学创作中一个重要现象是女作家的大量涌现，如张洁、张抗抗、戴厚英等。本书选了张洁的代表代《爱，是不能忘记的》。女性情感相对丰富细腻，女作家写爱情题材在今天看来无可指摘，但在"文革"刚结束后的新时期之初，爱情题材却是一种禁忌。在此之前的文艺作品中，主要人物形象都是高大全的英雄，没有七情六欲，如样板戏《红灯记》中祖孙三代没有血缘关系可以说是这种创作观念的极致。因此，在当时，书写爱情的主题是需要极大勇气的，更何况《爱，是不能忘记的》所写的是惊世骇俗的婚外恋！所以该小说发表后，引起了很大的反响和争议。

本书所选作品大多是新时期之初的小说，无论是伤痕小说还是反思小说，还是难以在主题上归类的其他小说，都有了新的艺术手法的探索，但它们基本上都属于现实主义，提出的都是当时社会上的重要命题，如启蒙、人性、人道主义等，它们和当时政治上的改革思潮一起形成一股合力，推动了社会的变革。这是文学在 20 世纪 80 年代那么重要、那么辉煌的原因，也是有的小说可能文学性没有那么强，但仍然在文学史上占有不可或缺的地位的原因。

本书共编选小说 7 篇。由于篇幅所限，王蒙的《夜的眼》《海的梦》《悠悠寸草心》《活动变人形》《布礼》等，从维熙的《大墙下的红玉兰》，戴厚英的《人啊，人》，鲁彦周的《天云山传奇》，宗璞的《三生石》，靳凡的《公开的情书》，礼平的《晚霞消失的时候》，张贤亮的《绿化树》，古华的《芙蓉镇》，周克芹的《许茂和他的女儿们》等许多在当时影响很大的小说，都未能选入，在此列出部分书目，供感兴趣的读者自行查找阅读。

编　者

目录

班主任

刘心武

【关于作家】

刘心武，1942 年出生于四川成都，1950 年后定居北京。曾任中学老师 15 年，后担任中国作家协会理事、《人民文学》主编等职。2005—2010 年在中央电视台《百家讲坛》栏目主讲《刘心武揭秘〈红楼梦〉》系列节目，在社会上引起很大反响。文学代表作有《班主任》《钟鼓楼》《飘窗》等，其中，《班主任》获 1978 年首届全国优秀短篇小说奖第一名，《钟鼓楼》获第二届茅盾文学奖。

【关于作品】

小说《班主任》故事情节紧凑，围绕光明中学初三班主任张俊石接收"小流氓"宋宝琦插班入学一事，以张老师一天的活动为线索展开，在塑造三种不同的学生形象——愚昧的"小流氓"宋宝琦、身体健康但思想僵化的谢惠敏、爱学习爱思考的石红的同时，也塑造出有着强烈责任心的、废寝忘食的班主任张老师的形象。通过塑造这些不同的形象，表达出在新的历史时期开始之际，肃清"四人帮"对青少年思想和精神荼毒的迫切性。小说中"救救被'四人帮'坑害了的孩子"的呐喊，与鲁迅《狂人日记》中的"救救孩子"遥相呼应，都开启了一个新时代的启蒙主义思潮。由于小说发表的时间在"文革"结束后不久，它在艺术形式方面某种程度上仍然沿袭了"文革"文学的写法，还有着概念化、形式化的影子，如张老师的形象塑造得过于高大全等，但由于它在思想方面——对"四人帮"的批判、对启蒙的呼吁——的突破，对现实问题的关注，被视为伤痕文学的代表作、新时期文学的发轫之作，在当代文学史上有着重要的地位。小说发表之后影响很大，不仅在文学界出现了一批揭批"文革"给人造成的肉体和精神伤害的作品，形成一股伤痕文学的潮流，刘心武也因此被称为"伤痕文学之父"；在社会上读者反应也很强烈，一些"谢惠敏"式的人物给《人民文学》编辑部写信诉说自己的苦恼。这篇小说直到今天，对于打开思想枷锁、破除思想僵化、实现独立思考仍有着强烈的现实意义。

一

你愿意结识一个小流氓，并且每天同他相处吗？我想，你肯定不愿意，甚至会嗔怪我何以提出这么一个荒唐的问题。

但是，在光明中学党支部办公室里，当黑瘦而结实的支部书记老曹，用信任的眼光望着初三（三）班班主任张俊石老师，换一种方式向他提出这个问题时，张老师并不以为古怪荒唐。他只是极其严肃地考虑了一分钟左右，便断然回答说："好吧！我愿意认识认识他……"

事情是这样的：前些日子，公安局从拘留所把小流氓宋宝琦放了出来。他是因为卷进了一次集体犯罪活动被拘留的。在审讯过程中，面对着无产阶级专政的强大威力与政策感召，他浑身冒汗，嘴唇哆嗦，做了较为彻底的坦白交代，并且揭发检举了首犯的关键罪行，因此，公安局根据他的具体情况——情节较轻而坦白揭发较好，加上还不足十六岁——将他教育释放了。他的父母感到再也难在老邻居们面前抛头露面，便通过换房的办法搬了家，恰好搬到光明中学附近。根据这几年实行的"就近入学"办法，他父母来申请将宋宝琦转入光明中学上学。他该上初三，而初三（三）班又恰好有空位子，再加上张老师有十几年的班主任工作经验，又是这个年级班主任里唯一的党员，因此，经过党支部研究，接受了宋宝琦的转学要求，并且由老曹直接找到张老师，直截了当地摆出情况，问他说："怎么样？你把宋宝琦收下吧？"

正像你所知道的那样，张老师思忖的目光刚同老曹那饱含期待、鼓励的目光相遇，他便答应下来了。

二

张老师是个什么样的人呢？

趁他顶着春天的风沙，骑车去公安局了解宋宝琦情况的当口，我们可以仔细观察他一番。

张老师实在太平凡了。他今年三十六岁，中等身材，稍微有点发胖。他的衣裤都明显地旧了，但非常整洁，每一个纽扣都扣得规规矩矩，连制服外套的风纪扣，也一丝不苟地扣着。他脸庞长圆，额上有三条挺深的抬头纹，眼睛不算大，但能闪闪放光地看人，撒谎的学生最怕他这目光；不过，更让学生们敬畏的是张老师的那张嘴，人们都说薄嘴唇的人能说会道，张老师却是一对厚嘴唇，冬春常被风吹得爆出干皮儿，从这对厚嘴唇里进出的话语，总是那么热情、生动、流利，像一架永不生锈的播种机，不断在学生们的心田里播下革命的思想和知识的种子，又像一把大笤帚，不停息地把学生心坎上的灰尘无情地扫去……

一路上，张老师的表情似乎挺平淡。等到听完公安局同志的情况介绍、翻完卷宗以后，他的脸上才显露出强烈的表情来——很难形容，既不全是愤慨，也不排除厌恶与蔑视，似乎渐渐又由决心占了上风，但忧虑与沉重也明显可见。

张老师从公安局回到学校时，已经是下午三点钟。他掏出叠得很整齐的手绢，一边擦着脑门上的汗，一边走进年级组办公室。显然同组的老师们都已知道宋宝琦将于明天到他班上课的事了。教数学的尹达磊老师头一个迎上他，形成了关于宋宝琦的第一个波澜。

三

尹老师和张老师同岁，同是一个师范学院毕业，同时分配到光明中学任教，又经常同教一个年级。他们一贯推心置腹，就是吵嘴，也从不含沙射影、指桑骂槐，总是把想法倾巢倒出，一点"底儿"也不留。

尹老师身材细长，五官长得紧凑，这就使他永远摆脱不了

"娃娃相"，多亏鼻梁上架着副深度近视镜，才使他在学生们面前不至有失长者的尊严。

在这一九七七年的春天，尹老师感到心里一片灿烂的阳光。他对教育战线，对自己的学校、所教的课程和班级，都充满了闪动着光晕的憧憬。他觉得一切不合理的事物都应该而且能够迅速得到改进。他认为"四人帮"既已揪出，扫荡"四人帮"在教育战线的流毒，形成理想的境界，应当不需要太多的时间。不过，最近这些天他有点沉不住气。他愿意一切都如春江放舟般顺利，不曾想却仍要面临一些复杂的问题。

关于宋宝琦即将"驾到"的消息一入他的耳中，他就忍不住热血沸腾。张老师刚一迈进办公室，他便把满腔的"不理解"朝老战友发泄出来。他劈面责问张老师："你为什么答应下来？眼下，全年级面临的形势是要狠抓教学质量，你弄个小流氓来，陷到做他个别工作的泥坑里去，哪还有精力抓教学质量？闹不好，还弄个'一粒耗子屎坏掉一锅粥'！你呀你，也不冷静地想想，就答应下来，真让人没法理解……"

办公室的其他老师，有的赞同尹老师的观点，却不赞同他那生硬的态度；有的不赞成他的观点，却又觉得他的确是出于一片好心；有的一时还拿不准道理上该怎么看，只是为张老师凭空添了这么副重担子，滋生了同情与担忧……因此，虽然都或坐或站地望着张老师，却一时都没有说话。就连搁放在存物架上的生理卫生课教具——耳朵模型，仿佛也特意把自己拉成了一尺半长，在专注地等待着张老师作答。

张老师觉得尹老师的意见未免偏激，但并不认为尹老师的话毫无道理。他静静地考虑了一分钟，便答辩似的说："现在，既没有道理把宋宝琦退回给公安局，也没有必要让他回原学校上学。我既然是个班主任老师，那么，他来了，我就开展工作吧……"

这真是几句淡而无味的话。倘若张老师咄咄逼人地反驳尹老师，也许会引起一场火爆的争论，而他竟出乎意料地这样作答，尹老师仿佛反被慑服了。别的老师也挺感动，有的还不禁低首自问："要是把宋宝琦分到我的班上，我会怎么想呢？"

张老师的确必须立即开展工作，因为，就在这时，他班上的团支部书记谢惠敏找他来了。

四

谢惠敏的个头比一般男生还高，她腰板总挺得直直的，显得很健壮。有一回，她打业余体校栅栏墙外走过，一眼被里头的篮球教练看中。教练热情地把她请了进去，满心以为发现了个难得的培养对象。谁知让这位长圆脸、大眼睛的姑娘试着跑了几次篮后，竟格外地失望——原来，她弹跳力很差，手臂手腕的关节也显得过分僵硬，一问，她根本对任何球类活动都没有兴趣。

的确，谢惠敏除了随着大伙看看电影、唱唱每个阶段的推荐歌曲，几乎没有什么业余爱好。她功课中平，作业有时完不成，主要是由于社会工作占去的精力和时间太多了——因此倒也能获得老师和同学们的谅解。

头年夏天，张老师接任这个班的班主任时，谢惠敏已经是团支部书记了。张老师到任不久便轮到这个班下乡学农。返校的那天，队伍离村二里多了，谢惠敏突然发现有个男生手里转动着个麦穗，她不禁又惊又气地跑过去批评说："你怎么能带走贫下中农的麦子？给我！得送回去！"那个男生不服气地辩解说："我要拿回家给家长看，让他们知道这儿的麦子长得有多棒！"结果引起一场争论，多数同学并不站在谢惠敏一边，有的说她"死心眼"，有的说她"太过分"。最后自然轮到张老师表态。谢惠敏手里紧紧握着那根丰满的麦穗，微张着嘴唇，期待地望着张老师。出乎许多同学的意料，张老师同意了谢惠敏送回麦穗的请求。耳边响着一片扬声争论与喁喁低议交织成的音波，望着在雨后泥泞的大车道上奔回村庄的谢惠敏那独特的背影，张老师曾经感动地想：问题不在于小小的麦穗是否一定要这样来处理，看哪，这个仅仅只有三个月团龄的支部书记，正用全部纯洁而高尚的感情，在维护"绝不能让贫下中农损失一粒麦子"的信念——她的身上，有着多么可贵的闪光素质啊！

但是，这以后，直到"四人帮"揪出来之前，浓郁的阴云笼罩着我们祖国的大地，阴云的暗影自然也投射到了小小的初三（三）班。被"四人帮"那个女黑干将控制的团市委，已经向光明中学派驻了联络员，据说是来培养某种"典型"；是否在初三（三）班设点已在他们考虑之中。谢惠敏自然常被他们找去谈话。谢惠敏对他们的"教诲"并不能心领神会，因为她没有丝毫的政治投机心理，她单纯而真诚。但是，打从这时候起，张老师同谢惠敏之间开始显露出某种似乎解释不清的矛盾。比如说，谢惠敏来告状，说团支部过组织生活时，五个团员中竟有两个打瞌睡。张老师没有去责难那两个不像样子的团员，却向谢惠敏建议说："为什么过组织生活总是念报纸呢？下回搞一次爬山比赛不成吗？保险他们不会打瞌睡！"谢惠敏瞪圆了双眼，几乎不相信自己的耳朵，隔了好一阵，才抗议地说："爬山，那叫什么组织生活？我们读的是批宋江的文章啊……"再比如,那一天热得像被扣在了蒸笼里,下了课,女孩子们都跑拢窗口去透气,张老师把谢惠敏叫到一边,上下打量着她说:"你们为什么还穿长袖衬衫呢?你该带头换上短袖才是,而且,你们女孩子该穿裙子才对啊!"谢惠敏虽然热得直喘气,却惊讶得满脸涨红,她简直不能理解张老师在提倡什么作风!班上只有宣传委员石红才穿带小碎花的短袖衬衫,还有那种带褶子的短裙,这在谢惠敏看来,乃是"沾染了资产阶级作风"的表现!

"四人帮"揪出来之后,张老师同谢惠敏之间的矛盾自然可以解释清楚了,但并没有完全消除。

现在,谢惠敏找到张老师,向他汇报说:"班上同学都知道宋宝琦要来了,有的男生说他原来是什么'菜市口老四',特别厉害;有些女生害怕了,说是明天宋宝琦真来,她们就不上学了!"

张老师一愣。他还没有来得及预料到这些情况。现在既然出现了这些情况,他感到格外需要团支部配合工作,便问谢惠敏:"你怕吗?你说该怎么办?"

谢惠敏晃晃小短辫说:"我怕什么?这是阶级斗争!他敢犯狂,我们就跟他斗!"

张老师心里一热。一霎时,那在泥泞的大车道上奔走的背影活跳在记忆的屏幕上。他亲热地对谢惠敏说:"你赶紧把团支部和班委会的人找齐,咱们到教室开个干部会!"

五

四点二十左右,干部会结束了。其他干部们都走了,教室里只剩下张老师、谢惠敏和石红三个人。

石红恰好面对窗户坐着，午后的春阳射到她的圆脸庞上，使她的两颊更加红润，她拿笔的手托着腮，张大的眼眶里，晶亮的眸子缓慢地游动着，丰满的下巴微微上翘——这是每当她要想出一个更巧妙的方法来解决一道数学题时，为数学老师所熟悉、所喜爱的神态。可是此刻她并不是在解数学题，而是在琢磨怎么写出明天一早同大家（也包括宋宝琦）见面的"号角诗"。

张老师同谢惠敏在一旁谈着话。围绕着接收宋宝琦需要展开的工作，已经全部落实。男生干部们分头找男生们做工作去了，跟他们讲宋宝琦并不是什么威震菜市口的"英雄"，而是个犯了错误的需要帮助的人。对他既别好奇乃至敬畏，也不能歧视打击，大家要齐心合力地帮助他。女生干部将分头到那几个或者是因为胆小，或者是出于赌气，宣布明天不来上学的女生家去，对她们和她们的家长讲清楚，学校一定会保证女孩子们不受宋宝琦欺侮，对宋宝琦这样的小流氓，消极躲避只能助长他的恶习，只有团结起来同他斗争，进行教育，才能化有害为无害，并且逐步化无害为有益。张老师则要对宋宝琦进行家访，对他以及他的家长进行初步了解，并进行第一次思想工作。石红的"号角诗"明天一早将向大家强调："让我们教室响彻抓纲治国的脚步声！"

当石红的"号角诗"快要写完的时候，张老师同谢惠敏的谈话结束了。张老师把摊在桌上、刚给干部们看过的几件东西往一块敛。那是张老师从派出所带回来的、宋宝琦犯案后被搜出的物品：一把用来斗殴的自行车弹簧锁，一副残破油腻的扑克牌，一个式样新颖附有打火机的镀镍烟盒，还有一本撕掉了封皮的小说。小干部们面对这些东西都厌恶得皱鼻子、撇嘴角。谢惠敏提议说：

"团支部明天课后开个现场会，积极分子们也参加，摆出这些东西，狠狠批判一顿！"大伙都同意，张老师也点头说："对。要利用这个机会，进一步抓好反腐蚀教育。"

没曾想，临到张老师收敛这几件物品时，突然出现了矛盾，还闹得挺僵。

别的东西都收进书包了，只剩下那本小说。张老师原来顾不得细翻，这时拿起来一检查，不由得"啊！"了一声。原来那是本"文化大革命"以前，中国青年出版社出版的长篇小说《牛虻》。

谢惠敏感到张老师神情有点异常，忙把那本书要过来翻看。她以前没听说过、更没看见过这本书。她见里头有外国男女谈恋爱的插图，不禁惊叫起来："哎呀！真黄！明天得狠批这本黄书！"

张老师皱起眉头，思索着。他回忆起自己中学时代的情况。那时候，团支部曾向班上同学们推荐过这本小说……围坐在篝火旁，大伙用青春的热情轮流朗读过它；倚扶着万里长城的城堞，大伙热烈地讨论过"牛虻"这个人物的优缺点……这本英国女作家伏尼契写成的作品，曾激动过当年的张老师和他的同辈人，他们曾从小说主人公的形象中，汲取过向上的力量……也许，当年对这本小说的缺点批判不够？也许，当年对小说的精华部分理解得也不够准确、不够深刻？……但，不管怎么说——张老师想到这儿，忍不住对谢惠敏开口分辩道：

"这本《牛虻》可不能说成是黄书……"

谢惠敏的两撇眉毛险些飞出脑门，她瞪圆了双眼望着张老师，激烈地质问说："怎么？不是黄书?!这号书不是黄书什么是黄书？"在谢惠敏的心目中，早已形成一种铁的逻辑，那就是凡不是书店出售的、图书馆外借的书，全是黑书、黄书。这实在也不能怪她。

她开始接触图书的这些年，恰好是"四人帮"搞法西斯文化专制主义最凶的几年。可爱而又可怜的谢惠敏啊，她单纯地崇信一切用铅字新排印出来的东西，而在"四人帮"控制舆论工具的那几年里，她用虔诚的态度拜读的报纸刊物上，充塞着多少他们的"帮文"，喷溅出了多少戕害青少年的毒汁啊！倘若在谢惠敏最亲近的人当中，有人及时向她点明：张春桥、姚文元那两篇号称"阐述无产阶级专政理论"的"重要文章"大可怀疑，而"梁效""唐晓文"之类的大块文章也绝非马列主义的"权威论著"……那该有多好啊！但是，由于种种主观和客观上的原因，没有人向她点明这一点。她的父母经常嘱咐谢惠敏及其弟妹，要听毛主席的话，要认真听广播、看报纸；要求他们遵守纪律、尊重老师；要求他们好好学功课……谢惠敏从这样的家庭教育中受益不浅，具备了强烈的无产阶级感情、劳动者后代的气质，但是，在资产阶级、修正主义的白骨精化为美女现形的现实阶级斗争里，光有朴素的无产阶级感情就容易陷于轻信和盲从，而"白骨精们"正是拼命利用一些人的轻信与盲从以售其奸！就这样，谢惠敏正当风华正茂之年，满心满意想成为一个好的革命者，想为共产主义这个大目标而奋斗，却被"四人帮"害得眼界狭窄、是非模糊。岂止《牛虻》这本书她会认为是毒草，我们这段故事发生的时候，《青春之歌》已经进行再版了，但谢惠敏还保持着"四人帮"揪出前形成的习惯——把那些热衷于传播"文艺消息"、什么又会有某个新电影上演啦、电台又播了个什么新歌呀这样的同学们，看成是"沾染了资产阶级思想"。就在前几天，她发现石红在自习课上看一本厚厚的小说，下课她便给没收了。那是一九五九年出版的《青春之歌》，她随便翻检了几页，把自己弄得心跳神乱——断定是本"黄书",正想拿来上交给张老师,石红笑嘻嘻地一把抢了回去,还拍着封面说:"可带劲啦!你也看看吧!"结果两人争吵了一场。后来她忙着去团委会开会,倒忘记向张老师反映了,没想到今天张老师竟比石红还要石红——亲口否认这本外国书是"黄书"!在谢惠敏心中,外国的"黄书"当然一律又要比中国的"黄书"更黄了。面对着这样一位张老师,她又联想起以前的许多细琐冲突来。于是,往常毕竟占据支配地位的尊敬之感,顿然减少了许多。她微微噘起嘴,飞起的眉毛落下来拧成了个死疙瘩。

这时候,石红写完"号角诗",正准备给张老师和谢惠敏朗诵,忽然听到张老师说"这本《牛虻》可不能说成是黄书……",她这才知道那本破书原来就是《牛虻》,赶忙凑拢谢惠敏身边去看。谢惠敏大声质问张老师的话刚一出口,她便热情地晃动着谢惠敏胳膊说:"别这么说!我听爸爸妈妈讲过,《牛虻》这本书值得一读!这两天我正读《钢铁是怎样炼成的》,里头的保尔·柯察金是个无产阶级英雄,可他就特别佩服'牛虻'……"石红早就想找本《牛虻》来看,一直没有借到,所以她从谢惠敏手中拿过书来翻动时,心里翻腾着强烈的求知欲:这本书写的是什么时代的事儿?故事发生在什么地方?"牛虻"究竟是个啥样的人?真的有值得佩服的地方吗?……当她把破书还到张老师手上时,不禁问道:"读这本书,该注意些啥?学习些啥?"谢惠敏咬住嘴唇,眯起眼睛,不满地望着石红,心里怦怦直跳。

张老师翻动着那本饱经沧桑的《牛虻》。他本想耐心地对谢惠敏解释为什么不能把它算作"黄书",但这本书是从宋宝琦那儿抄出来的,并且,瞧,插图上,凡有女主角琼玛出现,一律野蛮地给她添上了八字胡须。又焉知宋宝琦他们不是把它当成"黄书"

来看的呢？生活现象是复杂的。这本《牛虻》的遭遇也够光怪陆离了。对谢惠敏这样实际上还很幼稚的孩子，分析过于复杂的生活现象和精华糟粕并存的文艺作品，需要充裕的时间和适宜的场合。

想到这些，我们的张老师便把破旧的《牛虻》放入书包，和蔼地对谢惠敏说："关于这本书的事儿，咱们改天再谈吧。看，快五点了，咱们赶紧听听石红写的'号角诗'吧，听完分头按计划行动。"

石红念的诗，谢惠敏一句也没装进脑子里去。她痛苦而惶惑地望着映在课桌上的那些斑驳的树影。她非常非常愿意尊敬张老师，可张老师对这样一本书的古怪态度，又让她不能不在心里嘀咕："还是老师呢，怎么会这样啊？……"

六

五点刚过，张老师骑车抵达宋家的新居。小院的两间东屋里东西还来不及仔细整理，显得很凌乱。比如说，一盆开始挂花的"令箭"，就很不恰当地摆在歪盖着塑料布的缝纫机上。

宋宝琦的母亲是个售货员，这天正为搬家倒休，忙不迭地拾掇着屋子。见张老师来了，她有些宽慰，又有点羞愧，忙把宋宝琦从里屋喊出来，让他给老师敬礼，又让他去倒茶。我们且不忙随张老师的眼光去打量宋宝琦，先随张老师坐下来同宋宝琦母亲谈谈，了解一下这个家庭的大概。

宋宝琦的父亲在园林局苗圃场工作，一直上"正常班"，就是说，下午六点以后就能往家奔了。但他每天常常要八九点钟才回家。为什么？宋宝琦母亲说起来连连叹气，原来这些年他养成了个坏习惯：下班的路上经过月坛，总要把自行车一撂，到小树林里同一些人席地而坐，打扑克消遣，有时打到天黑也不散，挪到路灯底下接着打，非得其中有个人站起来赶着去工厂上夜班，他们才散。

显然，这样一位父亲，既然缺乏丰富而有意义的精神生活，那么，对宋宝琦缺乏教育管束也就可想而知了。至于当母亲的，从她含怨的叙述中，不难看出她是怎样自食了溺爱与放任独生子的苦果。

绝不要以为这个家庭很差劲。张老师注意到，尽管他们还有大量的清理与安置工作，才能使房间达到窗明几净的程度，但是两张镶镜框的毛主席、华主席像，却已被端正地并排挂到了北墙，并且，一张稍小的周总理像，装在一个自制的环绕着银白梅花图案的镜框中，被郑重地摆放在小衣柜的正中。这说明这对年近半百的平凡夫妇，内心里也涌荡着和亿万人民相同的感情波澜。那么，除了他们自身的弱点以外，谁应当对他们精神生活的贫乏负责呢？……

差一刻六点的时候，张老师请当母亲的尽管去忙她的家务事，他把宋宝琦带进里屋，开始了对小流氓的第一次谈话。

现在我们可以仔细看看宋宝琦是个什么模样了。他上身只穿着尼龙弹力背心，一疙瘩一疙瘩的横肉和那白里透红的肤色，充分说明他有幸生活在我们这个不愁吃不愁穿的社会里，营养是多么充分，躯体里蕴藏着多么充沛的精力。唉，他那张脸啊，即便是以经常直视受教育者为习惯的张老师，乍一看也不免浑身起粟。并非五官不端正，令人寒心的是从面部肌肉里，从殴斗中打裂过又缝上的上唇中，从鼻翅的神经质扇动中，特别是从那双一目了然地充斥着空虚与愚蠢的眼神中，你立即会感觉到，仿佛一个被污水泼得变了形的灵魂，赤裸裸地立在聚光灯下。

经过三十来个回合的问答，张老师已在心里对宋宝琦有了如下的估计：缺乏起码的政治觉悟，知识水平大约只相当初中一年级程度，别看有着一身犟肉，实际上对任何一种正规的体育活动都不在行。张老师想到，一些满足于贴贴标签的人批判起宋宝琦这样的小流氓来，一定会说他是"满脑子资产阶级思想"。但是，随着进一步地询问，张老师便愈来愈深切地感到，笼统地说宋宝琦这样的小流氓具有资产阶级思想，那就近乎无的放矢，对引导他走上正路也无济于事。

宋宝琦的确有严重的资产阶级思想，但究竟是哪一些资产阶级思想呢？

资产阶级标榜"自由、平等、博爱"，讲究"个人奋斗""成名成家"，用虚伪的"人性论"掩盖他们追求剥削、压迫的罪行。而宋宝琦呢？他自从陷入了那个流氓集团以后，便无时无刻不处于森严的约束之中，并且多次被大流氓"扇耳光子"与用烟头烫后脑勺。他愤怒吗？反抗吗？不，他既无追求"个性解放"、呼号"自由、平等"的思想行动，也从未想到过"博爱"：他一方面迷信"哥儿们义气"，心甘情愿地替大流氓当"炊拨儿"；另一方面又把扇比他更小的流氓耳光当作最大的乐趣。什么"成名成家"，他连想也没有想过，因为从他懂事的时候起，一切专门家——科学家、工程师、作家、教授……几乎都被林贼、"四人帮"打成了"臭老九"，论排行，似乎还在他们流氓之下，对他来说，何羡慕之有？有何奋斗而求之的必要？"知识即力量"吗？对不起，我们的宋宝琦也绝无此种观念。知识有什么用？无休无止地"造反"最好。张铁生考试据说得了个"大鸭蛋"，不是反而当上大官了吗？……所以，不能笼统地给宋宝琦贴上个"满脑袋资产阶级思想"的标签便罢休，要对症下药！且不说资产阶级在上升阶段的某些观点，如"知识即力量"，我们无产阶级可以批判地继承；细琢磨一下，资产阶级在上升阶段的那些个思想观点，宋宝琦头脑里实际上并不多甚至没有，他有的反倒是封建时代的"哥儿们义气"以及资产阶级在没落阶段的享乐主义一类的反动思想影响……请不要在张老师对宋宝琦的这种剖析面前闭上你的眼睛，塞上你的耳朵，这是事实；而且，很遗憾，如果你热爱我们的祖国，为我们可爱的祖国的未来操心的话，那么，你还要承认，宋宝琦身上所反映出的这种问题，在一定程度上还并不是极个别的！请抱着解决实际问题、治疗我们祖国健壮躯体上的局部痈疽的态度，同我们的张老师一起，来考虑考虑如何教育、转变宋宝琦这类青少年吧！

张老师从书包甩取出那本饱遭蹂躏的小说来，问宋宝琦："这本书叫什么名儿，你还记得吗？"

宋宝琦刚经历过专政机关严厉的审讯和训斥，那滋味当然远比一个班主任老师的询问与教育难受，所以，他尽可能用最恭顺的态度回答说："记得。这是牛亡。"他不认识"虻"字，照他识字的惯例，只读一半。

"不是牛亡，是'牛虻'。你知道这两个字是什么意思吗？"

面部没有表情，两眼直愣愣地望着对面在窗玻璃外扑腾的一只粉蝶，极坦率地回答说："不懂。"

"那么，这本书你究竟读完了没有呢？"

"翻了翻篇。我不懂。"

"不懂,你要它干什么呢?这本书是打哪儿来的呢?"

"我们偷的。"

"打哪儿偷的呢?偷它干什么呢?"

"打原来我们学校废书库偷的。听说那里头的书都是不让借、不让看的。全是坏书。我们撬开锁,偷了两大抱。我们偷出来为的是拿去卖。"

"怎么没把这本卖了呢?"

"后来都没卖。我们听说,盖了图书馆戳子的书,我们要是卖去,人家就要逮着我们。"

"你们偷出来的书里,还有些什么呢?你还能说出几个名儿来吗?"

"能!"宋宝琦为能表现一下自己并非愚钝无知感到非常高兴,他第一次有了专注的神情,眨着眼,费劲地回忆着,"有《红岩》,有……《和平与战争》,要不,就是《战争与和平》,对了,还有一本书特怪,叫……《新嫁车的词儿》……"

这让张老师吃了一惊。他想了想,掏出钢笔在手心里写了《辛稼轩词选》几个字,伸出去让宋宝琦看,宋宝琦赶忙点头:"就是!没错儿!"

张老师心里一阵阵发痛。几个小流氓偷书,倒还并不令人心悸。问题是,凭什么把这样一些有价值的,乃至于非但不是毒草,有的还是香花的书籍,统统扔到库房里锁起来,宣布为禁书呢?宋宝琦同他流氓伙伴堕落的原因之一,出乎一般人的逻辑推理之外,并非一定由于读了有毒素的书而中毒受害,恰恰是因为他们相信能折腾就能"拔份儿",什么书也不读而坠落于无知的深渊!

张老师翻动着《牛虻》，责问宋宝琦："给这插图上的妇女全画上胡子，算干什么呢？你是怎么想的呢？"

宋宝琦垂下眼皮，认罪地说："我们比赛来着，一人拿一本，翻画儿，翻着女的就画，谁画的多，谁运气就好……"

张老师愤然注视着宋宝琦，一时说不出话来。宋宝琦抬起眼皮偷觑了张老师一眼，以为一定是自己的态度还不够老实，忙补充说："我们不对，我们不该看这黄书……我们算命，看谁先交上女朋友……我们……我再也不敢了！"他想起了在公安局里受审的情景，也想起了母亲接他出来那天，两只红红的、交织着疼和恨的眼睛。

"我们不该看这黄书"——这句话像鼓槌落到鼓面上，使张老师的心"咚"地一响。怪吗？也不怪——谢惠敏那样品行端方的好孩子，同宋宝琦这样品质低劣的坏孩子，他们之间的差别该有多么大啊，但在认定《牛虻》是"黄书"这一点上，却又不谋而合——而且，他们又都是在并未阅读这本书的情况下，"自然而然"地得出这个结论的。这是多么令人震惊的一种社会现象！谁造成的？谁？

当然是"四人帮"！

一种前所未及的、对"四人帮"铭心刻骨的仇恨，像火山般喷烧在张老师的心中。截至目前，在人类文明史上，能找出几个像"四人帮"这样用最革命的"逻辑"与口号，掩盖最反动的愚民政策的例子呢？

望着低头坐在床上，两只肌肉饱满的胳膊撑在床边，两眼无聊地瞅着互相搓动的、穿着白边懒鞋的双脚，拒绝接受人类文明史上一切有益的知识和美好的艺术结晶的这个宋宝琦，张老师只觉得心里的火苗扑腾扑腾往上蹿，一种无形的力量冲击着他的喉头，他几乎要喊出来——

救救被"四人帮"坑害了的孩子!

七

春天日短。当远处电报大楼的七记钟声悠然随风飘来时，暮色已经笼罩着光明中学附近的街道和胡同。

张老师推着自行车，有意识拐进了免费出入、日夜开放的小公园里。他寻了一条僻静处的长椅，支上车，坐到长椅上，燃起一支香烟，眉尖耸动着，有意让胸中汹涌的感情波涛，能集中到理智的闸门，顺合理的渠道奔流出去，化为强劲有力的行动，来执行自己这班主任的职责。

晚风吹动着一直拖到椅背上来的柳丝，身上落下了一些随风旋转而来的干榆钱，在看不见的地方，丁香花开了，飘来沁人心脾的芳馥气息。

同宋宝琦本人及其家庭的初步接触，竟将张老师心弦中的爱弦和恨弦拨动得如此之剧烈，颤动得他竟难以控制自己。他恨不能立时召集全班同学，来这长椅前开个班会。他有许多深刻而动人的想法，有许多诚挚而严峻的意念，有许多倾心而深沉的嘱托、建议、批评、引导和号召，就在这个时候，能以最奔放的感情、最有感染力的方式，包括使用许多一定能脱口而出的丰富而奇特的、易于为孩子们所接受的例证和比喻，淋漓尽致地表达出来……

他感到，他比以往任何时候，都更爱我们亲爱的祖国。想到她的未来，想到她的光明前景，想到本世纪结束、下世纪开始时，"四化"初具规模的迷人境界，他便产生了一种不容任何人凌辱、戏弄祖国，不许任何人扼杀、窒息祖国未来的强烈感情！他想到自己的职责——人民教师、班主任，他所培养的，不要说只是一些学生、一些花朵，那分明就是祖国的未来，就是使中华民族在这九百六十万平方公里的土地上，强盛地延续下去，发展下去，屹立于世界民族之林的未来！

他感到，他比以往任何时候，都更深刻地仇恨"四人帮"这伙祸国殃民的蟊贼。不要仅仅看到"四人帮"给国民经济所造成的有形危害，更要看到"四人帮"向亿万群众灵魂上泼去的无形污秽，不要仅仅注意到"四人帮"培养出了一小撮"头上长角、浑身长刺"的张铁生式丑类，还要注意到，有多少宋宝琦式的"畸形儿"已经出现！而且，甚至像谢惠敏这样本质纯正的孩子身上，都有着"四人帮"用残酷的愚民政策所打下的黑色烙印！"四人帮"不仅糟蹋着中华民族的现在，更残害着中华民族的未来！

对丑类的恨加深着对人民的爱，对人民的爱又加深着对丑类的恨。当爱和恨交织在一起的时候，人们就有了为真理而斗争的无穷勇气，就有了不怕牺牲去夺取胜利的无穷力量。

张老师陡然站了起来，他看看表，七点一刻。他想到了晚饭。不是他感到饿了，考虑自己该回家吃饭去，他简直把自己也需要吃晚饭这件事忘到爪哇岛去了。他是打算亲自到几个同学家里去，了解一下他们对宋宝琦来初三（三）班的反应。而这个时候，同学们家里一定都在吃饭，吃饭的时候进行家访是不适宜的。他想了想，便背着手，在小公园的树林子里踱起步来，同时确定下来，七点半左右再离开这里……

丁香花的芳馨一阵阵更加浓郁。浓郁的香气令人联想起最称心如意的事。张老师想到"四人帮"已经被扫进了垃圾箱。想到以华主席为首的党中央已经在短短的半年内打出了崭新的局面，想到亲爱的祖国不但今天有了可靠的保证，未来也更加充满希望，他便感到宋宝琦也并非朽木不可雕的烂树，而谢惠敏的糊涂处以及对自己的误解与反感，比之蕴藏在她身上的优良素质和社会主义积极性来，简直更不是什么难以消融的冰雪了。

八

张老师推车走出小公园时，恰巧遇上了提着鼓囊囊的塑料包，打从小公园门口走过的尹老师。

尹老师大吃一惊："俊石，你怎么还有逛公园的雅兴？"

张老师笑了笑，没有解释。他也并不问尹老师从哪儿来，到哪儿去。他知道，尹老师坚持有一个多月了，每天下午四点以后，除了在学校组织一些数学后进的学生补课以外，还要轮流到他们家里去进行个别辅导。他熟悉尹老师的脾性，特别是在"四人帮"控制着文教战线的时期，他往往牢骚满腹，对教育部不满，对学校领导不满，对学生不满，对家长不满。倘是一个局外人，听了他那些忿激之情溢于言表的话，一定会以为他是个惯于撂挑子、甩袖子的人，其实尹老师牢骚归牢骚，工作归工作，不管是什么时候，不管遇上什么打击、障碍、困难或挫折，他从未放弃过辛勤的教学劳动。就是在"四人帮"把学生中的无政府主义思潮煽动得达于极点，课堂里往往乱得像一锅煮沸的粥时，他虽然能在办公室里把牢骚话说到"咱们干脆罢教"的地步，一听到上课铃响，却又立即奔赴教室，仍然竭尽全力地用粉笔敲着黑板，用劝导、吆喝、说服、恫吓来让同学们听他讲述那些方程式和多面体。

张老师知道这是他已经结束了个别辅导，要奔赴胡同外的汽车站，乘车回家去了。他既然是忙完了工作，那么，牢骚一定是一触即发。果不其然，不等张老师开口，他便拍着张老师自行车的车座子，长叹一声说："'四人帮'给咱们造成了些什么样的学生啊！你想想看吧，我教的是初三了，可刚才却还在为两个学生翻来覆去地讲勾股定理……你比我更有'福气'——摊上个'新文盲'宋宝琦！说实在的我不能理解你，眼下'百废待举'，该做的事情那么多，而光是今天一个下午，你就为收留一个小流氓耗费了那么多心血，犯得上吗?! 让宋宝琦滚蛋吧！公安局不收，让他回原来的学校！原来的学校不要，就让他在家待着！……"

张老师诚恳地对他说："经过这一下午，我越来越自觉地认识到，症结不在是不是一定要收下宋宝琦——的确，也许应当为他这样的学生专门办一种学校，或者把他同相似的学生专门编成一班；要不按他的文化程度，干脆把他降到初一去从头学起……但这都不是主要的。症结在哪里呢？今天下午围绕着收留宋宝琦发生的这一件又一件的事情，好比一面镜子，照出了'四人帮'糟害我们下一代的罪恶，有些'四人帮'的流毒和影响，我以前或者没有觉察出来，或者没有像今天这样感到触目惊心，我想到了很多、很多……达磊，现在是一九七七年的春天，这是多么美好、多么幸福的春天啊，可它又是要求我们迎向更深刻的斗争、付出更艰苦的劳动的春天，因而也是要求我们更加严格的一个春天！朝前看吧，达磊！……"

尹老师从这简单的话语里不可能感受到张老师已经感受到的

一切，但是，当他同张老师那饱含着醒悟、深思、信心、力量的动人目光相遇时，他的牢骚和烦躁情绪顿时消失了。一九七七年春天的晚风吹拂着这两个平平常常、默默无闻的人民教师，有那么一两分钟，他们各自任自己的思绪飞扬奔腾，静静地没有交谈。

张老师想到，过几天，针对尹老师思想方法偏于简单和急躁的缺点，一定要好好地找他谈一谈：感情绝不能代替政策；迫切希望革命事业向前迈进的心情，不能简单地表现为焦躁和牢骚；锲而不舍地坚持斗争的同时，又应当对事物的发展抱相应的积极等待的态度；对宋宝琦这类小流氓的厌恨，还可以转化为对祖国的幼苗遭到"四人帮"戕害而生的怜惜和疼爱……总之，要好好地同尹老师谈谈哲学，谈谈辩证法，谈谈现在和未来，谈谈爱和恨，谈谈生活和工作，乃至谈谈《红岩》和《牛虻》……

远处又飘来了报告七点半已到的一记钟声，张老师收回沸腾的思绪，拍拍尹老师肩膀说："咱俩另找个时间好好聊聊吧。我还要到几个同学家里去一下。"

"快去石红那儿吧，"尹老师忽然想起，赶紧告诉张老师，"我刚从他们楼里出来，听我那班的一个同学说，谢惠敏跟石红吵了一架，你快去了解一下吧！"

张老师心里一震，他立即骑上车，朝石红家所在的居民楼驶去。

九

石红的爸爸是区上的一个干部，妈妈是个小学教师，两口子都是在轰轰烈烈的"四清"运动里入党的。从入党前后起，他们形成了一种很好的习惯，就是坚持学习马列、毛主席著作。他们书架上的马恩、列宁四卷集、毛选四卷和许多厚薄不一的马列、毛主席著作单行本，书边几乎全有浅灰的手印，书里不乏折痕、重点线和某些意味着深深思索的符号……石红深深受着这种认真读书的气氛的熏陶，她也成了个小书迷。

石红是幸运的。"晚饭以后"成了她家的一个专用语，那意味着围坐在大方桌旁，互相督促着学习马列、毛主席著作，以及在互相关怀的气氛中各自做自己的事——爸爸有时是读他爱读的历史书，妈妈批改学生的作文，石红抿着嘴唇、全神贯注地思考着一道物理习题或是解着一个不等式……有时一家人又在一起分析时事或者谈论文艺作品，父亲和母亲，父母和女儿之间，展开愉快的、激烈的争论。即便在"四人帮"推行法西斯文化专制主义最凶狠的情况下，这家人的书架上仍然屹立着《暴风骤雨》《红岩》《茅盾文集》《盖达尔选集》《欧也妮·葛朗台》《唐诗三百首》……这样一些书籍。

张老师曾经把石红通读过的《共产党宣言》《马克思主义的三个来源和三个组成部分》和毛选四卷，以及她的两本学习笔记，拿到班会上和家长会上传看过。但是，他觉得更可欣喜的是，这孩子常常能够根据马列主义、毛泽东思想的原则去思考、分析一些问题，这些思考和分析往往比较正确，并体现在她积极的行动中。

我们这个故事发生的那一天，张老师敲开石红他们家那个单元的门后，发现迎门的那间屋里，坐满了人。石红坐在屋中饭桌边，正朗读着一本书。另外有五个女孩子，也都是张老师班上的学生，散坐在屋中不同的部位，有的右手托腮、睁大双眼出神地望着石红；有的双臂折放在椅背上，把头枕上去；有的低首揉弄着小辫梢……显然，她们都正听得入神。根据下午谢惠敏的汇报，这恰恰是那几个因为害怕或赌气，而扬言明天宋宝琦去了她们就不去上学的同学。

石红读得专心致志，没有发觉张老师的到来，有两三个女孩子抬眼瞧见了张老师，也只是羞涩地对他笑笑，没有出声叫他"张老师"，那显然并非忘记了礼貌，而是不忍心中断她们已经沉浸进去的那个动人的故事。

来开门的石红妈妈把张老师引到隔壁屋里，请他坐下，轻声地解释说："孩子们正在读鲁迅翻译的《表》……"

《表》是苏联作家班台莱耶夫在十月革命后不久写的一部儿童文学作品。它描写了一个流浪儿在苏维埃教养院里的转变过程。鲁迅先生当年以巨大的热情翻译了它。张老师虽然好多年没翻过这本书了，但石红妈妈一提，这本书里的一些人物形象和片段情节，顿时涌现在张老师的脑海中。张老师在短短的几分钟里，已经猜测出石红家里出现这种局面的来龙去脉了。果然，石红妈妈告诉他："石红一回家就把宋宝琦的事跟我说了。吃晚饭的时候她一个劲眨巴眼睛，洗碗的时候她跟我商量：'妈妈，要是我约上谢惠敏，把那些害怕、赌气的同学们都找来，读读《表》这本书怎么样？'我很赞成。我跟她说：'有党的领导，有社会主义制度，路线对了头，只要老师、同学们发挥集体的作用，小流氓也是能转变的啊！'后来她就找同学们去了——只是谢惠敏不知怎么没有来……"

正说着，石红读完一个段落，知道张老师来了，拿着书跳进里屋，高兴地嚷："张老师，你来得正好！快给我们讲讲吧！"

张老师被她拉到了外屋，几个小姑娘都站起来叫"张老师"，不等他发话，各种各样的问题就争先恐后地提出来了：

"张老师，这本书我们能读吗？"

"张老师，这本书里的小流氓，怎么又惹人生气，又惹人同情呢？"

"张老师，谢惠敏说我们读毒草，这本书能叫毒草吗？"

"张老师，您见着宋宝琦了吗？跟这本书里的小流氓比，他好点儿还是坏点儿呢？"

……

张老师且不忙回答，却反问她们："谢惠敏为什么不来呢？石红跟她吵嘴啦？你们应该齐心合力把她拉来啊！"

小姑娘们激动地同声回答起来，吵成一片，结果一句也听不清，还是石红让大伙静下来，解释说："拉不来啊！除非现在报上专门登篇文章，宣布《表》是一本好书……"

原来，石红刚一找到谢惠敏的时候，谢惠敏见石红工作这么积极，还挺高兴。可是一听是找到一块儿去读一本外国小说，她就打心眼里反感。石红跟她解释，这本书挺不错，读了对解决那几个同学的问题能有启发……谢惠敏没等石红说完，立刻反问道："报上推荐过吗？"这一问使石红呆住了，半晌才回答："没推荐呢。""读没推荐的书不怕中毒吗？现在正反腐蚀，咱们干部可不能带头受腐蚀呀！……"谢惠敏一脸警惕的神色，警告着石红，不仅自己拒绝参加这个活动，还劝说石红不要"犯错误"……这把石红惹恼了，同她吵了一场，但临走时仍然拉着她的手，央告她去"听听再说"，她把石红的手拂开了。石红走后，谢惠敏激动地走出屋子，晚风吹拂着她火烫的面颊，她很痛苦，上牙把下唇咬出了很深的印子……

在石红家里，接下来出现了这样的场面：张老师坐在桌边，石红和那几个小姑娘围住他，师生一起无拘无束地谈了起来，从《表》谈到苏联的演变，从《表》里的流浪儿谈到宋宝琦，从应当怎样改造小流氓谈到大多数小流氓是能够教育好的，最后渐渐谈到明天以后班里面临的新形势，张老师笑着问那几个小姑娘："怎么样，你们还罢课吗？"

她们互相交换完眼色，便都望着张老师，几乎是异口同声地说："不罢啦！"

张老师离开石红家的时候，满天的星斗正在宝蓝色的夜空中熠熠闪光。

用不着思索，蹬上自行车以后，他自然而然地向谢惠敏家里驶去。说实在的，当他同石红和那几个小姑娘议论时，谢惠敏无时不在他的心中。他疼爱谢惠敏，如同医生疼爱一个不幸患上传染病的健壮孩子。他相信，凭着谢惠敏那正直的品格和朴实的感情，只要倾注全力加以治疗，那些"四人帮"在她身上播下的病菌，是一定能够被杀灭的。

离谢惠敏的家越近，张老师心上的内疚感便越沉重。过去，对谢惠敏成为这样一种状态，他总觉得自己难以承担责任——他在接班不久的情况下，就向谢惠敏含蓄地指出过，不要只是学习零星的语录，不要迷信解释领袖思想的文章，要认真学习原著，要独立思考……但谢惠敏并未领悟。今天，张老师有了新的感触，他责问自己，虽然去年十月以前的那个学期里，是个乌云压顶的形势，可是，难道自己就不能更勇敢、更坚决地同荒诞、反动的东西做斗争吗？就不能更直截了当地、更倾注全力地同谢惠敏谈心，引导她擦亮眼睛、识别真假吗？……

　　快到谢惠敏家的门口时，一个计划已在张老师心中初现轮廓：他今天要把书包中的那本《牛虻》留给谢惠敏，说服她去读读这本书，允许她对这本书发表任何读后感，然后，从分析这本书入手，引导谢惠敏运用马列主义、毛泽东思想的立场、观点、方法去解答一系列互相关联的问题：应当怎样认识生活？应当怎样了解历史？应当怎样对待人类社会产生的一切文明成果？应当怎样批判过去文化遗产中的糟粕而吸取其精华？应当怎样全面地、辩证地看问题？应当怎样辨别香花和毒草，识别真假马列主义？应当使自己成为一个什么样的人？应当怎样去为祖国的"四化"，为共产主义的灿烂未来而斗争？……

　　张老师心中掀动着激昂的感情波澜。当他刹住车，在谢惠敏家门口站定时，心中的计划进一步明朗起来：不仅要从这件事入手，来帮助谢惠敏消除"四人帮"的流毒，而且，还要以揭批"四人帮"为纲，开展有指导的阅读活动，来教育包括宋宝琦在内的全班同学……他决定明天一早就去请示党支部，会获得支持吗？他眼前浮现出老曹在支部会上目光灼灼地发言的面影："现在，是真格儿按马列主义思想体系搞教育的时候了！"他正是要"真格儿"地大干一场啊，一定会得到组织支持的！他心中又闪过了一些老师可能发出的疑问。于是，他决定，要争取在教师会上发言，阐述自己的想法：现在，我们不仅要加强课堂教学，使孩子们掌握好课本和课堂上的科学文化知识，获得德、智、体全面发展，不仅要继续带领他们学工、学农，把理论和实践结合起来；而且，还要引导他们注目更广阔的世界，使他们对人类全部文明成果产生兴趣，具有更高的分析能力，从而成为社会主义革命和社会主义建设的更强有力的接班人……

这时，春风送来沁鼻的花香，满天的星星都在眨眼欢笑，仿佛对张老师那美好的想法给予着肯定与鼓励……

一九七七年十一月

伤痕

卢
新
华

【关于作家】

卢新华，1954 年出生，江苏如皋人，中学毕业后赴农村插队务农。1977 年考入复旦大学中文系，是"文革"后第一批大学生。他因发表处女作《伤痕》一举成名，该小说获得首届全国优秀短篇小说奖。"伤痕"因此成为揭批"文革"给人造成的创伤的文学潮流的名称。卢新华大学毕业后当记者、下海经商、出国，渐渐远离文坛，2004 年携长篇小说《紫禁女》回归，之后又有长篇小说《伤魂》、散文随笔《财富如水》等出版。

【关于作品】

《伤痕》刻画出"四人帮"的倒行逆施给人们造成的无法弥补的心灵创伤：中学生王晓华因为妈妈在"文革"期间被打成叛徒而与妈妈划清界限，离开上海到了渤海湾边的农村生活；九年后当母亲的冤案被平反，晓华在除夕之夜带着对妈妈的思念、对新生活的向往回到上海时，迎接她的却是妈妈离世的噩耗。小说对于母亲离世的描写达到了情绪的高潮，宣泄出对"四人帮"给人们造成的"心上的伤痕"的痛恨、批判。小说不满足于呈现"伤痕"，还试着对造成"伤痕"的原因进行反思，借王晓华的男友苏小林之口发出"革命者会是一个丝毫没有感情的人吗"的疑问，让人们开始重新审视革命与人性、人伦之间的关系。《伤痕》创造了伤痕文学的经典母题——回归：主人公从原来的岗位、家庭伦理秩序中被放逐到边缘地区，经历一番曲折，又回到原来的岗位和家庭秩序中，充满希望地重新出发。这样的母题抓住了时代的脉搏，合乎"文革"后人们要求建立正常的、尊重人性的社会秩序和文化秩序的心理诉求，因而带动了一股伤痕文学的文学思潮，并成为其中的代表作。

除夕的夜里，车窗外什么也看不见，只有远的近的，红的白的，五彩缤纷的灯火在窗外时隐时现。这已经是一九七八年的春天了。

晓华将目光从窗前收回，低头看了看表，时针正指着零点一分。她理了理额前的散发，将长长的黑辫顺到耳后，然后揉了揉有些发红的微布着血丝的双眼，转身从挂在窗口的旧挎包里，掏出了一个小方镜。她掉过头来，让面庞罩在车厢里淡白的灯光下，映在方方的小镜里。

这是一张方正、白嫩、丰腴的面庞：端正的鼻梁，小巧的嘴唇，各自嵌在自己适中的部位上；下巴壳微微向前突起；淡黑的眉毛下，是一对深潭般的幽静的眸子，那间或的一滚，便泛起道道微波的闪光。

她从来没有这样细致地审视过自己青春美丽的容貌。可是，看着看着，她却发现镜子里自己黑黑的眼珠上滚过了点点泪光。她神经质地一下子将小镜抱贴在自己胸口，慌张地环顾身旁，见人们都在这雾气腾腾的车厢里酣睡着，并没有人注意到自己刚才的举动，这才轻轻地舒出一口气，将小镜重新放回挎包中。

她有些倦意了，但仍旧睡不着。她伏在窗口的茶几上还不到三分钟，便又抬起头来。

在她的对面，是一对回沪探亲的未婚青年男女。一路上，他俩极兴奋地谈着学习和工作，谈着抓纲治国一年来的形势，可现在也疲倦地互相依靠着睡了。车厢的另一侧，一个三十多岁的城市妇女伏几打着盹，在她的身旁甜卧着一个四五岁的小女孩儿。忽然小女孩蹬了几下腿，在梦中喊着："妈妈！"她的妈妈便一下子惊醒过来，低下头来亲着小女孩的脸问："囡囡，怎么啦?"小女孩没有吱声，舞了舞小手，翻翻身复又睡了。

一切重新归为安静。依旧只有列车在"铿嚓铿嚓"地有节奏地响着、摇晃着。——那响声仿佛是母亲嘴里哼着的催眠曲，而列车则是母亲手下的摇篮，全车的旅客便在这摇篮的晃动中，安然、舒适地蹼入恍惚迷离的梦乡。

她仍旧没有睡意。看着身旁的那对青年，瞧着那个小女孩和她的妈妈，一股孤独、凄凉的感觉又向她压迫过来。特别是小女孩梦中"妈妈"的叫声，仿佛是一把尖利的小刀，又刺痛了她的心。"妈妈"这两个字，对于她已是何等的陌生；而"妈妈"这两个字，却又唤起她对生活多么热切的期望！她想象着妈妈已经花白的头发和满是皱纹的脸，她多么想立刻扑到她的怀里，请求她的宽恕。可是……她痛苦地摇摇头，晶莹的泪珠又在她略向里凹的眼窝里滚动，然而她终于没有让它流出来，只是深深地呼出一口气，两只胳膊肘支在茶几上，双手捧起腮，托着微微向前突起的下巴，又重新将视线移向窗外。

……

九年了。——她痛苦地回忆着。

那时，她是强抑着对自己"叛徒妈妈"的愤恨，怀着极度矛盾的心理，没有毕业就报名上山下乡的。她怎么也想象不到，革命多年的妈妈，竟会是一个从敌人的狗洞里爬出来的戴愉式的人物。而戴愉，她看过《青春之歌》，——那是一副多么丑恶的嘴脸啊！

她希望这是假的，听爸爸生前说，妈妈曾经在战场上冒着生命危险在炮火下抢救过伤员，怎么可能在敌人的监狱里叛变自首呢？

自从妈妈定为叛徒以后，她开始失去了最要好的同学和朋友；家也搬进了一间暗黑的小屋；同时，因为妈妈，她的红卫兵也被撤了，而且受到了从未有过的歧视和冷遇。所以，她心里更恨她，恨她历史上的软弱和可耻。虽然，她也想到妈妈对她的深情。从她记事的时候起，妈妈和爸爸像爱掌上的明珠一样溺爱着她这个独生女。可是现在，这却像是一条难看的癞疮疤依附在她洁白的脸上，使她蒙受了莫大的耻辱。她必须按照心内心外的声音，批判自己小资产阶级的思想感情，彻底和她划清阶级界限。她需要立即离开她，越远越快越好。

在离开上海的火车上，那时她还是一个十六岁的小姑娘，——瓜子型的脸，扎着两根短短的小辫。在所有上山下乡的同学中，她那带着浓烈的童年的稚气的脸蛋，与她那瘦小的杨柳般的身腰装配在一起，显得格外的年幼和脆弱。

　　她独自坐在车厢的一角，目不转睛地望着窗外。没有一个同学跟她攀谈，她也没有跟一个同学讲话。直到列车钻进山洞时，她才扭头朝上望了一下行李架上自己的两件行李：帆布旅行袋，一捆铺盖卷，——这是她瞒着妈妈一点点收拾的。直到她和同学们上了火车，妈妈还蒙在鼓里呢。她想象着，妈妈现在大概已经回到了家里，也一定发现了那留在桌上的纸条：

　　　　我和你，也和这个家庭彻底决裂了，不用再找我。

　　　　　　　　　　　　　　　　晓　华

　　　　　　　　　　　　　　一九六九年六月六日

　　她想象着，妈妈也许会哭，或许很伤心。她不由又想起了从小妈妈对自己的爱抚。可是，谁叫她当叛徒的！她忽然又感到，不应该可怜她，即使是自己的母亲。

　　车上渐渐地安静了。这时，她才注意到周围的同学：有的靠着座椅睡了，有的在看书。她对面的座位上，一个年龄和她相仿的男同学，正拿诧异的目光愣愣地望着她。她有些羞涩地低下头。然而，那男同学却热情地问她："侬几届？""六九届。"她抬起头。"六九届？"那男同学显然有些奇怪，"那——您？""我提前毕业了。"她说完这话，明亮的眸子忽闪了一下，仿佛是感谢他对自己关切的询问。而且，瞅这空儿，她也勇敢地审视了一下这个男同学的容貌：中等的个儿，白果型的白皙的脸蛋，清秀的眉毛下，一双天真活泼的眼睛。她问他："您叫什么？""苏小林。您呢？""王晓华。"她回答了他的反问，脸上不由又掠过一股羞涩的红晕。

听了他们的谈话，几个看书的同学便也插进来问："王晓华，你怎么提前毕业了？"她愣了片刻，想随便支吾过去，可她从不会撒谎，止不住红着脸将实情告诉了他们。她说完，低下头，一种将遭冷遇的预感便涌上心来。然而，同学们却热情地安慰了她。苏小林更激动地说："王晓华，你做得对。不要紧，到了农村，我们大家都会帮助你的。"她感激地朝他们点点头。

于是，在温暖的集体生活的怀抱里，她渐渐忘记了使她厌恶的家庭，和一起来的上海同学们在辽宁省临近渤海湾的一个农村里扎下了根。

她进步很快，第二年就填写了入团志愿书。可万万没想到，因为妈妈的叛徒问题，公社团委没有批。

她了解到这点后，含着泪水找到团支部书记说："我没有妈妈，我已和我的家庭断绝了一切关系，这你是知道的……"苏小林和其他几个同学也在一旁证实道："去年，她妈妈知道她到这儿来后，衣服、吃食寄了一大包，可她还是原封不动地给退了回去。而且，她妈妈哪一次来信她连看都不看，都是随时收到随时打回的。""但是，"团支部书记显出为难的样子，摊开双手，"公社团委接到了上海的外调信，而且，省里一直强调……"他脸上显出一副苦笑。

她茫然了。

大抵到了第四年的春天，她才勉强地入了团。但她的一颗火热的心至此已经有些灰冷了。

春节又到了。这是她最感痛苦的日子。一起的青年都回家探亲了，宿舍里只剩下她孤独的一人。外面，迎春的二踢脚在响，空气中弥漫着浓烈的火药香，听得见孩子们在欢乐地跳、喊、唱，锣鼓也在"咚咚锵锵"地响。

虽然节日里，她可以从一些热情的大伯大娘家里获得一点节日的快乐，但一回到空空无人的宿舍，她便感到有无限的痛苦压迫着她。

她能获得一点安慰的是，这里的贫下中农是那样真诚地关心她、爱护她、鼓励她，为了她的入团问题，曾多次联名写信要求公社团委批准，而且，还有小苏经常来看她。他们在几年的生活和劳动中，建立了越来越深厚的革命情谊。小苏喜欢她那种纯洁、朴质的心地和踏踏实实、埋头苦干的精神，她也把他看作自己最可以信赖的亲人，常常向他倾吐一些内心的苦闷。特别是中秋节那天晚上，她和小苏从海边谈心回来以后，更这样想了。

他们沿着海边走了很久以后，并排在沙滩上坐了下来。在他们面前，月光下，海风正轻盈地推涌着海浪"嚓——嚓"地扑打着沙岸，送来阵阵海腥味。他们沉默了片刻，小苏突然问："晓华，你想不想家?"她愣了一下，抬起头："不! ——你怎么问起这些?"小苏低了头，缓缓地说："晓华，我看你还是写封信回去问问，林彪迫害了许多老干部，说不定你妈妈也在其中呢。""不，不会的。"她两手搓弄着衣角，痛苦地摇摇头，"以前，我也曾经这么想过，可是不会的，我听说过，妈妈的问题是张春桥定的案。不，不会的。"她依旧摇着头。小苏不由叹了口气，愤愤地自言自语道："毛主席说过，要有成分论，而又不要唯成分论，重在政治表现，可我们这儿倒好，老子英雄儿好汉，老子反动儿浑蛋。"

有些凉意了。小苏不由看了看晓华身上单薄的衣裳，问："你冷吗?""不，你呢?"她抬起头来，深情地望着他。"我还好。"他不由低了头，又静静地望着月光下波光粼粼的大海，深沉地说，

"晓华，你说革命者会是一个丝毫没有感情的人吗?"她没有回答他的问话，想起自己的一切，止不住心上又是一阵伤痛。小苏扭过头，看到泪珠又涌在她的眼眶里，便安慰她说:"晓华，不要难过。"可是，他自己忍不住也擦了眼角渗出的泪珠。终于，他让自己心内久已积压着的话儿吞吞吐吐地吐了出来:"晓华，你也没有亲人，如果你相信我的话，就，就让我们做朋友吧……""真的?你不——?"她的心怦怦跳个不停，吃惊地瞪大了含着喜悦的双眼怀疑地问。"真的。"小苏肯定地点点头，向她伸出了友谊的温暖的手说:"晓华，相信我吧!"她激动地望着他，不由冲动地扑倒在他的怀里……

她的脸上重新有了笑容，宿舍里、田间又有了她的清脆的歌声，而且面庞上也有了微红的血色，更显出青春的俏丽。

第二年秋天，因为身体不好和工作的需要，她调到了村里的民办小学任教，而小苏也调到公社工作了。

一个下午，她在公社参加教育工作会议后，来到小苏的宿舍。门虚掩着，屋里却空无一人。她从小苏的铺上收起他换下的衣服，准备给他洗一洗，扭头却看到床头柜上的日记本。她随手拿过来翻着，却看到昨天的日记上这样写道:"……今天，我感到很头疼。上午，李书记对我说:县委准备调我到宣传部去工作，正在搞我的政审。他说，我跟晓华的关系，县委强调了，说这是个世界观的问题，也是个阶级路线问题，要是还要继续下去的话，调宣传部的事还要再考虑考虑。我真不明白……"

看到这里，她竟像木头一样地呆住了。

她猛然合上本子，旋即离了那间房子，昏昏沉沉地回到了学校。

当她躺到自己宿舍的铺上时，她再也止不住伤心地哭了。

第二天，起床梳洗时，她觉得太阳穴在隐隐作痛，眼眶也鼓了起来。

吃过早饭，她请了假，到公社找到公社书记，异常平静地对他说："李书记，我和小苏的关系从今往后完全断绝了，请不要因为我影响了小苏的前途。"

这以后，她几乎完全变了一个人，比先前更沉默寡言了，表情也近乎麻木起来。虽然，小苏为了她而没有同意调县里工作，仍旧那样真情地爱着她，但她对他却有意避而不见了。

她现在似乎已经真正理解了她所处的地位和她的身份。虽然她和家庭断绝了联系，但她是始终无法挣脱那个有"叛徒妈妈"的家庭给她套上的绳索的。而且，她也清楚了，如果她爱上一个人，那么，这根绳索也会带给那个人。为了这点，也正是出于对小苏真诚的爱，她觉得自己不应该连累他。虽然她有一种"小叶增生"的胸疼的病，医生多次讲婚后有可能好，但她现在宁愿牺牲这一切。她已经决定：要永远关上自己爱情的心窗，不再对任何人打开。

从此，她只是把自己残存的女性的感情奉献给学校的孩子们。她平时省吃俭用，却拿出自己津贴费很大的一部分为孩子们买学习用具。晚上，还经常到孩子们家中帮助温课。她和孩子们之间建立起来的感情，使她暂时忘记了以往的一切。

又是两年过去了。她的瓜子型的脸盘，随着青春的发育已经变得方正，身体的各个部位也丰满起来。她已是一个标准的青年姑娘了。特别在粉碎"四人帮"以后，她感到自己精神上逐渐松了些，于是嘴角有了笑纹。参加群众自发组织的大游行回来后，她感到自己的心情从来也没有这样激动和兴奋过。然而，当她陷入沉思的时候，脸上仍然挂着一股难言的忧郁。

一天，她正在批改作业本，忽然一个教师递给她一封从江苏寄来的信。谁写的？她纳罕地拆开一看，竟是妈妈写的，她改写了地址。这在以前，她也许会一下把信撕掉，但现在她却止不住读来下去——

晓华儿：

你和妈妈已经断绝了八年联系了，妈妈不怪你。在这封信中，妈妈只想告诉你，在华主席的英明领导下，我的冤案已经昭雪了。我的"叛徒"的罪名是"四人帮"及其余党为了达到他们篡权的目的，利用叛徒强加给我的，现在已经真相大白了。

孩子，感谢华主席，我又回到了我原来的学校担任领导工作。但遗憾的是，这些年我的身体已经被他们摧残得实在不行了。我现在不仅患有严重的心脏病，而且还有风湿性关节炎。但我还是决心用我最大的努力为党多做工作。

孩子，我们已经八年多没见面了，我很想去看看你，但我的身体已经不允许了，因此，我盼望你能回来一趟，让我看你一眼。孩子，早日回来吧。

祝你近好。

妈　妈

一九七七年二月二十日

她读着手中的信，不由呆了。"这是真的？真的吗?"她的心一下子激烈地颤动起来。

晚上，快十点了，她手中还捏着妈妈的来信，她躺在床上看着，想着，恍恍惚惚，她已经回到家中，推开门，见妈妈正趴在写字台上写着什么，见她回来，惊奇地喊了声"晓华"便朝她扑过来。她也百感交集地扎在妈妈的怀里。好久，她挣出头，擦着眼泪问："妈，你在写什么?""没，没写什么。"妈妈脸上忽然一阵惊慌，忙去掩桌上的纸头。于是，她疑惑地一步抢过去。夺在手上看时，上面却分明写着几个大字："关于我的叛徒问题的补充交代"。她两眼盯住她，愤愤地骂了声："可耻!"转身便往外走。"哪里去?""你管不着!"可是，妈妈已经抢先一步披头散发地拦在门口了。"啊!"她惊叫一声，从梦中猛醒，蓦地坐起在铺上，止不住双手按着怦怦乱跳的心。"回不回去呢?"她有些犹豫不决了。

直到除夕前两天，她又收到妈妈单位的一封公函，她才匆忙收拾了一下，买上当天的车票，离开了学校。

现在，她坐在这趟开往上海的列车上，心情又怎能平静呢？她激动，她喜悦，但她也苦痛和难过……

清晨六点多钟，列车冲过春节的晨曦，长嘶一声昂然驶进了上海站。

下车后，晓华帮一个妇女抱着小女孩出站台并送上了公共汽车，这才背着黄挎包，拎着旅行袋，赶乘18路电车回家。

在车上，她望着小时候常走常见的马路和楼房，心跳得异常地快，重踏故土时那种难以形容的特殊的喜悦布满了她的全身。今天是春节，妈妈在家里干什么呢？妈妈是不爱睡懒觉的，她一定已经起了床。当她突然地出现在门口时，也许妈妈正背着门吃早饭呢。于是，她便轻轻地喊一声"妈！"妈妈一定会吃惊地转过头来，"呀！晓华！"而惊喜的眼泪一定涌在妈妈脸上。

她这样兴奋地想着，下车拐进了954弄。她数着门牌号码，16号，18号，20号。她停住了，顿了一下，走近那记忆犹新的暗褐色的家门，按捺着极度紧张、激动的心情，伸出食指和中指，在门上"的的"轻敲了两下，没有回音。"妈妈还没起床？"她于是又让手指在门上加重了一点力量。仍旧没有回音。她有些急了，用拳头"嘭嘭"地叩了起来。可屋里还是死一般沉寂。

"你找谁啊，阿姨？"忽然一个小女孩站在她的身后，手里捧着蛋糕，边吃边瞪着大眼向她。"哦，小妹妹，这屋里的人呢？""搬走了。大前天才搬的。"小女孩呷着薄薄的嘴唇说。"搬到哪儿去了？"晓华紧接着问。"嗯……"小女孩眼睛朝上翻了翻，忽然扭身跑进了屋里。片刻，一个约莫三十多岁的妇女走了出来。"噢，你找王校长。她搬到816弄1号去了。"那妇女说完，疑惑地问："你是她什么人？"晓华顿了一下，含笑对那妇女说："我找她有点事，谢谢了。"便匆匆走了。

她找到816弄1号，这是一座新盖的公房。1号房间门口，花盆里栽着一株蜡梅花。一看这花，她便知道这是她的家了，因为妈妈是最喜爱蜡梅花的。

黄漆的门也照旧关着。她想起妈妈的身体不好，也许还在休息，便又走近屋门，曲起手指去叩门。还没敲，却听得2号门前一个正在刷牙的中年人扭过头来，闪烁着热情的两眼说："找新搬来的王校长吗？屋里没人。昨天她发病住到医院去了。"她吃了一惊，忙问："什么科？什么房间？""还不清楚。"中年人微微摇摇头。她忙说："同志，这只旅行袋先放您屋里一下。"便急火火地往医院赶去。

因为是春节，医院走廊里空荡荡的。她跑到值班室，一看没人。扭头见前面走廊拐弯处走来几个穿白衣服的医生，边走边说着什么。她便迎上去问："医生，王校长在哪个病房？"一个戴眼镜的瘦瘦的医生盯着她看了一下，像想起什么似的，忽然亮着手中的纸条说："哦，正好，你是王校长学校来的，是吧？那好，麻烦你拍个电报告诉王校长的女儿，这是地址，告诉她，她母亲今天早上刚刚去世了，让她……"

"什么？什么？"晓华脱口惊叫了一声，瞪直了眼睛。突然，她拔腿就往前跑，跑了几步却又猛然站住，回过头来用发直的眼神，有些口吃地问："什——什么房间？几——号？"仍旧是那个男医生，诧异地朝她挥挥手："内科2号。往前走，向左拐！"

她发疯似的奔到2号房间，"砰"的一下推开门。一屋的人都猛然回过头来。她也不管这是些什么人，便用力拨开人群，挤到病床前，抖着双手揭起了盖在妈妈头上的白巾。

——啊！这就是妈妈——已经分别了九年的妈妈！

——啊！这就是妈妈——现在永远分别了的妈妈！

她的瘦削、青紫的脸裹在花白的头发里，额上深深的皱纹中隐映着一条条伤疤，而眼睛却还一动不动地安然半睁着，仿佛在等待着什么。

"妈妈！妈妈！妈妈……"她用一阵撕裂肺腑的叫喊，呼唤着那久已没有呼唤的称呼，"妈妈！你看看吧，看看吧，我回来了——妈妈……"

她猛烈地摇撼着妈妈的肩膀，可是，再也没有任何回答。

许久，当她哭干了眼泪后，她才痴呆似的站起来，望着这一屋的人们。——他们也都陪着她在流泪。忽然，她在这人群中竟发现了一个十分熟悉的身影——中等的个儿，白果型的、沉着稳重但还带着孩子气的脸和那双显然也哭红了的眼睛。"苏小林！"她差点脱声喊出来。马上，她就听见他那熟悉的嗓音在说："晓华，不要难过……"

第二天晚上，妈妈的遗体送龙华火葬场火化了。回家的路上，晓华带着哭得水蜜桃般的眼睛，和小苏一起来到了小时候常走的外滩。

夜已经深了。黄浦江上阵阵吹来冷丝丝的风，她第一次倚持在他的身上走着，让他那青春的深深的呼吸温暖着自己冰凉的沉重得快要窒息的心。她感激他，当他探亲期间，听到妈妈已经平反，还特意去看她；而且，除夕的夜里，他又冒着严寒赶到医院去护理妈妈。想到妈妈逝世前能看到小苏，而且小苏也代她看到了妈妈，她的心里得到了那么一丝安慰。

他们在路灯下默默无言地走着。忽然，小苏从身边掏出一本日记本，他翻到写着字的最后一页，递给晓华说："晓华，这是妈妈前晚写下的。"她急忙接过来，借着淡白的路灯的光看妈妈的熟悉字迹：

> ……盼到今天，晓华还没有回来。看到小林，我更想她了。虽然孩子的身上没有像我挨过那么多"四人帮"的皮鞭，但我知道，孩子心上的伤痕也许比我还深得多。因此，我更盼望孩子能早点回来。我知道，我已经撑不了几天了，但我还想努力再多撑几天，一定等到孩子回来……

　　她的眼睛模糊了。她猛然挣开小苏的胳膊，蹬蹬跑到江边。她伏在江岸边的水泥围墙上，痴痴地望着江面上繁星般的灯火，望着灯光下微隐微现的江面……

　　好久好久，她抬起头来。她的苦痛的面庞忽然变得那样激愤。她默默无言地紧攥着小苏的手，瞪大了燃烧着火的眸子，然后在心中低低地、缓缓地、一字一句地说道："妈妈，亲爱的妈妈，你放心吧，女儿永远也不会忘记您和我心上的伤痕是谁戳下的。我一定不忘华主席的恩情，紧跟以华主席为首的党中央，为党的事业贡献自己毕生的力量！"

　　夜，是静静的。黄浦江的水在向东滚滚奔流。忽然，远处传来巨轮上汽笛的大声怒吼。晓华便觉得浑身的热血一下子都在往上沸涌。于是，她猛地一把拉了小苏的胳膊，下了石阶，朝着灯火通明的南京路大步走去……

第十个弹孔

从维熙

【关于作家】

从维熙（1933—2019），河北玉田人。20世纪50年代起开始发表作品，早期师法孙犁，是"荷花淀派"的代表作家之一。1957年被打成"右派"，遭受了二十多年的磨难，对监狱生活比较熟悉。20世纪70年代末重返文坛后，其作品内容大都是描写1957年以来风云变幻的政治生活，发表了《大墙下的红玉兰》等十几部反映监狱生活的中篇小说，被誉为"大墙文学之父"。著有《大墙下的红玉兰》《远去的白帆》《风泪眼》《北国草》《雪落黄河静无声》等小说，还有大量的散文及文学评论文章。

【关于作品】

《第十个弹孔》主要塑造了刚直不阿、大义灭亲的共产党员鲁泓的形象。小说人物较多，主线是"文革"后官复原职的公安局长鲁泓审理十一年未曾谋面的儿子鲁小帆参与的炸桥案，副线是鲁小帆这个"被时代黑手摄走了灵魂的年轻人"在"文革"中的成长经历。因为鲁泓夫妇被打成"走资派"，奶奶离开，舅舅懦弱，鲁小帆缺乏管教，因而被"四人帮"钻了空子，被培养成了攻击老干部的"造反派"，还参与了炸桥案。鲁泓在战争年代出生入死，身上有敌人的九个弹孔，而原本漂亮有艺术才华的儿子鲁小帆在"四人帮"的拉拢下堕落成了罪犯，成为鲁泓身上几乎无法弥合的"第十个弹孔"。小说还写了"文革"对其他人的影响，如鲁泓的部下刘如柏原本严肃正直近乎刻板固执，在"文革"的高压中心灵生"锈"，变得没有原则地"逢人开口笑"，还想徇私情为鲁小帆开脱；鲁泓的妻弟高廉在20世纪50年代已经是有名气的作家，在"文革"中却不敢抗争，也不敢描写现实，只能躲到古典文学中逃避现实；等等。他们从侧面烘托出鲁泓历经磨难却仍然刚正的形象，就像院中的那棵老枫树，历经百年风雨仍然苍劲挺拔。小说还追溯了鲁泓不徇私枉法、一心为公这种可贵精神形成的原因——在抗日战争中老奶奶为救鲁泓，大义灭亲打死自己叛变了的儿子，展现了光明磊落、坚持正义一直以来就是我党的高尚传统这一主题。小说使用多种艺术手法来塑造鲁泓这一正直的共产党员形象，除了上面提到的正面描写与侧面烘托相结合的手法，还运用了象征等手法，比较明显的就是老枫树。小说多处描写那棵火红的老枫树，它既是鲁泓与鲁小帆父子深情的见证，也暗喻了后面故事情节的走向，还象征着鲁泓的不畏磨难的革命精神。小说被拍成同名影片，获得1980年文化部优秀影片奖。

我们应该唱的，难道仅仅是伤痕的悲歌？……

一

高雅琴已经是第三次用手推开丈夫卧室的门了。

她，推门的那只手在微微颤抖，另只手拿着一张薄薄的打字纸，也发出窸窸窣窣的响声……她很紧张，清瘦的面颊上和发鬓眉尖里，渗出一层小米粒似的汗珠。她的丈夫——鲁泓，丝毫没有注意到站在卧室门口的妻子，两只在劳改队磨出老茧的手掌，抚着窗台，全神贯注地凝视着窗外那棵蓬蓬松松的老枫树。

这是一棵年轮超过了一百圈的枫树。粗壮的躯干上留满了虫叮蚁咬、风雪冰雹袭击的疤痕，但依然显得挺拔而苍劲。在这十月的早晨，披一身霞光，缀满树霜露，风吹过来，像摇动簇簇火把，滚落着满树珍珠。鲁泓对着老枫树沉思了好一会儿，坐到写字台前那把藤椅上，从笔筒里抽出那支 6B 铅笔，开始批阅带有"公安"字样的卷宗文件，他左手习惯地伸向桌子一角——那儿盘子里堆着廉价的糖果，公安局长从复职第一天，就开始用糖果戒烟了。

"该怎么办呢？"高雅琴呆呆地站在门口，本能地把手放在胸口，好像这样可以平息自己的狂烈心跳一样。她想，如果把这张薄薄的打字纸递给他，会产生什么样的后果呢？别看他外形像那棵老枫树那么结实、粗壮，近十年的冤狱折磨，他的冠心病已恶性发展到了后期。打个比喻，就像墙壁上这座挂钟，紫檀木的外壳虽然油黑锃亮，可是心脏里的发条，已经有了故障。她是多么怕丈夫经不起这感情上的"地震"，生命之钟突然停摆啊！

高雅琴在门口前思后想，拿不定主意，是否应该把这张薄纸交给鲁泓。因为这不是一张普通的白纸，是市公安局技术科侦缉炸毁汾龙河铁桥犯罪分子的指纹检验报告。

原来，一九七六年春，在"四人帮"煽动全面停产的日子里，几个犯罪分子，秉承"四人帮"的旨意，炸毁了汾龙山煤矿直通钢铁厂的铁路桥梁，断绝了煤炭供应，迫使三座高炉停产。当时桥头有一名扳道岔的老铁路工人，也随着天崩地裂的炸药轰鸣化为乌有。鲁泓从狱中出来，重新走上公安局长的领导岗位之后，对这个遗留下的重大案件，进行了严肃的追查。他命令技术科从炸桥时残留下的几张包装炸药的蜡纸上，寻觅参与这一案件的直接罪犯。不料检验的结果写明，他的儿子——鲁小帆，也是炸桥的罪犯之一。鲁泓将要亲手审理他阔别了十一年的儿子！历史，给他们提出了一个多么严峻的课题，要他们交出一张共产党员的答卷！

高雅琴拢了一下飘落在耳边的散发，迈着零乱的步子向写字台走去，感到两腿像坠着铅块一样沉重。她体质瘦弱，和鲁泓一起出狱之后，局党委给她一个重要任务，就是照顾好鲁泓的身体。按照局党委书记的说法：鲁泓这样的中层领导干部，是党的宝贵财富，料理好他的工作和生活，是一件严肃的革命工作。高雅琴对党委指示，一丝不苟地执行，她用中国妇女所特有的美德和韧性，协助丈夫搞好工作。可是眼前卷到家庭里来的这场风暴，使她头晕目眩，脑子嗡嗡乱响，理智失去了平衡。真不知道该怎么向鲁泓报告这个怕人的消息……

她过去是学医的，也许是职业上的本能，当她走到鲁泓背后的时候，先把手伸进丈夫的衣兜，看他是不是装着冠心病的急救药——硝酸甘油片。可是这时鲁泓隔着口袋布，抓住了她的手，同时回过头来。

"是你?"鲁泓用劲捏了一下被他抓住的那只手,微微笑着说,"我的职业可是专门对付各种扒手的,无论政治的、经济的,国内还是国外的! 雅琴,你这个当医生的,什么时候学会了这个本事? 嗯?"

鲁泓是个性格十分爽朗的人,为抓住这个不高明的"小偷"而感到开心,他大笑着,身子下的藤椅发出吱吱的声响。高雅琴很怕自己露出痕迹,迅速躲开鲁泓的眼睛,目光投向墙角。偏偏在墙角的书橱上,放着一张全家合影,那是新中国诞生后不久,高雅琴刚从医学院毕业,和鲁泓结婚后第一次当妈妈的照片。她怀里的鲁小帆是个光屁股蛋的婴儿,胖得像个肉滚儿;她、鲁泓和老奶奶,都在朝这个宝贝疙瘩启唇微笑。看见这张照片,高雅琴立刻两眼浮满泪水,她怕鲁泓看见她内心的波澜,向书橱方向迈了两步,让那无声的热泪,流进她的嘴角,咽进她的肚里,然后想走出屋子静一下自己的心。

"雅琴! 你怎么了?"

妻子细微的变化,没能逃脱鲁泓的眼睛。他从藤椅上站起身来,走近她的身边。

高雅琴摇摇头,表示没有什么,同时迅速地用手绢擦掉脸上的泪痕。她恨自己为什么轻弹眼泪?! 在刚刚流逝过去的那个特殊的年月,她这个瘦小纤细的女人,看上去好像弱不禁风,但是她每根瘦骨,都像钢筋水泥支柱一样坚固,支撑着倾覆而来的高压,分担着鲁泓身上的痛苦。游斗"黑帮""走资派"时,她脖子上还挂着医生的听诊器,就被押上卡车,陪鲁泓挨斗。那些自封为铁杆"造反派"的家伙,揪着她的头发,把她的头往卡车车帮上撞,前额肿起血包，她不吭一声。林彪、"四人帮"妄图对老干部赶尽杀绝时，她这个解放后走出大学校门的学生，尽管不够"吃过糠，扛过枪，负过伤，渡过江"的"走资派"的标准，也因一件冤案，和鲁泓一齐被投进监狱。在祖国历史上的漫漫黑夜，她坚韧地走了过来，没有退缩过一步。可是今天，她思想上筑起的理智堤坝，似乎被儿子冲开了一个缺口。也许世界上的母亲，为儿子常常是不吝惜泪水的，何况鲁小帆是他们唯一的、阔别了十多年没有见过面的儿子呢?!

鲁泓眯缝起他那双闪亮的眼睛，目光在高雅琴脸上停留了几秒钟，他像分析一个案件程序那样，对妻子的反常表现，进行着严密的推理：还用问吗？她一定是想起正在汾龙山煤矿反省的鲁小帆来了。他安慰着高雅琴说："心放宽点！雅琴！根据专案组长刘如柏报上来的材料看，小帆属于可以争取的教育对象——"

高雅琴打断鲁泓的话，紧张不安地问："要是……他不仅仅是思想中毒，还参与了炸桥……那……"

鲁泓认为妻子想儿子想昏了头，便有意解除紧张气氛，微微笑着向前一伸手，做了个擒拿的姿势，半开玩笑地说："逮捕！这没有含糊！"

高雅琴的脸变得苍白了，她最担心的字眼，终于从鲁泓的嘴里吐了出来。他是在开玩笑吗？不！高雅琴深深了解她的丈夫，一个干警帽上戴着国徽的老共产党员，法律是他的血液和神经。她曾多次听鲁泓说过："'四人帮'把法律当成面团，揉来揉去，可以一拉一条线，一拍一个饼，一揉一个团……要扫除这群瘟神在空气中散播的细菌，恢复法律的本来面目，公安战线需要千百个包公！"难道能够希望这样的老公安局长，对儿子宽容一分吗？

高雅琴痛苦地垂下了头。

也许是由于高雅琴的提醒，鲁泓记起技术科该把指纹检验的结果送来了。鲁泓给他们规定上午九点交来材料，眼下墙上那座紫檀木的挂钟，已经叮叮当当敲过十点，还不见技术科送来的材料，他有点冒火了，伸手抓过那台直通市局的专线电话，准备和市局对话。

"老鲁——"高雅琴喊了一声，按住了丈夫的手。

"你这是怎么了?"鲁泓惊异地望着妻子。

"不，不，不要打电话了!"高雅琴请求着。

"为什么?"鲁泓轻轻推开妻子那只手，"对这样重大的遗留案件，我们拖拖拉拉，怎么回答党对我们的希望! 嗯?"

高雅琴抿了抿嘴角，鼓足勇气，从口袋里掏出那张指纹报告，往桌子上一放，便双手捂住脸，低声呜咽起来。鲁泓拿起报告，他目光掠过几个生疏的名字，看到排列在最后的鲁小帆三个字，他，一切都明白了。鲁泓合上双眼，想静一下突如其来的紊乱思绪，驱散一下头脑中的滚滚雷鸣。他像不相信这是真的一样，睁开眼睑，把那张打字纸拿得离眼睛近一些，对着浅蓝色的字体，一字一字地读下来。他确信了，炸桥的直接罪犯中，有他的儿子。鲁泓手中的打字纸飘落在地上……

面临的一个严肃问题是：法律将要惩处他在监狱中一直思念着的儿子，这对鲁泓是个致命的打击。他感到心角一阵疼痛，疼得额头淌下汗珠，便用拳头紧紧顶着心口，吞进嘴里两片硝酸甘油。高雅琴看他脸色焦黄，扶他坐在藤椅上。鲁泓霍地站起来，机械地拿起电话听筒，要对局里下什么命令，但对面没有人声，只有电波嘤嘤嘤的回响。他这时才发现，由于心绪不宁，竟把那台挂着圆盘的对外电话，当成专线电话了。

鲁泓用高雅琴递给他的手绢，擦擦汗珠，心里略略安定了一些。他拿起专线电话的听筒。高雅琴从丈夫的神色中，意识到他要对局里下达指示性意见了，焦急地用手捂住听筒："老鲁！你要……要干什么？"

鲁泓浓眉下的深邃目光，久久地注视着妻子。他没有回答高雅琴的提问，而是用平静的语调提醒她说："雅琴！我知道你很痛心，但是要知道，我不仅仅是小帆的爸爸，你不仅仅是小帆的妈妈；我们还都是在红旗下宣过誓的共产党员！我是局长，你是局里的医生，我们帽子上不是普通的帽徽，那是国徽，是宪法！难道我们能像'四人帮'那样，以法徇私吗？雅琴！"高雅琴的手缓缓地从听筒上移开了。

鲁泓对着话筒下着简短而明确的命令："结束鲁小帆在矿山的反省，通过市检察院，由分局立刻进行逮捕！"他刚要放下电话，忽然想起了什么，对着话筒沉雷般地怒吼道："明天早晨一上班，叫专案组组长来见我，他的工作怎么搞的，为什么在材料中漏报鲁小帆？"

高雅琴泪水蒙蒙地呆立在一旁，她的心，被儿子吞噬了。

"雅琴！坚强一点，啊！"鲁泓抚摸着妻子瘦削的双肩，他找不到更多的安慰她的话。

两滴晶莹的泪花，滚在高雅琴清秀的面颊上。她在想："我们刚从狱中出来，儿子的灵魂已被时代的黑手摄走，这个黑手是谁？谁夺走了她日夜思念的儿子？"悲恸像把铁钳一样咬伤了她的心，她猛然回身，抢到书橱前，取下那个带镜框的照片，用沾着又咸又苦泪水的脸颊，贴在冰冷的玻璃上。

鲁泓感到眼圈发潮，但理智在提醒他："鲁泓啊！你可不能这样，娘很快就要从原籍回来了，不能叫她再为孙子伤心！"他虽然这么想着，不知为什么，一星泪花还是淌出眼角，他麻利地用手指抿掉，向肩膀哆嗦着的妻子走去……

二

鲁泓用一切办法开导妻子的时候，鲁小帆被戴上了手铐。一辆吉普车，把他拉进了郊区的矿山公安分局。

他是个结实挺拔的小伙子，宽肩膀，扇面胸，头发乌黑而自然弯曲。远看，他长得和鲁泓一模一样，简直没有一点儿差别；但仔细端量这个身材颀长的年轻人，就会发现这是一个被损害了的灵魂。他还不足二十五岁，鼻孔下已留起了两撇小胡子。这毛茸茸的小胡子，虽然赋予他一种无知青年的特征，但鲁小帆并不完全是一副小流氓相，脸上仍带着一点知识分子的气质。他面色苍白，两只眼睛长得很美，美得近乎女性的眼睛。那眼波中时而流露出忧郁，时而又变成玩世不恭，每当后一种眼神闪烁时，嘴角便自然地出现一丝冷峻的笑意。也许，他一次次眼神的变化，都包括着许多的内容：或者回忆着欢乐的童年，或者记起噩梦一样的折磨，或者是想到了他开"顺风船"的时光……又似乎面对着"专政"的囚窗，既无恐惧也不怀有希望。这就是历史这把无情的雕刻刀，在这个特殊的年代，真实地雕塑下的一个人物肖像。

倒退上十几年——他的童年，简直像彩霞一样绚丽美好。他落生在祖国社会主义改造高潮的年代，祖国的春阳，照耀着这棵小苗苗成长。那时候他是个文质彬彬的小男孩，头发弯成波浪，两只眼睛像黑宝石一样晶亮闪光。他从小就喜欢用画笔涂涂抹抹，第一幅慧眼童心的处女作，画的是祖国心脏——天安门。接着画下带着小辫子的无轨电车，画下国庆之夜的簇簇礼花；但足以揭示他当时心灵的代表作，要算那幅深秋时节的多孔的老枫树……

当时正是二十世纪六十年代初期的秋末冬初，鲁小帆还不满十岁。北国虽已是万木凋零黄叶纷飞的时节，但鲁泓院子里那棵老枫树上的枫叶，却像红红的珊瑚跃出海底，镶在老枫树的枝杈之间。鲁泓长期以来，有个洗冷水澡的习惯，这天，他正在枫树下的自来水龙头边洗澡，浑身上下脱得只剩下一条短裤。他忽然感到背上和大腿像有小虫子在爬，一回头，原来是小儿子伸着一双胖乎乎的小手，自上而下地数着他身上的弹痕伤疤。一个、两个……一直数到九个。鲁小帆歪着头，第一次发现爸爸身上还有这么多洞眼，便眨着眼皮奇怪地问：

"爸爸！这是怎么回事？"

鲁泓不顾浑身水湿，把鲁小帆抱起来举得高高的，使劲地摇晃着，然后亲吻着儿子的小脸，直到鲁小帆喊疼了，才把儿子放下来。他对儿子说："这九个窟窿眼儿，是给你们打江山时，日本鬼子和国民党的子弹，给爸爸身上留的记号！"

鲁小帆还是不住嘴地问道："妈妈为什么没有？"

"爸爸打日本鬼子的时候，妈妈才和你这么大，还在洋学堂里上学哩！"鲁泓往身上抹着肥皂，笑眯眯地对儿子说。

儿子心疼地摸了摸那九个弹孔伤疤，转身跑了。不多一会儿，他拿来《多孔的老枫树》这幅儿童画，画面上枫叶血红，粗大的躯干上用蓝色的水彩，标出十个洞洞，递给爸爸说："老枫树上有十个洞孔，你身上再加上一个洞眼，就和老枫树身上洞眼一般多，画等号了！"

把老枫树的洞孔和鲁泓身上的枪眼联想在一起，儿子到底出于无心还是有意？鲁泓没有多想，可是鲁泓发现儿子幼小的心灵上，有着艺术上敏锐的联想。他用镜框把这幅颇引人深思的儿童画装饰起来，挂在自己桌前。他喜欢枫树叶片的殷红颜色，却不愿意身上再加上一个孔洞，九个疤痕对他已经足够了。

但是历史有它自己跳动的脉搏，鲁泓最不愿意的事，终于落到他的头上了。那是一九六六年初冬，"文化大革命"的狂飙席卷着中国的每一寸土地，来势之猛，速度之疾，如江河决堤，狂涛推着巨澜。鲁泓、高雅琴最初也投身到洪流当中，但时隔不久，当代的"慈禧"伙同林贼，提出"怀疑一切、打倒一切"的疯狂口号，公检法单位成了他们篡党夺权的路障，鲁泓和许多老干部一样，成了首先被冲击的对象。刚刚十一岁的鲁小帆，眼巴巴地看着爸爸妈妈被一伙人揪上卡车，在大街上串街游斗。那伙人打着"文攻武卫"的大旗，却不实行"文攻"，而是拳打脚踢，撕头抓脸，还给爸爸妈妈脖子上一人挂一块铁牌子：一个写着"黑帮，走资派——鲁泓"，另个写着"走资派的老婆——高雅琴"。天哪！那细细的铁丝，像刀子一样勒进爸妈的脖子，深陷到肉里边，难道爸妈不疼吗？为什么那群人还在哈哈大笑？他们是人？还是没有心肝的畜生！鲁小帆从二楼窗口，望着这一片混浊的街市，望着手持长矛大刀格斗的人群，他害怕地哭出声来。

有一天，奶奶搂着孙子，站在这个历史的窗口，忧心忡忡地向街道上观望，游斗鲁泓和高雅琴的广播车，怪叫了两声停在他家门口。鲁小帆似乎看见爸爸妈妈的目光，向这个窗口眺望。他探出半个身子，大声呼喊着："爸爸——妈妈——"话刚出音，就被奶奶一只枯干的手捂住了嘴。多可怕呀！半个多月没见到的爸爸妈妈，面容枯槁，额头嘴角到处挂着缕缕血痕。这群家伙，还揪着爸爸妈妈的头发，想制止爸妈讲话，爸爸仰面对着蓝天高呼："毛主席万岁——"一个坏家伙，从口袋里掏出一个闪亮的弹簧，塞到爸爸嘴里，血，立刻顺着舌根流出来，漫出嘴角……妈妈挣扎着，大概是抗议他们的野蛮行为，两个大汉，抓住妈妈的头，像拿着一个篮球那样，猛力向卡车车帮上撞。

鲁小帆失声地又喊出来："爸爸——妈妈——"

一颗子弹打碎了他身旁的玻璃，老奶奶一下把孙子拉下窗口。

从这天起，鲁小帆心里笼罩上一层阴影，他感到早上的彩霞虽然还是那么绚丽，草叶上的露珠虽然还是那么晶莹，窗前老枫树的叶子虽然还是那么殷红；但这一切都不再属于他。他，成了"黑帮"的小崽子，十几岁的孩子，梦里应当出现的是灿烂的星空，应当是少先队鲜红的队旗、野营的篝火，应当是开花的原野和碧蓝的溪流……但鲁小帆的梦里经常出现的，是一辆接一辆广播车的嘶鸣；工人叔叔一砖一瓦盖起的大楼，在武斗的炮火中倾斜塌落；出现在他梦里的，是爸爸妈妈枯槁的面孔和面孔上的缕缕血痕，他常常被惊吓得从睡梦中醒来。

老奶奶拍着他的肩膀说："别怕！奶奶在你身边哪！"

"奶奶！"鲁小帆睁着一双恐惧的大眼睛，"我爸爸妈妈真的是"走资派"吗？"

该怎么回答这小小人儿的问题呢？关于爸妈的出身历史，这些日子老奶奶已经向孙子讲过不知多少遍了，但这个小小人儿似乎并不完全相信；因此老奶奶又不厌其烦地告诉孙子："爸爸原来是开滦煤矿的一个小煤黑子，日本鬼子侵略中国的时候，扔下刨煤的丁字镐，跑出矿井当了八路，是冀东有名的游击队长——"

"我听过了！"鲁小帆打断奶奶的话，像成年人那样叹一口气，对老奶奶的回答很不满意。

多么漫长的冬夜啊！老奶奶为叫孙子早点入睡，便一边拍着孙子的脊梁，一边哼着冀东一带哄婴儿入睡时的古老民歌：

> "狼来喽，
>
> 虎来喽，
>
> 马猴背着鼓来喽！
>
> 狼寻食，虎张嘴，朝着小孩走来喽！"

窗外北风的吼叫，伴着老奶奶低沉沙哑的儿歌声，使冬夜显得更加漫长冷寂；痛苦在啮噬着这一老一少的心。老奶奶想哄孙子睡觉，而鲁小帆却拼命想理解他根本无法理解的问题。一连串问号闪电般在他眼前忽而亮了，忽而熄灭；亮时，他似乎理解这个家庭；灭了时，他似乎感到这间屋子是个无底的峡谷深渊。要知道，不平静的年月会促使孩子早熟，鲁小帆已经不再是古老儿歌能够哄睡的孩子了。他，已经会用他一双眼睛观察世界、判断世界了。因此，他不听老奶奶忧心的儿歌，还是刨根问底地追问：

"奶奶！为什么那么多人都说他是'走资派'？咱们门口还贴了一张大字报，说爸妈认了一个叛徒的母亲当亲娘！"

老奶奶哼哼着的儿歌顿然失声，她太阳穴上如同挨了重重的一拳。孙子问得虽然天真爽直，她却无法承受这致命的打击。好半天，才说出一句话来："大字报在哪儿？"

"贴在大门上了!"鲁小帆看不见老人沉重的脸色,只管说下去,"上边还写着您不是我爸妈的亲娘,咱们家是一窝黑货,满藤黑瓜,叫您还乡,叫我滚蛋。奶奶,您真不是我的亲奶奶?"

老奶奶声音颤动得像松了的琴弦:"是……真的!"

不能理解老人心情的鲁小帆,不知深浅地追问:"您儿子真是叛徒?"

老奶奶回答不出话来了,她的那颗心在淌血。昔日烽火连天战场上血的记忆,冀东地区敌我双方犬牙交错的复杂形势,是无法向孙子讲清楚的。多少年来,老奶奶一直把它锁在心底、连鲁泓也不去触动的这段往事,今天被孙子直接提了出来,如同一把利刃在戳她的心。她不愿向他讲这件事,便把孙子搂在怀里,抚摸着鲁小帆柔软的头发说:"你听!钟都敲过夜里三点了!你先睡觉,过两天奶奶一准细致地对你讲,啊!"

鲁小帆挣脱开奶奶搂抱他的手: "不,奶奶!现在我就要知道。"

奶奶被纠缠得不行,索性回答孙子说: "大字报上写的是真的,我那个儿子是个叛徒。"

这如同一声炸雷,在鲁小帆耳朵旁边炸开了,他一骨碌从床上爬起来,似乎不相信她的话是真的。

"小帆——"老奶奶感到孙子突然远离了她,也坐了起来,"你听奶奶说,奶奶可是个革命者——"

鲁小帆生怕再听见一声霹雳,用双手捂住耳朵:"不!我怕!我不听!"他一边说,一边摇头,声音里充满恐慌和不安。在这个小小人儿心里,也和其他孩子没有差别,世界上的一切事物,在他们眼里都是直线条的。人,只有好人坏人之分,家庭也只有革命和反革命之别。天哪！奶奶竟是个叛徒的母亲，可是爸爸妈妈还口口声声喊娘，我还和这个奶奶住在一张床上，这不是和大字报上写的一模一样吗？泪花不知什么时候爬出鲁小帆的眼角，他感到委屈，继而有点不满，原来一家人都在瞒哄我年少。鲁小帆心灵深处，第一次对这个革命家庭升起了一团疑云。

鲁小帆的细微变化，伤透了老奶奶的心。她无法平静自己纷扰的心情，穿衣下地，决心把锁在心底的悲恸记忆，说给孙子。可是鲁小帆捂住耳朵，跑到另一间屋子里去了。祖孙俩就这样度过了这个漫长的冬夜。

第二天，鲁小帆想听也听不到老奶奶的声音了。清晨，院子里闯进来一伙造反的"勇敢分子"，不由分说，把老奶奶揪上卡车，押送"叛徒的母亲"回原籍——长城脚下枫林峪。鲁小帆被这个突然事件吓呆了。被押上卡车的老奶奶，再也不是鲁小帆平日眼中温和的老人，花白的头发披散下来，遮盖住她的脸，她高声地喊着："你们……你们这是造谁的反？谁给你们打下的江山？你们这群浑蛋，我要向党中央、毛主席控告你们——"当她的目光，从纷乱的人群背后，看见鲁小帆时，便朝孙子焦急地摆手："小帆！快过来，跟奶奶回老家——"

鲁小帆站在墙角，哆嗦得像大风暴里的一棵小草，听见奶奶喊声，便撒开小腿向卡车跑去，跑了几步，他突然停了下来。"叛徒的母亲！"这个时代中最犯忌的字眼，像一条无形的缰绳绊住了他的脚。他木呆呆地站在那里，不知该怎么办才好，急得他低声哭了起来。

老奶奶再次向孙子招手："小帆！快！快……快上车！"她从卡车槽帮上伸出两只颤巍巍的胳膊，焦急地期待着孙子上车。可是这时，汽车缓缓开动了，老奶奶像疯了一样用拳头捶着车舱顶盖，扯着嗓子喊道："停一下！叫我和孙子说两句话！停一下……"

卡车反而开得更快了。

鲁小帆顿时感到了无名的恐惧。奶奶一走，这座小楼将只剩下他一个人了。他扬着两只手，一边呼喊着，一边追向卡车，院墙内花池的竖砖，绊了他一个跟头，爬起来时，汽车掀起一股尘烟，驶出院子，在大街的拐角上消失了。

"奶奶——奶奶——"他紧蹬着两条小腿，拼命追向卡车，卡车已经远去，鲁小帆的小小身影淹没在车轮卷起的尘埃当中；他已经麻木了的耳朵，还听见奶奶断续的呼喊声：

"小帆！奶奶走了！"

"去……去投奔你舅舅家——"

三

鲁小帆这个革命摇篮里诞生的孩子，成了没有家的孤儿。

虽然，这个几百万人口的城市，每到夜晚，依然是万家灯火，但再没有一盏灯、一个窗口属于他；他的家被一个以"造反"起家的新暴发户所占据。法律——本来是国家最圣洁的字眼，但是随着公检法单位的瘫痪，法律早已失去它的精髓，成为一纸虚文。那些戴着"造反"面纱的打砸抢分子，可以开着卡车抢劫国家仓库，随意以抄家为名而肥自己的腰包。新暴发户占有"黑帮""走资派"的房子，当然是情理之中的事情了。

公安系统中的新暴发户，为了占有的合理化，把鲁泓和高雅琴发配到边远地区的"五七"干校监督劳动。鲁小帆——这只乳毛尚未褪净、失掉了巢穴的孤燕,只能飞落到舅舅家屋檐下躲避风雨。

舅舅高廉,是开国大典礼炮声中诞生的第一代作家,曾以许多文笔清新的小说散文,享有一点名声。舅母陆霞是个芭蕾舞演员,人长得像带着露珠的玉兰花,算得上一个具有东方特点的秀丽妇女。在这"全面内战"的岁月,不知天空中哪颗吉星高照,这颗社会的普通细胞,居然没有受到太大的冲击;因此,舅舅和舅母对这个被风暴卷来的小小人儿,还算不错。特别是陆霞,由于过去立志献身舞蹈艺术,一直避免生儿育女,可是她早到了当母亲的年龄,鲁小帆一来,给她精神上带来很大的安慰。按照"部队文艺座谈纪要"的江氏划线法,高廉这个"解放牌"的作家,虽然年纪还不到四十,已经算是个各方面都嫌过"老"的人物了;加上他生性执拗,不会写"女皇"的赞美诗,实际上已经属于"半枪毙"的作者——这样更好,他干脆钻进了古书堆。寄人篱下的鲁小帆一来,担负了家庭小"火头军"的角色,高廉可以有更充裕的时间来考证《红楼梦》的人物和有关轶事了。

这个一时幸免的家庭,安静而平庸的生活没有过多久,灾难就随着鲁小帆的影子,叩打他们的门扉。最早出现的是一批大字报,质问他们到底是要前途,还是要这个"黑帮"的孽种。问他们这一对文艺工作者,阶级感情到底站在哪一边。爱什么?恨什么?……这时,他们才意识到来到他们家里的鲁小帆,似乎不是个人,而是颗小灾星,陨落在哪块土地上,哪儿就不能安静;至于这颗小灾星,哪里才是他可以落脚生存的星座,这个极严肃的问题,贴大字报的那些唯我独"革"的先生们,则从来没有指出过。

高廉每天出入大门几次，对大字报视而不见。他心里认为：这是封建社会中一人有"罪"株连九族的专制风，加上法西斯的腥风借机兴起，吹到六十年代知识分子的门庭来了，最好的态度是不闻不问，不予理睬。但是，陆霞则和高廉的态度迥然不同。这个女人在风平浪静的生活里，良知的触角比雷达还要敏锐，鲁小帆刚到她身旁时，她不知流了多少怜悯的眼泪，疼鲁小帆像疼亲生的儿子。但是，"容易生着的火，也最爱熄灭"，这个泪腺特别发达的陆霞，稍有一点冷风，她同情的热泪，马上可以结成冷酷的冰；几张大字报像扇子一样，立刻把她内心的火焰化为灰烬，她开始对着"小灾星"皱起了眉头。特别是有一次，芭蕾舞剧团她的一个即将高升的男朋友，暗示鲁小帆是坠在她这只向高处飞的小天鹅身上的一块石头时，陆霞回到家里，竟然剥去温文尔雅的面纱，像所有心地窄小的女人那样，对着老实憨厚的高廉砸盆摔碗，当然，醉翁之意不在酒，这是对"小灾星"鲁小帆的通牒。

年龄一天天大起来的鲁小帆，对陆霞的迁怒，看得一清二楚。他不怨天不怨地，只怨自己落生在"黑帮""走资派"的家庭。他默默地忍受着，待到夜阑人静的时候，他才用被子蒙上头，自己在被窝里偷偷哭泣。悲怆之余，激起了牛犊般的勇气，他对自己发誓，一旦有了机会，定要洗掉家庭和寄人篱下给他的耻辱。

历史到了七十年代初期，鲁小帆已经年满十八岁了，政治上的风云变幻，给鲁小帆的生活带来了一线"转机"。那是在八月盛夏，陆霞那个团里已经高升的男朋友，从文化局给她打来一个电话，要她立刻到局里去一趟，有要事相告。陆霞怀着迷惑不解的心情，来到局领导办公室。那个人告诉她，准备把她提升到领导岗位，代替那些"老家伙"。陆霞听了，当然是受宠若惊。但那个人接着告诉她一个完全相反的消息，消息写在巴掌大小的一块纸片上，陆霞低头看了一眼，立刻被吓得目瞪口呆。纸条上写着：鲁泓和高雅琴反动立场不改，在"五七"干校惩罚性的劳动中，犯下了弥天大罪。具体的情节是，鲁泓和高雅琴极端仇视伟大领袖毛主席和中国共产党，明目张胆地用镰刀割去"毛主席万岁！"和"中国共产党万岁！"两条用花圃组成的标语，已从"走资派"升级为"现行反革命分子"，现已逮捕入狱。那个鱼跃龙门的人物，对先喜后惊的陆霞，含而不露地提示说："到甩掉那个小灾星的时候了。不然，你的这门社会关系，挡着你前进的路……要是你安排不了鲁小帆，可以再来找我！"

"响鼓不用重槌——明白人一点就通（嗵）！"陆霞深深感谢这个同行好朋友的关照。回到家里，陆霞把这两个消息，都告诉了高廉。高廉对第一个喜讯，用沉默表示了他的态度；听到第二个关于鲁泓和他姐姐的消息时，高廉手里拿着的线装本的《石头记》，一下滑落到地上……他把那张巴掌大小的纸片看了很久，想否认它的真实性；但在形而上学猖獗的年代，他耳闻目睹这类事件太多了——火柴盒上不敢印花鸟鱼虫，而印上毛主席语录，谁用完火柴，如果把空盒抛到垃圾堆，那就很可能被视为阶级敌人的行为。何况姐姐和姐夫用镰刀割掉花圃组成的标语呢？

高廉对着巴掌大的要命纸片，陷入了沉思。他知道在这个"大树特树'绝对权威'""一句顶一万句"的日子里，应运而生了一批刀笔秀才，这条抽象的罪状，又是这班人的一篇高级杰作。他绝不相信姐夫和姐姐，会有这样的犯罪行为。

正在高廉十分愤慨的时刻，鲁泓过去的一个得力部下——刘如柏来看望鲁小帆了。他没有穿民警制服，穿了一身深色衣裤，借着夜幕当帷帐，悄悄来到高廉的家里。显然，他来看望老首长的儿子，是需要回避人们耳目的。高廉正愁找不到一个知根知底的人，刘如柏一进屋，他没容刘如柏去看鲁小帆，便先把这个纸片塞给他。刘如柏刚从干校回来不久，含泪告诉高廉这是一个天下奇冤。事情本来面目是这样的：鲁泓和高雅琴在干校的分工是饲养牲口。为了美化干校环境，深表对党对毛主席的情怀，他俩在劳动之余，把播种机楼里剩下的一把苜蓿籽，收拢起来，在花圃里用镰头开成"中国共产党万岁"和"毛主席万岁"字形，把种子播了下去。一年之后，扎根泥土的苜蓿籽，挺直了身腰，摇着花蕾，开出淡紫色小扁花时，干校门前组成了"毛主席万岁"和"中国共产党万岁"的花环。苜蓿和韭菜有个共同的特点，必须及时割茬，才能保持长势，不致老枯而死。于是，鲁泓和高雅琴用镰刀割去了这茬成熟的苜蓿，叫它再重新开花。好家伙，公安系那个"造反"头头，正愁对鲁泓没缝下蛆，经过他御用的刀笔秀才的妙笔生花，立刻定成仇恨毛泽东思想的大罪，鲁泓和高雅琴对党的一片丹心，竟被掐头去尾当成逮捕的材料。

"经过检察院了吗？"高廉激动地问。

刘如柏上下把高廉打量个够，弯腰从地下捡起《石头记》，拍拍尘土，悄声地说："人家是秀才不出门，便知天下事，你钻到古书堆里当书虫，太孤陋寡闻了吧！现在'造反'头头抓人，哪个走法律程序？"高廉脸上忽地红了一片。刘如柏还想往下说什么，陆霞从外屋走进来，刘如柏本能地闭上了自己的嘴巴，和她寒暄了两句，便来看望鲁小帆了。鲁小帆住在一间不算小的厨房里，在碗橱和煤气罐的旁边支着一个简易的木板床。他干小"火头军"

这个差使，是高廉按着自己的思路安排的，别看高廉沉默寡言，对安排鲁小帆颇费了一番心思。他想：这样的年月，叫鲁小帆上学，学不到一点知识还不算，孩子还会成为一个受气包。留在家里吧，如果没有一个固定工作拴住，他会往街上跑，高廉生怕街上三五成群的孩子，把鲁小帆往邪路上引，还不如干点家务，学点烹调手艺，来得实际。鲁小帆对舅舅的心思一无所知，对于做饭烧菜这个行当毫无兴趣，刘如柏走进厨房时，他正在无精打采地涮洗碗筷。

"小帆——"刘如柏轻轻呼唤他的名字。

鲁小帆回过头来，定睛看了看他，用围裙擦了擦手，便激动地跑了过来："刘叔叔……您怎么总没来？"说着，眼圈红了，垂下他那头发宛如波浪起伏般的脑袋。

"我才从干校回来不多日子！"刘如柏装出欢快的神色，用手托了托鲁小帆的下巴颏，"几年不见你，长得和你爸爸一般高了！"

鲁小帆眼眶里泪花闪闪："叔叔！我爸妈怎么半年多不来信，连钱也不寄了？"

刘如柏沉吟了一下，微笑着说："忙啊！你是不是没钱了！叔叔给你！"

鲁小帆按住刘如柏掏口袋的手："不！我舅舅常给我钱，我要知道爸妈为什么不给我写信。"他那无限忧伤的目光，像在审查刘如柏是否忠诚，一直停留在刘如柏的脸上："有一天，我上街去买菜，路过我们家原来住的那所小楼，那个搬到我们房子里去的大官的丫头，站在我常站的那个窗口上，朝我喊着：'劳改犯的崽子！劳改犯的崽子——'街上一群孩子，便围过来，朝我吐唾沫，扔石子。叔叔，我爸妈什么时候当了劳改犯？"

"胡编的!"刘如柏脱口而出,但说出这句违反事态真情欺骗孩子的话时,无论如何声音也高昂不起来。他感到脸红心跳。

刘如柏是个很严肃认真的人,过去的岁月中没有说过一句谎话,眼前他已是过了四十岁的中年人,却要对一个年轻人隐瞒事情的真相。"绝不能告诉他。"刘如柏心想,"别看他个子很高,但每个骨节还都十分稚嫩,怎么能叫这颗饱受折磨的心灵,再背上磨盘一样的重压呢?"

鲁小帆冷漠地垂下眼帘。当他重新睁开的时候,这两扇"心灵的窗子"流露出来的目光,已经不是忧伤,而是愤怒。显然,他对刘如柏的回答,做出了自己的判断,那目光好像是说:"刘叔叔!不要再欺骗我,我一切都清楚了。"

刘如柏不知所措,他摸摸自己的眼镜,连忙转移话题。他想用另一番天地的东西,转移鲁小帆对这个问题的追问。他说:"小帆!这几年你还画画吗?"

鲁小帆摇摇头。

"为什么不画了?"刘如柏说,"你过去画的老枫树多有意思?"

"生活里并不存在像老枫树那样的人!"鲁小帆冷峻地回答,"过去,我太天真了!"

"什么?"刘如柏无法控制自己的惊异,大声地说。

"叔叔!我今年十八岁了!"鲁小帆含蓄地从碗橱上扔过一沓报纸,"上边写着老干部都是有污点的人,这是印在党报上的!"

"……"刘如柏嘴唇张开,说不出一句话。他是看望老首长孩子来的,想给孩子思想上增加一点营养,以抵抗弥漫在空气中"病毒"的侵蚀,却没有料到,鲁小帆首先给了他沉重的一击。这一瞬间,他才看到岁月在鲁小帆身上已打上深深的烙印,一股冷气从刘如柏心头升起，凉透脊背。

鲁小帆像成年人那样，缓缓地从口袋里掏出半截烟卷，用嘴吹了吹烟卷上的尘埃，点着了火插入嘴角。他动作那么麻利自然，俨然像一个吸烟老手，从嘴里吐出淡蓝色的烟圈。刘如柏抑不住内心的激动，一手夺过来那半截烟卷。他的手在战抖，心在颤栗，半天才憋出一句话来："你……你什么时候学会了抽烟？"

鲁小帆皱了皱眉，不以为然地说："一年多了。"

"小帆！把它戒掉。"刘如柏用手把烟卷捏成碎末，"将来你爸妈回来，看你这个样子——"

"我爸妈还会回来？！"鲁小帆突然打断了刘如柏的话，"叔叔！你们骗我骗得够了，一年、两年、三年、五年，多少干部都回来了，他们反而连音讯都断了。叔叔！别把我再当成木偶！我是人，不是木偶——"鲁小帆一声比一声高，一句话比一句话锋利，他把成年累月郁积在内心的痛苦、忧虑、愤怒和对生活的判断，一股脑儿泻向刘如柏。

"会回来的！"刘如柏安慰着鲁小帆说。但他这句话一出口，内心不由矛盾起来："该怎么对鲁小帆说呢，告诉他这个冤案细节，孩子怎么能承受得住这样沉重的打击？不告诉孩子，孩子做出错误判断，产生可怕的后果该怎么办？"他犹豫不决地自己打着肚皮官司。最后，他决定找个长时间，和鲁小帆好好谈一次，眼前，夜已很深，到了他上夜班的时间了。他从衣兜里掏出三十块钱，塞进鲁小帆的口袋，并且关切地对鲁小帆说："小帆！听叔叔的话，你爸妈终久会回来的，他们都是党的好干部。星期天，我再来跟你好好谈谈。啊？！"刘如柏亲切地摸了摸鲁小帆的头发，带着被鲁小帆刺伤的心，离开了这间厨房。他没有叫鲁小帆送他，是想顺便嘱托一下高廉，叫他们对鲁小帆的思想发展要密切注意。但，夜深了，高廉屋子里已经灭了电灯。刘如柏失望地出了高廉的院子。

四

其实，高廉的屋子尽管灭了灯，他们并没有睡觉。两个人清楚地听见刘如柏的脚步，由近而远，最后"砰"的一声带上了院门。

鲁泓和高雅琴的消息来得那么突然，偏偏和局里要提拔陆霞发生在同一个时间，简直不可思议。高廉总感到这种类似小说的巧合背后，隐藏着什么不可捉摸的东西。他像考证《红楼梦》有关轶事那么认真，反复考虑，但百思不得一解。有一点，他和陆霞的认识是共同的：姐姐和姐夫的问题，虽然显而易见的是个冤案，但纸片上的结论，将注定毁灭他们一生，这样的"罪行"，即使是不老死在冤狱之中，侥幸出狱，亦将无所作为。但是两个人在如何对待陆霞提升以及鲁小帆这个"包袱"的问题上，却发生了根本分歧，在床上引起了一场风波。

"记得我们刚结合的时候，你说要效仿舞蹈大师乌兰诺娃，把一辈子献给舞蹈事业！"高廉说，"怎么，今天想当官了？"

"那时候太富于幻想，目前我变得现实了！"

"你解释一下你说的'现实'，到底包括哪些含义？"高廉选择着犀利的字眼，略带一点讥讽地说，"我想，在这个灵魂大检阅的年代，你的'现实'，不外是追风柳絮、随水浮萍的同义语，你想依附新暴发户，平步青云！我蔑视你这个'现实'，陆霞！"

陆霞一下拉着了电灯，从床上坐起来，傲慢地瞪圆一双杏核眼："那么说，你是一个最正直的作家了。你那么正直，为什么不把你姐姐和姐夫的奇冤，写成小说，寄给编辑部？你怕什么？还不是怕这个现实？怕现实摘掉你作家这顶桂冠！怕脖子上的脑袋搬家？哼！"说着，猛地又拉灭了电灯，像赌气似的，身子向床上用劲儿一躺。

"我承认你对我的解剖！"高廉说，"我是害怕今天的现实，可是我宁可对现实保持沉默，做白天开花夜里闭眼的'夜合欢'，绝不做倚着高墙往上钻的'爬山虎'！"

"你说谁？"陆霞第二次拉着了电灯，索性从床上跳下来，柳叶眉一直挑上了鬓角，她质问高廉说，"谁是'高墙'？谁是'爬山虎'？我们是同一个剧团出来的，这是他对我政治上的最大关心。请你说话选择一点字眼，注意一点分寸！"

"注意一点分寸？！这句话，还是当你的座右铭吧！你们同台跳过《罗密欧与朱丽叶》，如果假戏真做，可是有损名声！"高廉脸色阴沉，拐弯抹角地说。

陆霞脸像涨了潮的小河，扑地飞红了一片。显然，她懂得高廉话中的寓意，便冷笑地对高廉说："爱嫉妒的'奥赛罗'先生，你这样来理解人家对我的关心，看样子，咱们是真的快走到'三八线'上了！"说着，她从衣架上取下衣服，匆匆穿上，一拉门走出了屋子。

类似这样的家庭闹剧，在他们婚后生活中，已发生过若干起了。常常是由于高廉提醒她注意生活作风，而发生争执，最后的一幕戏，就是以陆霞匆匆离家而闭幕。但由于政治上争辩而出走，这还是头一次。高廉并不懊悔，也不为她担心，因为她交游很广，有地方吃，有地方住，高廉不用去找，过一半天她就会自动回来；回来之后，总是满脸春风地对高廉赔礼道歉。所以，尽管高廉对这个不十分称心的妻子，感到恼火，但她回来时，高廉经不起那一汪春水似的眼波……

陆霞这次出走，一点也没引起高廉惊奇，占据他心事的是鲁泓和高雅琴的命运和迫在眉睫的问题——鲁小帆该怎么办？那位局领导提示陆霞的，也等于对他是个警告。这几年，作家被变相发配和批斗的为数不少，这不能不使高廉不寒而颤。几年中，小帆奶奶曾从长城脚下给孙子来过三四封信，还把当地盛产的薄皮核桃、大枣、栗子，托人带给鲁小帆，并叫来的人把鲁小帆带回乡下去，陆霞也主张顺水推舟，把鲁小帆打发走算了。但鲁小帆好像很怕见奶奶，不愿回乡。高廉心想：鲁小帆是姐姐的骨血，总该亲手把孩子交给他们，才能安心。等啊，等！等来的却是一个入狱的消息！高廉真为鲁小帆的出路而焦心了。他翻来覆去，夜难成寐。

第二天早上，天还没有大亮，高廉迷迷糊糊刚刚入睡，门外突然响起一阵汽车喇叭声，接着传来钥匙捅撞锁的声音，最后卧室的门开了，陆霞满面笑容地走了进来。她摇醒了高廉，并吻了他一下前额，兴奋地说："特大喜讯，高廉！你最不待敬的那个人，给小帆——"

高廉板着脸推开陆霞，用毛巾被蒙上耳朵。

陆霞一点也不着恼，返身出来，到小厨房把鲁小帆吆喝醒了。鲁小帆揉着两只困惑的眼睛，看了看碗橱上的小马蹄表："舅母！还不到做早饭的钟点，牛奶有两分钟就能开锅！"

"起来！起来！有好消息——"陆霞脸上已经消失了几年的母

性微笑，重新爬上她的嘴角眉梢。她像母亲那样抚摸着鲁小帆的脸颊，催他起床。

鲁小帆奇怪地望着情绪反常的舅母。他想她或许把这间屋子当成舞台，正在练习她演的一个什么角色。因为生活中的一切"好消息"，都和他这个"黑帮"的孽种无关，他是灾难的影子，痛苦的化身。

"小帆！你撑起风帆来吧，东风将送你远行。真的！"陆霞那张富有表情的脸，以及眼睛和眉毛，都在流露着近于疯癫的喜悦。

"您怎么了，舅母?"鲁小帆懵懵懂懂地问。

"小帆！过几天，你就是全国第一流大学的学生了，舅母怎么能不为你高兴?!"陆霞亮出了谜底，两只眼睛期待着鲁小帆激动的神情。

但是鲁小帆既不点头，也不摇头，他对舅母送来的消息，简直像听童话那么遥远渺茫。"大学生"，固然这是一个极吸引他的字眼，但鲁小帆甭说想，连梦中都没出现过。他认为他的一切，都跟着他那个倒霉的家庭付之东流，一去不返了。

如果不是陆霞拿出盖有第一流大学公章的信函，陆霞说上三天三夜，鲁小帆也不相信这是个事实。当陆霞把印着鲁小帆名字的入学通知书，摆在他的面前，鲁小帆最初是像傻了一样，接着脸色苍白如纸，最后竟激动得像孩子似的哭了。这真是一道撕裂夜空的霹雳闪电；震撼着鲁小帆的心灵，把他面前的道路照得闪闪发光。他抓住舅母的手，语不成声地说："好舅母！这……都是真的？大学也要我这样家庭……的青年，我还是不敢相信，舅母……"鲁小帆紧攥住那张入学通知书，希望陆霞回答，这一切究竟是怎么回事。

　　这其中的奥秘，陆霞当然是不能公开的。文化局那个不小的人物，所以要把鲁泓夫妇那张要命的结论交给陆霞，并暗示陆霞该到甩包袱的时候了，很大程度上是个放长线的鱼钩，目的之一，就是要收买鲁小帆这个活灵魂。几天之前，那个名牌大学驰名全国的"造反家"，写信给他，言及对"走资派"进行围剿的大军正在形成，就缺"走资派"的儿子反老子的典型，要他帮助物色。文化局那个仗着"女皇"而起家的人，为寻找这样的典型，像猎狗寻觅猎物一样在各个行业周游。当他从公安系统的新暴发户那里，得知了鲁小帆的情况时，就如同发现一座金矿那么高兴，因为没有比他更为合适的人选了。他老子从"民主派"到"走资派"，从"走资派"到"现行反革命"，从"现行反革命"到"劳改犯"；如果对鲁小帆使用得手，将成为投向"走资派"的摧毁性炸弹。这几个"造反"头头，为发现这座"金矿"，欣喜若狂。名牌大学的"造反家"，立刻送来入学通知书。陆霞那个同行，拿到这张"票券"，总想换取点实际代价。过去在舞台上他追求过陆霞，陆霞没有表示反对，可也没有表示依从。眼前这张"票券"和应许提拔她的诺言，将像四月的春风，把追风的柳絮吸引到自己身边。但他没有想到，陆霞和高廉争吵之后，深更半夜，竟主动找到他的身边来了。

　　第二天天还没亮，陆霞爬进那辆黑色卧车，那个多面手的同行亲自开车，把她送到门口，叮嘱她："一定要把鲁小帆的工作做好！"

　　陆霞有点胆怯，轻声问："我那个问题……"

　　那个人满有把握地对陆霞说："快了！你要想办法把坠在小天鹅翅膀上的石头，变成助你高飞的运载火箭！Goodbye！"

眼前，陆霞面对着鲁小帆的提问，怎么能把"屏风"之后的交易告诉他呢?! 她抿着嘴唇，想了想，对鲁小帆说："正因为你家庭是'黑'的，到大学才有用武之地。你从报纸上也看见了，大学中一门主课，就是培养向'走资派'冲锋陷阵的战士，你爸妈的情况……"

"舅母! 你说下去——"鲁小帆屏住了呼吸，静听着。

陆霞脸上呈现出愁楚的神色，她把那个纸片递给了鲁小帆。

短短几分钟之内，鲁小帆像是做了一场噩梦。老枫树的影子，在他面前连根拔起，倒悬在灰蒙蒙的天空之中，房屋、街道，一切一切都在他眼中颠倒了位置，变得浑浊不清。他胸脯起伏地喘着气，无力地靠在背后的碗橱上。他没有眼泪，只感到一种疲惫的满足：像一个长途跋涉寻找生命之河起源的探索者，在经历过无数风霜雨雪之后，终于发现了它的源头一样。原来自己之所以命运多舛，正是因为"走资派""现行反革命""劳改犯"的家庭这个起源。他恨这个家庭，把他抛进了深渊；而"造反派"却伸出一只手，把他拉上岸来，让他重新看见蓝天……

这时，高廉从卧室走进厨房，看见鲁小帆手里那张纸片，惊慌地跑上去，想夺过来。鲁小帆背过身去，把纸片装进口袋，第一次对舅舅投射过去愤怒的目光。

高廉焦急地训斥着陆霞："你怎么把……"

"舅母做得很对!"鲁小帆为陆霞鸣着不平，"你们把我当'阿斗'一样哄来瞒去，还不许舅母讲实话? 你，高雅琴，鲁泓，想欺骗我到什么时候?"

高廉急于向鲁小帆解释这个纸片的内容，鲁小帆听也不听，他一股风似的跑出家门，直奔邮局。他要了一张汇款单，把刘如柏昨天晚上留下的三十块钱，如数寄还，并在简短附言上写道：

谢谢你的一片"好意"，我不吃劳改犯的"救济粮"。

鲁小帆

×月×日

情况急转直下，大大出乎刘如柏的意料，他接着这张汇款单，忙赶到高廉家里，鲁小帆已经走了。他追到那个名牌大学，鲁小帆对刘如柏回绝不见。刘如柏写信到那个大学，鲁小帆为了划清和家庭的界限，把刘如柏的信寄回市局，落在"造反派"手里，一个接一个的批斗会，落在刘如柏头上……

之后，鲁小帆在时代的那股黑潮里，真的张开风帆，乘风远去。他没有能像许多革命家庭出身的子女那样，成为抵抗邪恶的中流砥柱，历史的雕刻刀把他雕塑成另一类型的人物。他到各大学现身说法，陈述"走资派"的"罪恶"；一九七五年底，他还捡起那支扔了很久的画笔，画出"儿童团活捉还乡团"一类攻击老干部的作品。

这个被时代黑手摄走了灵魂的年轻人，大学毕业后，给分配到被"四人帮"喻为"一池死水"的煤炭战线，他来到了一座大型矿山。一九七六年早春，"四人帮"全面煽动停产的日子，依靠这座矿山供应煤炭的钢铁厂的"造反战友"，煽动停产未遂，便呼吁矿山的"造反战友"侧面给予火力支援，提议炸掉矿山直通钢厂的汾龙河铁桥。

鲁小帆犹豫了。他这个只会"文攻"的"造反派"，还没有经过这样大的阵势。可是矿山一个"造反"头头，勒令他和另外两个青年人，以开山为名，多领了几十包炸药，在一个初夏的夜晚，悄悄地炸毁了这座桥梁。

这就是鲁小帆堕落犯罪的脚印。此刻，他在矿山公安分局候审，还不知道下令逮捕他的，正是官复原职的爸爸。

五

鲁泓在等待着专案组长刘如柏的到来。

早晨起来，他就开始抽烈性雪茄。写字台上原为戒烟用的糖果盘，已经成了烟灰缸的代用品；盘子里覆盖了一层厚厚的烟灰——这个毅力如铁的老公安局长，戒烟失败了。儿子的案件，像两扇石磨碾碎着他那颗心。

尤其使他感到难过的是，十几年来，有些对党耿耿忠心的干部，心灵深处滋染了霉斑和病菌。像刘如柏这样精干、正直、一丝不苟的干部，在专案调查中，居然把鲁小帆从炸桥一案中漏掉。是同情？这是和一个共产党员烈火纯钢的性格格格不入的。是疏忽？刘如柏过去承办过许多案件，芝麻粒大的问题都不漏过，他从没有过这样的疏忽。鲁泓记得很清楚，刘如柏在五十年代初期，刚从部队转业到公安局工作时的情形：他穿着一件洗得褪了色的绿军装，身体虽然显得单薄一点，但还算结实；他脸上的线条，纤细清楚，眼睛不大，但总像是沉思什么问题那样专注；加上他有个爱皱眉头的习惯，使得这个戴着眼镜的青年干部，有超出一般同代人的严肃。当时，鲁泓常和秘书室的青年人，高声朗朗地讲他在冀东当游击队长时的战斗故事，年轻人一会儿听得直眉瞪眼，一会儿放声大笑。唯独刘如柏好像生下来就不会笑一样，嘴角总是绷得紧紧的，没有一丝笑意。鲁泓心想：这个年轻人大概是在冰窖里长大的，简直冷得出奇，像是对外界不起什么反应的一块冰冷的石头。但时隔不久，有两件事使鲁泓喜欢上这个"冰冷"的年轻人。

第一件：有一天夜里，鲁泓在审查一个"粮老虎"在"三反五反"中偷漏税的案件材料，他在室内吸着烟踱着步，不经心，烟头从烟嘴里掉在地板上，刘如柏从外套间走进局长室，严肃地提醒鲁泓说："鲁局长！打蜡的地板容易起火，烟头虽小，可能使咱们这座公安大楼整个报销！"鲁泓赶忙弯腰把烟头捡入烟缸之内，并向刘如柏做了检查。第二件：他有一次去出席国庆招待会，当他从局长办公室穿过秘书室时，刘如柏从侧面喊住了他，低声严肃地批评他说："鲁局长！你帽子上的国徽，有一点儿偏了，这不仅是个军风纪问题，国徽代表着……"刘如柏很有节制地顿住话头，似乎有意留下国徽的政治内涵，叫鲁泓自己去想。

鲁泓有着严格的律己精神，为这件事，在党的会议上做了自我批评；同时在公安局全体工作人员大会上，对刘如柏进行了表扬。鲁泓认为这是一个公安战士最可贵的素质之一。二十年的岁月流逝过去了，严肃得近于有点刻板的刘如柏，竟然在专案工作中出现这么大的疏忽，这引起鲁泓的深思。

按鲁泓规定的时间，刘如柏来到局长家里。也许是怕迟到，他走得很慌张，进屋时跟跄了一下，差点绊个跟头。鲁泓第一眼就看见绊住刘如柏脚的，是那根翻毛皮鞋的鞋带。他有点生气地提醒刘如柏说："看看！你左脚上的鞋带开了，不小心，可要跌大跤哩！"

刘如柏笑容可掬地系好鞋带，首先向鲁泓检查，由于工作疏忽，在炸桥的破坏性案件中，漏掉了胁从犯鲁小帆。接着向鲁泓报告了一个意想不到的消息，他说："炸桥那天，传说还炸死了桥头上的一个扳道岔的铁路员工，纯属误传。这个老铁路工人，在炸桥之前，失足落水而死，和炸桥的案件没有关联。"

鲁泓坐在藤椅上，眯起眼睛打量着他这个老部下，也真奇怪，昨天技术科对指纹刚做出鉴别，今天他进门就检查在材料中漏掉了胁从犯鲁小帆。鲁小帆成为炸桥罪犯之一了，桥头铁路员工之死，又变得和炸桥一案毫无关联?! 一团迷雾从鲁泓眼前飘起，似乎连刘如柏的面目也分辨不清了。他思考了半天，伸出结着老茧的宽大手掌："死者和炸桥无关，你拿出证据来!"

刘如柏从从容容打开公文夹子，拿出一张按着指印盖着印章的旁证材料。材料是死去的铁路员工家属亲笔写的，字体歪歪斜斜，但还清楚。材料中写道：她的男人是汾龙河铁桥扳道工，因当天多喝了几口酒，失足从铁桥的空隙间落水，之后，尸体在离铁桥九里地的汾河雾村捞起。鲁泓把材料看了几遍，感到无懈可击。

鲁泓真正感到为难了，他心里暗暗思考："怎么会这么巧合，偏偏在炸桥之前失足落水?"但眼前这份材料，既有时间，又有地点人证，写得入情入理。鲁泓本想对刘如柏漏掉鲁小帆这个胁从犯，进行尖锐的批评，可眼前案情中又生了新的枝节，这一系列的问题，关联着对鲁小帆惩处的尺度和量刑的分量。鲁泓想了想，还是把后边的问题摸清楚之后，再找刘如柏谈话。"不调查就没有发言权"，这句话是鲁泓一直严格履行的法则。

鲁泓送走这个老部下之后，抓起电话向车房要了汽车，然后摘下衣架上的风衣，出门了。他决定对铁路员工的死因进行核查，因为它显得太巧合了。虽然天底下巧合的事并不少，但这个案件涉及他的儿子，一个头上戴着国徽的共产党员，更要维护法律的严肃性；不然，那个铁路员工，魂飞九天死不瞑目，给中华人民共和国国徽上蒙上灰尘。

十分钟之后，司机小周已经把北京牌吉普开出市区，飞也似的驶上市郊公路。

深秋时节，田野里晚庄稼已经收割完毕，大地显得无限开阔而深远。南返的雁群振动着翅膀，一行行一队队飞过水蓝的天空……田洼上，山里红树，柿子树、桦树、柳树的叶子，在秋风中无声地坠落着；只有远处云天相接的地方，流火千里，似锦如霞，那是簇簇的枫树林，在一年将近尾季的时刻，用殷红的叶片，向广漠的世界显示着它生命的晚节……

鲁泓隔着车窗玻璃看出了神，不知为什么想起了鲁小帆画的那幅多孔的老枫树。那时，儿子的思想像蓝天一样清爽，像水晶一样透明。鲁泓在狱中时，多次根据那幅画来推断儿子，他想儿子一定会健康地成长，因为他是吃党的奶、在祖国春阳下长起来的孩子。谁能想到，他从狱中出来之后，儿子已经成为一个年轻的罪犯。过去，他在监狱的高墙之下，只能从报纸上闻到两军搏斗的火药气息；现在，他从儿子的缩影上，似乎看到了昨天大地上刀光剑影的格斗厮杀……

汽车快要行驶到一个十字路口时，鲁泓忽然叫司机小周拐了方向，他想先去矿山分局，亲自审问一下儿子，也许通过这个渠道，了解那个铁路工人致死的原因和情节，比一切渠道来得更直接。他确信，儿子在爸爸面前不会撒谎。

分局局长不在，接待鲁泓的是个戴黑边眼镜的秘书。这个大约有四十岁左右的中年人，大概是错把鲁泓当成看望儿子来了，便试探地问："是不是把他叫到这间办公室来？"

鲁泓立刻动了肝火。他脸色铁青，严厉地质问这个秘书说："他是什么人？他是个罪犯，马上把他押送到审讯室。"鲁泓把"押送"这两个字，咬得格外清楚，使这位秘书深深吃了一惊。

到了审讯室后，这位秘书不知出于一种什么心理状态，想退出审讯室，这下，鲁泓额头的青筋都跳了起来，怒吼了一声："站住——"

秘书嗫嚅地问："局长！你们谈谈，我……"

"你当记录！"鲁泓炯炯目光，火辣辣地盯着秘书的脸，"你心里想些什么？我是来审讯罪犯的，不是来找他谈家常！"秘书木呆呆地坐在桌旁了。

鲁小帆被一个民警押送到这间窄小的审讯室。他低着头，走到鲁泓对面一条长凳前站下。是"专政"威力的驱使？还是几个月的反省稍有悔罪的心情呢？鲁小帆走进审讯室时没有抬起头来，他站在鲁泓对面，低着头，两手交替地搓着细长的手指。

这短短的几秒钟，鲁泓似乎是停止了呼吸。他两眼望见了儿子波浪起伏的头发，又凝视着儿子挺拔的身躯。他，个子长得高多了，比鲁泓日夜揣摸着的儿子形象还要高出好多。最扎鲁泓一双眼睛的是鲁小帆的衣着打扮，由于长时间隔离反省，衣衫褴褛破旧，时令虽然到了秋末冬初，他脚下还穿着一双牛皮凉鞋……鲁泓不禁从心里打了个寒战，感到血撞心头，眼角潮湿："这就是我的儿子吗？我们在什么地方见面不好？在家里小帆儿时喜欢坐的转椅旁边；在迎接远方亲人归来的车站；不，历史偏偏给我们安排在这间审讯室会面，叫日夜思念儿子的爸爸审讯十几年不见

的儿子!"鲁泓以全部力量强压着心河卷起的波涛,用低沉的声音,吐出三个字:

"你坐下!"

三个字,只不过是三个字,像天空滚过的一声沉雷,在鲁小帆中枢神经里立刻起了回响。鲁小帆好像听见过这个熟悉的声音,在哪儿?在遥远的茫茫天际,任凭鲁小帆怎么回忆,也记不起在什么地方听到过这熟悉的声音了。

鲁小帆机械地坐在板凳上,抬起他那乱蓬蓬的头,和坐在审判席上满头银发的老人目光对视在一起。最初一刹那,他毫无发现,茫无所知。但瞬息之间,鲁小帆突然睁大了那双很美的大眼睛,接着猛然从板凳上站起来,往前迈了两步,嘴唇微微颤动了一下,想呼喊什么。但是他没有叫出声来,马上停下了脚步。显然,这极短促的分秒之间,他意识到了自己罪犯的身份,默默无声地垂下了头。

"认识我吗?"有什么东西堵在鲁泓的喉头,他用力把这句话问得分外响亮了一些。

"认出来了!"鲁小帆低着头回答,声音很低很低。

"抬起头来回答问题!"鲁泓下着命令。

鲁小帆缓缓地抬起头来。鲁泓的目光凝视儿子脸上每个部位。难道这就是小时候画老枫树、画国庆之夜孔雀开屏般礼花的儿子?谁给他在鼻孔下边按上了两撇小胡子?谁在他那双黑宝石的眼神中撒进污秽?谁在他那纯洁善良的面孔上刻上傲慢和粗野的刀痕?多么残酷的黑手啊!从他心里挖走了他的儿子。

"你不是进了监——"鲁小帆没有把"狱"字吐出来,就收住话头。他看见白了头的爸爸,坐在审讯员席位上,已经判断出在这历史的巨变中，爸爸又重新走上领导岗位，因而在嘴角闪过一丝难以理解的苦笑。

"炸断铁桥的破坏案件，你参与了没有？"鲁泓开始审讯儿子。

"什么铁桥……"鲁小帆一怔，脸上的笑容飞跑了。

"你自己清楚——"鲁泓一字一板地说，"交代问题要老实，你明白吗？"隔音的审讯室，响起"嗡嗡"的回声。

刚才鲁小帆沉溺于一种幻觉当中，他在想：爸爸也许会提示我一些什么东西，给自己某种关键性的帮助。但鲁泓一开始就把他最害怕的问题抛了出来，他的幻觉如昙花一现，破灭了。他意识到审讯员椅子上坐着的人，是严厉的法官，不是童年时，让他骑在脖子上玩耍的爸爸了。他蓬乱的头发里立刻渗出汗滴……

"鲁小帆！你听见没有？"鲁泓粗声喊道。

"我……我参加了。最初，我出于害怕，拒绝干这种事，可是矿山一个"武斗"头头，把冒领的炸药，塞在我们三个青年手里，我……我当时认为那……就是革命！"鲁小帆波浪似的头发披散下来，遮住他的脸颊，头低得挨近了胸脯。

"桥上还有个扳道工人，死在你们炸药之下，你知道不知道？"鲁泓追问道，"党的政策，是坦白从宽，抗拒从严！"

"不！爸……不！我真不知道。"鲁小帆猛然抬起他的头，"我们是黑夜偷偷干的。怎么，还炸死一个人？"鲁小帆惊恐地睁大那双眼睛，又焦急又恳切地对鲁泓说："当时，只为不叫钢厂出钢……"

"没有钢，我们就会亡国！"鲁泓被这个"钢"字激怒了，他用拳头擂着桌子，"你这个狼心狗肺的崽子，你们炸断铁桥，使三座高炉停产，犯下不能饶恕的罪行。你……"鲁泓愤怒地说着，脸色由青而黄，心角一阵疼痛，忙用拳头顶着心口。他脸上的肌肉因心绞痛而扭曲得有点歪斜。

鲁小帆如同躲避闪电的强光一样，避开鲁泓可怕的目光。鲁泓一只手伸进口袋里，熟练地从药瓶中捏出两颗药片，又像随便擦嘴似的，把药片噙进嘴里，然后向站在门口的民警，做了个带下去的手势。

年轻的民警，在门口低垂着头，他一直不敢看这个痛心的悲剧，没有及时看到鲁泓打来的手势，直到鲁泓喊出"带下去"的命令，他才走到鲁小帆身旁。这时，一种强烈求救的本能，在鲁小帆内心炽燃起来。他眼睛中闪烁着凄楚的目光，一边走一边望着鲁泓。他多么希望鲁泓能给他一瞥温和的目光，或对他说一两句在童年时常听到的那种语言啊！可是他失望了。鲁泓没有这样的任何表示，他背过脸去，把视线投向窗外。

鲁小帆不愿失掉这个难逢的时机，走到门口，突然停下脚步，绝望地回过头来，"哇"的一声哭了："爸爸！爸爸！你为什么不看我一眼?! 你救救我吧！妈妈会为我急疯的，我想她……爸爸！难道这一切都是我的罪过吗？我今年才二十四岁呀！爸爸……"

鲁泓没有回头。他从玻璃窗的反光中，把一切都看到眼内了：鲁小帆扬着两只手，在向他呼救，那个神态，就像陷入汪洋即将没顶的落水者，在呼吁着救生圈一样。与此同时，鲁泓也看到玻璃窗上，他警帽上的国徽在闪闪发光，那麦穗和齿轮构成了伟大国家的基石；而眼前这个呼救的儿子，却用炸药妄图动摇共和国大厦的地基，这是地地道道的反革命罪犯。他扭过头来，硬铮铮地对儿子说："法律是神圣的，在它面前，人人平等！它不分你是谁的儿子，谁危害国家安全，一律严惩不贷！你的出路摆得很清楚，只有老实交代，争取从宽处理。下去吧!"

鲁泓再一次向民警挥动手势;鲁小帆被带走了。

他从口袋里掏出布票和钱，对那个戴黑边眼镜的秘书说:"你有空给他去买身衣裳，再买双布鞋，还有……理个发。别忘了，把他那两撇小胡子给我刮掉!"

秘书早已满脸淌汗，好像刚才被审讯的不单是鲁小帆，鲁泓也审讯了他的灵魂。他对鲁泓叫他办的事情，心悦诚服地答应照办。由于心情十分激动，竟忘了留下局长吃中午饭。

吉普车重新爬上开往汾河雾村的公路。公路旁汾龙河水，泛着碧蓝色的浪花，滚滚东流。鲁泓靠在椅背上，掏出烈性雪茄，大口大口地吸吮起来，小小的车厢里腾起团团烟雾。司机小周被呛得连声咳嗽，他偷偷打开一点车窗玻璃，让十月的秋风，驱散着这满车的烟雾……

鲁泓完全没有注意到这些，烟雾把他带到痛苦的记忆之中，他眼前腾起了几幅不连续的画面……首先他回忆起在监狱时的一段往事:他穿着一身印着"劳改"两个大字的灰色犯人服，从犯人种的菜园里，拉来一小平车茄子，送往犯人食堂。在路过一座石拱小桥时，几个茄子从车上滚下桥坡。当时正是夏末秋初，桥下几个女犯人正在割喂牲口的秋白草，一个女犯看到滚落到脚边的茄子，忙扔下镰刀，捡了起来，追上菜车，并用力推着车尾，帮助鲁泓把车推上了石拱小桥。鲁泓抹抹汗水，想向这个热心人道谢，一回头，两个人都愣住了，这个女犯正是高雅琴。

高雅琴泪水夺眶而出:"老鲁!是你……"

鲁泓诙谐地笑着:"雅琴!现在可不是该弹泪花的日子，要格外珍重革命的本钱——身体!"

高雅琴用灰褂子的袖口擦擦眼角："小帆……现在不知长多高了，我惦着你，也总梦见小帆……"

鲁泓疼爱地看着妻子瘦骨嶙峋的身体，低声对高雅琴说："别太儿女情长，看看我们国家的形势吧！劳改场场长悄悄告诉我，发动'全面内战'的那个'二木'，摔死在温都尔汗了！"

高雅琴攀住鲁泓胳膊："真？"

"场长告诉我，河清有日！"

高雅琴忧郁地望着丈夫："可还有那个党内吕后，倡导'文攻武卫'的'江不清'……"

鲁泓鼓励着高雅琴说："把身体养得好好的，等着瞧，想搞垮我们的党，不是那么容易的！"鲁泓抓起高雅琴一只手，使劲地握了一下，好像这样可以使她更坚强一点似的："雅琴！你要保重身体！"

高雅琴泪水一直淌下嘴边，喃喃地说："我……挺好，就怕小帆……他，不会跟着黑潮……跑吧！老鲁？"

"不会！"鲁泓安慰着妻子，"你放心吧！雅琴……"

他嘴里这样说着，心里真的为儿子担心。

一九七五年底，鲁泓最担心的那个问题，终于发生了。他从报纸上看到一幅画，画名为《儿童团活捉还乡团》，画的虽然是解放战争年代的事，但政治寓意无疑是针对七十年代重新工作的老干部们，下面署名是小帆。尽管少一个表明姓氏的"鲁"字，鲁泓登时浑身麻木。他，不知为什么悄悄把那张报纸揉了，他感情上不认为这是鲁小帆画的，理智上却在说："从《老枫树》到《儿童团》，这一定是儿子变了！"

鲁泓回忆起这些场景时，视线有些模糊起来。在吉普车的颠簸摇摆里，鲁泓又回想起刚才在矿山分局那个场景：秋风吹起鲁小帆褴褛的衣衫，一步一回头地向他遥望。他耳畔回响着鲁小帆的喊声："……妈妈会急疯的……爸爸，你救救我吧……"

从车窗外吹进来的风，扑打在鲁泓的脸上，他从回忆中清醒过来。他发现手上夹着的那半截雪茄早已熄灭，便把长长的烟蒂顺手抛出车窗，心里暗想："对阔别了十几年的儿子，尽管他是个罪犯，是不是太冷了一点？"他从上衣兜里，掏出刘如柏给他的那张旁证材料，仔细认真地又看了两遍，死者家属的指印和印章都在，丝毫没有伪造的痕迹。鲁泓忽然审判开自己了："鲁泓啊，鲁泓！证据在手，你何必亲自出来查访，难道你真的希望这个材料不实，儿子的罪行里再多一条罪行吗？"想到这里，鲁泓朝小周摆摆手说："停车！"

小周万万想不到局长会叫他半路停车，猛然踩了车闸，车身猛烈向前倾斜了一下，戛然停住。鲁泓走下车来，信步沿着汾龙河河堤走去。

汾龙河碧浪飞卷，拍击着高高的长堤。秋风掀起鲁泓的米黄色风衣的下摆，鲁泓迎着秋风陷入沉思。不远处，河堤上长着一排挺拔的向日葵，垂着沉甸甸金黄色的头冠，只有一棵瘦弱的向日葵，没有结籽就过早地被风暴吹折了。鲁泓在这棵折断了躯干的向日葵旁停下脚步，像母亲抚摸重病的婴儿那样，眼里竟然盈满泪水。他把它折断的头部扶起来，又从风衣口袋里掏出一条手绢，想把它折断的伤口包扎起来。但是，晚了！晚了！这棵被风暴吹断了躯干的稚嫩生命，伤口太大，已经包扎不住了。鲁泓收起手绢，低声自语着："多可惜……"

若不是对岸一个钢厂出焦的红红烈焰，吸引了鲁泓的眼睛，他不知还要在这棵过早夭折的向日葵跟前站上多久。眼前，红色的火舌映红了汾龙河水，舔红了云天，把厂房上垂下的巨大竖标"大干快上，为超额完成××万吨钢而奋斗！"映照得更加醒目耀眼。"钢！钢！谁破坏了钢厂出钢……还有那个死因未明的铁路员工——"鲁泓想起这些，猛然回身，匆匆向吉普车走去。

司机小周已经体察出老局长痛苦的心情，轻声请示说："是不是回局？"

鲁泓一挥手："回局干什么？用最大的迈速，奔汾河雾！"

六

黄昏时分，吉普车才离开汾河雾村，拐了个 S 形大弯，奔向死去的铁路员工家里。鲁泓在两个地点做完周密的调查回来，天色已经微黑，汾龙河大桥上亮起了盏盏灯火。

吉普车风驰电掣般向市区疾驶。司机小周知道，老局长从早上九点半到现在还饿着肚子。他年轻力壮，算不了一回事，可是老局长已经是奔六十岁的人了。还好，在路旁碰见一个还没上板的供销店，小周跳下车来，买了两个面包，递给老局长一个。

小周一边嚼着面包，一边握着方向盘，车速渐渐缓慢下来了。天，不知什么时候下起了秋雨，淅淅沥沥地敲打着吉普车的窗玻璃。车里很暗，小周望望车内的后视镜，老局长根本没有吃那个面包，只有雪茄烟的火亮在镜子里闪光。借着火花的闪烁，他看见老局长紧锁着眉头，似乎正在生气哩！

小周猜得不错，鲁泓确实非常恼火。经过他亲自访查，他确信像刘如柏这样——放在哪儿哪儿闪光的干部，在这十几年的风风雨雨里也生了"锈"。他正在失去他素质中最宝贵的严肃精神。他决定到家之后，第一件事就是把刘如柏用电话叫来，用十八磅大锤，敲击他心灵上的锈斑，也许为时尚不算晚。

鲁泓想得很多，甚至想到和刘如柏谈话的细节。但当吉普车停在他的小楼门口，他走下车来之后，生活中另一个突然事件，把鲁泓当晚找刘如柏的计划打乱了。鲁泓看见一个挂着拐杖的老太太，在雨幕笼罩的小楼前徘徊。她没有穿雨衣，也没有打雨伞，胳膊弯里挎着一个乡村常见的蓝花包裹，从头到脚被雨水淋得湿漉漉的。这个老人不断向小楼窗口闪烁的灯光眺望，似乎正在辨认这里是不是她寻找的地方。

路灯的灯光很暗，加上一层蒙蒙雨幕遮挡，鲁泓一时没看出来是谁。老人听见脚步声，回过身来，哆嗦着淋得发青的嘴唇，想向鲁泓打听什么。这时，鲁泓看清了，站在雨幕里的是以"叛徒的母亲"罪名，被押送回原籍的老娘。他立刻脱下风雨衣，给老人披上，同时，嘴里呼喊出一个悲怆的字眼："娘……"

老奶奶一下攥住鲁泓两条胳膊，从头顶一直打量到脚跟，又从脚跟打量到头顶，嘴唇翕动着，似有千言万语，但就是说不出一句话。鲁泓笑着脱下警帽，说："娘！我还是像过去那么硬实，就是头发……您看！"他微微低下头去，让老人看他被严峻岁月催白了的发鬓，然后带点埋怨的口气说："娘！您来之前，也不来个电报，用车接您去呀！看把您淋的！"

"这些年……你和雅琴受了罪啦！"老奶奶仰起头来，脸上水珠闪闪，不知是雨水在她脸上闪光，还是眼泪在她面颊上流淌……她颤巍巍地抹抹眼角："没有党中央、华主席，抓了那群虎狼，娘……也许再见不到你们了！"

鲁泓接过老人胳膊弯里的印花小包裹，搀扶着老人走上这座离开了十几年的小楼。经过一场生死浩劫的亲人，重新团聚，给这座小楼增添了几分欢乐气氛。但不到十分钟，老奶奶一边从包裹中往桌子上掏核桃，一边用眼睛寻找她的宝贝孙子了。她问高雅琴："小帆哪？怎么不出来见见奶奶？"

鲁泓迈上一步，用身子挡住面色苍白的高雅琴："娘！他……他没在家！"

"上哪儿去啦？"老奶奶兴冲冲地追问。

"上……上外地去了，"鲁泓回答说，"短期回不来。"

老奶奶用毛巾擦着脸上的雨水，嘴角上挂着回忆的微笑："小帆小时候，是在我被窝搂大的，还叫我孙子跟我一屋睡吧！眼下，他个儿有多高了？比他爸爸高还是矮？"老奶奶用欢欣的目光，询问高雅琴。

高雅琴的心事，被老奶奶勾起来了。听着老人一句句深情的问话，她控制不住母亲对儿子的感情，叫了声："娘……他……"鲁泓在高雅琴身边，为了转移话题，轻轻推了推高雅琴说："娘浑身还湿着哪！去，拿你的干衣服来！"

鲁泓把高雅琴支走了，心情并不因此而感到有一点轻松。他知道纸是包不住火的，瞒过初一也瞒不过十五，终久有一天，这个怕人的消息，会传进老奶奶的耳朵。但是他很体谅老人这颗心：怎么能叫老人刚刚进家，就给她当头一棒呢？虽然，这个骨节硬得像石头一样的老人，烽火连天的年代，以革命的名义，谱写过一首惊天地泣鬼神的壮歌，震动了整个冀东平原。但那已经是三十多年前的事情了。眼前，她已经是手不能离拐棍的老人，鲁泓很怕叫老人为了孙子的事，额上再添上几道皱纹……

老奶奶换干衣裳的时候，暂时忘掉了她的孙子。等高雅琴端上饭菜，一家人围坐在一张四方形饭桌旁时，是见景生情，还是觉察到鲁泓和高雅琴神色不对，老奶奶端起饭碗来，两眼直溜溜地望着饭桌空着的一面。鲁泓干脆来了个"先发制人"，不断向老人询问阔别十几年的情况，打听老人在枫林峪的生活，以及打倒"四人帮"之后农村的新变化，使欢快的气氛增多了一些。但，偏偏这时来了一位不速之客，把出现在饭桌前安静和谐的空气，扫荡一光——高廉披着雨衣，戴着一顶鸭舌帽走进来了。

前几天，他曾来探望姐夫和姐姐一次，不巧，正碰上鲁泓在局里开党委会。高雅琴一看见这个弟弟，火冒三丈，不容高廉开口，就把他推出门口，关闭了院门。她把鲁小帆的堕落所带给她的全部痛苦，一股脑儿迁怒在她弟弟身上。高廉当天弄了个哑巴吃黄连——有苦说不出，他心情沉重地走了。今天下雨，高廉估计鲁泓不会外出，他怀着强烈的内疚，来向姐夫和姐姐辞行。

鲁泓伸出手掌，热情地和高廉握手。他十分谅解一个知识分子在这个历史年代的苦衷。但高雅琴余怒未消地瞪着高廉："你又干什么来？这儿是'劳改犯'的家！"

"我来看看姐夫、姐姐和大娘。"高廉脱去雨衣，摘掉鸭舌帽，忐忑不安地说，"这么多年，我没能管好小帆，心中非常难过。不过，我想告诉姐姐，我没有力量抵抗这场历史的暴风雨。这么多年，我没有写出一个字，而靠填写旧诗词和考证古典文学打发日子。姐夫，我对不起党对我的培养；可是，姐姐，我也没有追风，凭借风力飘摇而起。我胆怯，懦弱，也是一个被侮辱和伤害了的灵魂。尽管，我没有坐牢——"

高廉这段带着血泪的内心独白，是真实的，鲁泓不禁为之激动。他仔细打量着这个五十年代颇有名声的作家。严峻的历史，对这个憨厚、敏感、才情不算低下的文艺工作者，并没有放过。他目光中火一般的激情哪儿去了？他满脸的书卷气哪儿去了？一场寒霜，百花凋零，似乎高廉那条心河也开始涸干，四十多岁的人，竟有点像契诃夫笔下的小公务员了。

鲁泓记得，过去一到深秋时节，高廉喜欢穿一身深蓝色的哔叽制服，着一双中式的布底鞋，人显得十分精干洒脱。眼前的高廉，穿得倒还是二十年前那套制服，制服上污渍斑斑，油花一圈连着一圈。也许鲁小帆一走，他接过来炒菜的勺把，当了家庭厨师，一本菜谱代替了他对马列文艺经典著作的学习。鲁泓那双像 X 光一样深邃的眼睛，还看到一个使他心酸的细节：高廉上衣的五个扣子，丢了两个。不用问，那个在舞台上装扮过《睡美人》的"天使"，一定是早已攀高枝飞了，高廉早就变成一个不称职的家庭"主妇"了。

高雅琴似乎也看出了这一点，怜悯正取代着她的激愤。她问："你那位宝贝老婆呢？"

高廉平静地回答说："黑潮把她卷走了。我们虽然没有正式办离婚手续，可也分居好几年了！这回，和那些丧尽天良的新暴发户一起覆灭，到他们应当去的那个'天堂'了！"

高雅琴的心被弟弟一番真挚诚恳的语言打动了，她拿出针线盒，开始给高廉缝补丢失的纽扣。高廉掏出一串挂在指甲刀上的钥匙，递给高雅琴说："姐姐！明天我就要离开我那个'家'了，随农垦局的同志一起去北大荒，那儿是华主席指示要开发的粮食基地之一。我要带着作品回来见你们，赎回我在小帆身上的失职……小帆，他现在哪儿？在矿山反省？还是进了分局？我……"

鲁泓和高雅琴还没回话，留心听着他们对话的老奶奶，一下急了：

"怎么回事，小帆为啥反省，什么……进分局？"

刚才他俩都沉浸在高廉准备走向新生活的欢欣里，一时间忘记了坐在饭桌旁的老奶奶；这会儿老奶奶沙哑的嗓音响起来，鲁泓和高雅琴都呆愣住了。

"我问你们，我孙子在哪儿？"老奶奶声音一下尖厉起来，明显地带出了怒气。

高雅琴手足无措道："他……"

"他怎么了？"老奶奶猛然从饭桌上站起身，"要是对我藏着掖着的，我连夜回老家枫林峪！十几年的离散，真把我和你们的心也离开了！嗯？"

"娘——"高雅琴一头扑在老奶奶怀里，"您别走，我说……我都说了，早晚也得叫您知道……"她嚼着发咸的泪水，向老人陈述了鲁小帆的一切。最后，用目光向老人示意说："他……他……亲自下令，把小帆逮捕了！"

老奶奶拄着拐棍走到鲁泓面前，鲁泓扶老人坐在沙发上。老奶奶一挺身站起来，一字一板地对鲁泓说："你……知道不知道你就这么一个儿子？"

"知道！"鲁泓说，"是您教育我这样做的。"

"我？"老奶奶有点火了，"我刚下火车，刚到家……"

"娘！您理会错了，不是今天，是三十多年以前，您告诉我怎么当一个共产党员，怎么当一个无私的革命者……"鲁泓点着了一支雪茄，缓缓地说，"看样子，在这个节骨眼的时刻，雅琴！高廉！我们应当重温一下娘给我们上的最宝贵的一课了……"

七

原来鲁泓的娘，并非亲娘，在烽火连天的抗日战争年代，鲜血凝成了亲如骨肉的母子关系。

那是祖国历史上的一个暗夜，日本侵略者的铁蹄肆意践踏着祖国的万里河山；冈村宁次的"三光"政策，在华北每一寸土地上罪恶地推行着。当时，威震长城内外的游击队长鲁铁头（鲁泓的绰号）的照片，被贴在冀东的县城和村村镇镇，到处绘影画图，重金悬赏缉拿鲁泓。冀东汉奸一四一六便衣队，像警犬一样追踪这个身上带着枪伤的共产党员。

鲁泓当时住在长城脚下枫林峪石大娘家养伤。石大娘的老伴是个老交通员，在一次护送大部队首长过喜峰口时牺牲了，石大娘便接过来丈夫的担子，奔走于长城内外。有一次唐山地工人员转来一封关于北宁线鬼子调防的消息，要火速送往口外大部队。石大娘为了照顾鲁泓的重伤，把任务交给了儿子石小锁去完成。

石小锁走时，枫林峪的枫树叶子，还是一团暗绿；时令过了霜降，到了农历十月，枫林峪的枫树林叶子已经像一团烈火般的殷红了，还不见石小锁回来，这叫石大娘非常忧心。鲁泓伤势逐渐好转之后，经常看见石大娘登上陡峭的山崖，手搭凉棚，眺望层层叠叠的万里关山，寻觅儿子归来的身影。

石小锁无影无踪，石大娘消瘦了。鲁泓安慰她说："大娘！您甭心急，小锁穿山如走平地，比猴子还机灵，不会出啥差错！"

石大娘有点担心地说："机灵倒挺机灵的，就是骨头嫩点。"

一个飘着绵绵秋雨的夜晚，雨点敲打着漫山枫叶，这个三十多户小小的山村，笼罩在一片秋夜的谧静之中。已经过了三更时分，雨点声中传来一阵嚓嚓的脚步响。世界上每个母亲都是最了解儿子的，石大娘一下就听出是儿子那双"蹬倒山"的铁掌鞋，在石板路上行走的声响，忙隔着窗子向外喊了一声：

"是……小锁子吗？"

"是我！老鲁还在吗？"儿子语声有些颤抖。

石大娘说："在！快进来吧！"

这本是两句极平常的母子对话，对外人来说，绝不会有什么空隙可发现的。但老区出色的交通员的每根神经，都比得上现代化的激光、雷达。石大娘感到儿子的回答，有点反常。从石小锁牙牙学语起，石大娘问儿子什么，儿子回答时，总把"娘"挂在每句话的第一个字上，"娘！好！""娘！行！"地答应。一个多月不见，母子悬心，哪有不想娘的道理，回答时竟没有这个"娘"字！而且问"老鲁还在吗？"似乎太急了一点，声音有点异样。

石大娘挑开窗帘往外看了一眼，儿子犹豫地站在门口，眼睛还不断向山路上望着。

"有同志来？"石大娘问儿子。

"嗯……"石小锁含糊地回答。

"哪儿来的同志？"

"……"儿子没有回声，手里电筒却闪亮了一下。

石大娘忙推醒里屋酣睡的鲁泓，同时厉声地追问儿子："哪来的同志？"

"是……口外……来的！"石小锁支支吾吾地说，语声中带着惶恐和慌张。

石小锁异乎寻常的神态，使石大娘意识到有什么意外的情况发生了。她首先把鲁泓推到炕洞下一个石板垒成的地窖，然后跳出窗子，一把抓住儿子的衣襟，想询问儿子到底发生了什么事情。但远处街头传来军犬的狂吠声，已不容许石大娘多问，她用劲把儿子拉进屋里，推进炕洞地窖。鲁泓和石大娘刚刚封好窖顶上盖，日本鬼子的军靴就进了她家的屋子。

石大娘凭着对儿子本能的了解，才逃过了这场毁灭性灾难。母亲摘下地窖墙壁上挂着的一盏马灯，举到齐眉心的地方，审视地打量着儿子。石小锁面色蜡黄，哆嗦得几乎支撑不住自己的身体。

石大娘眉梢高挑，指着头顶上鬼子的军靴声，质问儿子说："这是怎么回事，鬼子从没来过咱们村！"

"娘！……"石小锁语不成声地道，"是……是……"他恐慌和内疚的目光向鲁泓一瞥，低下了头。

无声的目光，胜似有声的语言，他已经向石大娘做了灵魂的自白。石大娘清楚了：他引来的不是什么同志，而是搜捕鲁泓的敌人。

日本战刀的碰击声，夹杂着翻箱倒柜的声音，在他们的头顶上响着。鲁泓手握着两把日本"王八盒子"，枪口紧对着地窖上盖；石大娘一缕黑发披下额角，牙齿咬破了嘴唇，从牙缝里挤出断续的字眼："你……要敢咳嗽一声，我立刻……打……打死你！"

"娘！"儿子低声哭了。他扯开前胸衣襟，一片血肉模糊的伤痕，像针一样扎进母亲的眼里。他低声地抽泣着："完成任务回来……过喜峰口，被据点的鬼子抓住了，洋狗撕，老虎凳，灌辣椒水……我都咬牙顶过去了，最后，把我拉到砍头的刑场……我……我……"

"你就招出来鲁队长，换你的小命是不是?"石大娘两眼不看儿子胸膛的血斑，狠狠盯住儿子一双怯懦的眼睛。

"最后三分钟，我才……才……娘，最后三分钟……"

石大娘用手捂住了儿子的嘴。

日本鬼子翻遍了家家户户，一无所获，连引路的石小锁也消失了踪影，怕在老区中了埋伏，便把枫林峪倒上汽油，点着了。最后，把住在村口的老农会主任抓住，倒挂在一棵歪脖树上，点了"天灯"，惶惶逃走了。

天，还在下着密集的秋雨，整个枫林峪在雨水中燃烧。熊熊的火团，照亮了长城上的烽火台。当东天边上出现黎明的曙色时，枫林峪变成一片冒着青烟的焦土和废墟……三十多户乡亲，自动聚集在平日集会的枫树林，议论着这次突然而来的大劫，一致认为是出了叛徒，于是愤怒地呼喊着：

"严惩叛徒! ——"

"给农会主任报仇! ——"

此起彼落的呼喊声中，石大娘把儿子押到了会场。

石小锁抱着母亲的腿，哭喊着："娘——娘! ——"

石大娘脸色苍白，踉跄了一下，马上站住了。她把手枪扔给了鲁泓，央求似的对鲁泓说："鲁队长! 我生养的这个孽种，贪生怕死，出卖同志，给咱们枫林峪带来一场大灾，农会主任搭出去一条命。我请求你，处决我这个儿子——"她说到后尾"儿子"两个字时，声音突然高昂起来，显然她是用她全部力量，倾吐出这个字眼。

鲁泓接过手枪，手在打战。他曾是个单枪匹马的孤胆英雄，刚从开滦煤矿逃出来时，一个人摸过鬼子两个据点；一把秋水雁翎刀，一口气劈过九个鬼子，刀口砍得卷了刃，鲁泓没有眨过一下眼皮。今天，他无论如何拿不住这把手枪。他想这场枫林峪的大劫，是因为自己在这里养伤带来的，何况石大娘就这么一个儿子呀！

十几个像石小锁一样大小的青年，有的竟然给石大娘跪下。石大娘背对着那些给儿子求情的伙伴，全神凝视着浓烟未熄的山村，看着抽缩成一团黑炭似的农会主任尸体，猛然，她夺过鲁泓手里这支手枪，闭合着双眼，朝脚边的儿子勾动了扳机。枪响了，石小锁身子剧烈地抽动了一下，血，从他背后流了出来。

石大娘手中的枪落在地上。她，无力地坐在儿子旁边，用痉挛的手指抚摸着儿子的脸颊，一瞬间的时光，她好像老了许多，黑发里竟然出现了雪白的银丝……

枫林峪的男女老少被这个母亲的行动惊呆了，变成一尊尊肃穆的石雕，但令人窒息的沉静过去之后，枫树林里响起山呼海啸般的呼喊：

"石——大——娘！"

群山轰鸣，连万里长城也响起呼唤的回声：

"石——大——娘！"

石大娘用衣袖擦擦儿子脸上的泥土，又擦擦自己鬓角上淌下来的冷汗，坚强地站起来，对乡亲们说："挖自己身上的肉，还能不疼！可是共产党员，缺了这股子精神，就挖不了旧社会这个大脓疮，革命成功了，也会垮台！"

鲁泓这个不知道什么叫眼泪的汉子，两行热泪流到嘴边，他向伟大的母亲行个军礼，叫了声："娘！——"就投到石大娘的怀里："娘！我今后就是您的儿子……"

鲁泓追叙完这段革命往事时，屋子里静极了，静得能听出四个共产党员心脏的跳动声。

老奶奶眼角闪出泪光，昔日的烽火历程，血的记忆，潮水般地涌上她的心田。她理解鲁泓重提这段严峻的革命往事的目的了。一个革命者要勇于做出牺牲——当革命需要你这样做的时候。难道鲁小帆的严重罪过，能因为他爸爸是公安局长而宽恕一分吗？老奶奶用袖口抿了抿眼角，对鲁泓说："只要是个脓疮，就要开刀挤脓，我……我不拦你！雅琴！你的意思呢？"

高雅琴脸上在发烧。她已经是个有二十多年党龄的党员了。痛苦的冤狱生活，没有折磨掉她对党的忠贞，但在儿子的问题上，她却差点儿躺倒。她看到自己和丈夫的思想差距了，有冠心病的鲁泓，急救药瓶不离口袋，可是他的步子迈得依然那么结实有力，在他面前，几乎没有不可跨越的高度。她感到没有照顾好丈夫，反而要鲁泓帮助自己，强烈的内疚在她胸中翻腾。她轻轻走到鲁泓身旁，对丈夫说："老鲁！让我们一起挑起这副'四人帮'留给我们心灵上的担子吧！今后，我绝不再给你增加一点痛苦！"

"娘那件事，虽然已经过去三十多年了，我总感到像是昨天发生的。"鲁泓吸着雪茄烟，深沉地说，"娘说得多么好啊！'一个共产党员，缺了这股子精神，就挖不了旧社会这个大脓疮。'如果，我们共产党员，特别是像我这样的领导干部，不能用生命和鲜血维护法律，历史上这段茫茫暗夜，难保不会重来。娘！雅琴！高廉！那我们说跟着党中央、华主席进行新的长征，就是一句空话！"

这天夜里，高廉留宿在鲁泓家里，他内心翻江倒海，久久不能入睡。他从姐夫身上看到老一代革命者的坚韧意志和高洁的品质。他索性爬了起来，开了台灯，在鲁泓的疲倦的鼾声中，拿起了笔。他该怎样写小说的开头，描写像鲁泓这样的老干部呢？他忽然记起了陈毅同志的一首诗：

大雪压青松

青松挺且直

要知松高洁

待到雪化时

他从这里开始，挥笔写下去了……

八

第二天早晨，鲁泓醒得比较晚，睁开眼睛，高廉已经不在了；他黎明起来，到农垦局上了专车，去火车站了。写字台上留着他敬摹陈毅同志那首抒写革命者品质和气节的诗篇，下面写着"愿与姐夫共勉！"几个大字。

也许是由于这张纸条的刺激，引起了鲁泓的联想。他刮完胡子之后，推开窗子，把一盆苍绿的花，从窗台上搬了下来，抱上在门口等候他的吉普车。

司机小周望着下巴刮得铁青的老局长，一下好像年轻了好几岁，还把一盆花搬上车来，不禁奇怪地问："老局长！带这盆花……"

鲁泓对小司机带点诡秘的笑意："有点用处！"

小周理解：一定是老局长嫌办公室单调，搬来这盆花当个点缀的。因此，车停之后，他端起花盆就往局长办公室送。鲁泓命令说："搬到二楼刘科长那间屋子！"鲁泓没有先上自己的办公室，径直地朝刘如柏办公室走来。

刘如柏的办公室还亮着灯。他一夜未睡，刚刚把"炸桥"的专案材料整理完，鲁泓就走了进来，他顺手拉灭了电灯，坐在刘如柏对面椅子上。

"鲁局长！"刘如柏揉揉眼窝，恭敬地站起身来说，"材料整理完了，不会误你去市委开会时用了。"

鲁泓看看笑容可掬的刘如柏，把摆在桌子上那盆花，往刘如柏面前推了推，说："你受累了！送你这盆花，算我复职之后，给你的一件礼物。"

过去的年代，由于鲁泓深爱这个部下，无论到哪儿去出差开会，常带些地方的土特产，送给刘如柏。因此，刘如柏对这盆花并没有太加注意，他想，这也许是对他的专案工作的嘉奖。他用手摸摸花盆说："鲁局长！小帆的案情，我量了又量，充其量不过是吃了'四人帮'的政治砒霜，办下这桩糊涂事！"

鲁泓不动声色地说："依你说，他只是个教育对象，触及不到法律呀！"

"也不能那么说。"刘如柏进退自如地收住话头，淡淡地笑着说，"如果触及法律，也是刚挨着一点儿边！"刘如柏把厚厚一叠材料递给鲁泓。

鲁泓没有看一眼材料，心情沉重地望着这个老部下。十几年前，面孔冷若冰霜还带着一点刻板的刘如柏，在地球转了几千圈之后，脸上那块比金子还贵重的"冰块"消融了。虽然，他穿着一身合体的新制服，并且在打倒"四人帮"之后，换上了一副新的黄边眼镜，连脚上也穿起一双新的翻毛鹿皮鞋；但鲁泓痛切地感到，装束虽新，人旧了。一个严肃得让人觉得近于固执的人，脸上那块"冰"化成了融融春水，总似在荡波微笑。这笑容里包含的成分很复杂，是自信？不是！是谦恭？有那么一点。在谦恭的背后，似乎还潜藏着自卑、讨好和奉承。如果刘如柏在刚解放时是个留用的伪警，那么这么多复杂成分，可以解释成本能的驱使；但是，一个曾经是优秀的公安战士，这样的微笑，鲁泓看出来是灵魂的某些变态，在脸上引起的连锁反应。

"小刘！"鲁泓叫惯了口，对四十多岁的刘如柏还是这么称呼。

"嗯！鲁局长，您今天是不是有点不舒服？"刘如柏不由得把"你"字改称了"您"字，因为他看到鲁局长今天神情有点反常。

"我问你点闲话，"鲁泓说，"你这个名字是谁给你起的？"

刘如柏心里越不安，脸上笑容越发显得虔诚，他回答说："我爸爸！"

"为什么给你起这个有意思的名字？"

刘如柏略想了一下说："我爸爸在旧社会是个清贫如洗的中学教员，他恨国民党的贪赃枉法，营私舞弊，大概是倾慕松柏之清廉正直，给我起了这个名字。"

"你回家之后，替我向可尊敬的老知识分子致意。"鲁泓意味深长地说，"并告诉老人家，我准备给你换一个名字，把'如柏'的名字，换成'如柳'！"

刘如柏一时没能理解老局长的意思，脸上流露出茫然不解的神气。

"你还不知道为什么吗？"鲁泓正颜厉色地说，"你有了像柳丝一样爱弓腰的毛病，你太爱笑了，过去严肃正直的刘如柏已经

'死'了!"鲁泓埋藏在心中的怒火爆发了。他把烟头甩进痰盂里,质问刘如柏说:"鲁小帆的案情,你是用哪杆秤称的?是用宪法这杆秤,用共产党员那颗准星?还是像'四人帮'那样,把革命良心挟在胳肢窝里,把法律当成可以任意摆弄的洋娃娃?"

这是刘如柏第一次看见局长发这么大的脾气,两条浓黑的眉毛几乎连在一起,额骨上的肌肉因盛怒而抽搐,眼睛射过来的不是光,而是一团燃烧的火。刘如柏不敢去和那双目光对视,半低下头来下意识地脱掉帽子:"鲁局长!炸桥的案件,上次材料中漏掉鲁小帆,是根据鲁小帆在矿山的反省交代整理的。"

"为什么你不亲自提审他?为什么你不追查那几张包炸药的蜡纸?"

"也……"刘如柏变得结巴起来,"也许我在这些环节上疏忽了,后来技术科通知我……我才……"

"疏忽?你记得二十多年前吗?帽子上的国徽偏了一点点儿,你都给我指正出来。飞鸟掠空闪过,你能查出痕迹,蚂蚁爬过的道路,也瞒不过你的眼睛,你用疏忽解释得通吗?"鲁泓往前迈了两步,口气和缓了一些,但语言更加锋利,像三尺青锋扎在刘如柏心坎之上,"就按你说的是疏忽,为什么对那几个炸桥的罪犯,眼睛睁得大大的,偏偏对公安局长——你的老上级的儿子,视而不见?嗯?"

刘如柏感觉紧贴在自己心扉的屏风,被鲁泓那双手搬开了,心里扑通地跳了起来。他低着头思忖着:该怎么回答老局长尖锐的质问呢?

鲁泓看刘如柏低头不语,便提醒刘如柏说:"用不着在大辞典里寻找词汇,我要听一个公安人员直截了当的回答。"

刘如柏的退路都被鲁泓封死了，脸涨得通红，红得像盛夏的鸡冠子花。他向鲁泓说出自己的心声："鲁局长！我同情你这么些年的不幸遭遇，也喜欢过去的鲁小帆。私心吃掉了我的认真，我不愿意深究他的问题，而是合法地使用了鲁小帆最早的'交代'，他说他没参与炸桥。对其他罪犯，我只追他们各自的罪行，没有追横的关系！"

"除了你说的这个'疏忽'之外，案件调查还有没有别的'疏忽'？"鲁泓含蓄地追问道。

"那个铁路员工从桥头失足落水，显得太巧合了一点，虽然那份材料写得入情入理，又有家属印章……"刘如柏紧张地思考着说，"你看，是不是我去调查核实一下？"刘如柏下意识地抓住桌子上的大壳帽子。

"我调查过了！"鲁泓说，"这是一篇伪证！"

"啊？"刘如柏吃惊地睁大眼睛。

鲁泓一字一板地向刘如柏讲述他私访的过程。事情经过原来是这样的：那个被炸死的铁路员工的儿子，是鲁泓当公安局长时的第一个小通信员，后来转业到了铁路系统工作，这一家人都非常同情老局长夫妇的冤狱折磨。他们知道鲁小帆是老局长的唯一儿子，不忍目睹一个老干部的心再淌血，不愿看见他的老上级刚刚迈出监狱铁门，又遭到另一个致命的打击。这个老少三代的工人家庭，虽然深爱他们死去的长者，但朴素地认为：鲁小帆受到严厉的惩处，会使老首长躺倒，导致老首长第二次的家庭悲剧。于是，这个老铁路员工的儿子，主持召开了三次家庭会议，说服了家庭，主动写来那封盖着印章的证明材料，向饱受"四人帮"折磨的老上级，捧献出整个家庭的心……

刘如柏脸色苍白得像一张纸。原来他只感到案情过于巧合，万万想不到竟有这样复杂曲折，他——一个老公安战士，感到强烈的内疚。他说不出一句话了，只是呆愣地望着白发染鬓的老局长。

鲁泓默默地走向窗口，推开窗子，深深地吸了几口早晨的新鲜空气，以驱散沉重而压抑的心情。然后，两只手的指骨互相捏在一起，发出"咯叭""咯叭"的声响。但这一瞬间，他想起这个老部下的遭遇：因为刘如柏给鲁小帆送过三十块钱，给鲁小帆写过信，遭到大会小会的多次批斗，罪名先是说他给劳改犯的儿子"输血""送氧"，后来，又说他想腐蚀"造反派"。尽管刘如柏把这些往事深埋在心里，从没在鲁泓面前流露过，但鲁泓回到局里就听说了，他很理解刘如柏这颗心……可是眼前，鲁泓不能原谅刘如柏的过失。他从窗口扭过头来，语重心长地说："我是小帆的爸爸，难道处理他我不心疼？可是我们的党，是光明磊落的党，是一心为公的党。鲁小帆和其他几个罪犯，在两军对垒的决战时刻，炸了铁桥，使三座高炉断炊，怎么能逃脱法律的惩处？封建时代有过包拯铡包勉、戚继光斩子大义灭亲的行为，难道我们共产党员的正气，还比不上封建年代的清官廉将？那样的话，他们躺在九泉之下，会戳我们脊梁骨，笑话我们共产党人的，小刘！"

刘如柏眼圈发热，不知为什么，泪水竟那么迅速地涌上了他的眼帘，在很长一段时间，他没有听到过这样的话了。他听到的是新暴发户如何损公肥私而发家，如何慷公家之慨，大搞楼堂馆所。封建社会的尸体虽然早已化为历史的烟尘，但在刚刚过去的那个年代，从封建墓穴中滋生出来的"虫卵"——反动的血统论，在中国大地上飞散蔓延，造成了多少家庭的辛酸悲剧。最初，刘如柏曾凭着自己的正直和革命良心，抵制过历史上的黑潮，但招来的是一片灾难，先是"下放"，后来又被冠以"现行反革命"鲁泓亲信的罪名，斗得死去活来。"四人帮"开设的那口高温高压染缸，不断对刘如柏加压加温。他脸上那块"寒冰"渐渐融化了，"逢人开口笑"的习气不期而生。刘如柏想要回忆究竟是从哪次批斗会之后，脸上才出现了这样的"笑"容，那是无法寻查的，因为这几年他经历这样的加温会太多了。但他记得，每逢他在受批斗，露出这种"笑"容的时候，他的内心却在哭，在号啕大哭……

回想起"昨天"的往事，刘如柏的心在痛苦地战栗。为了不让一个男人的眼泪流出来，他侧过身子，躲开鲁泓那深沉的目光。

鲁泓慢步到刘如柏跟前，拿起刘如柏放在桌子上的警帽，用手抚摸着帽子上的国徽，温和地说："小刘！不要想'昨天'了，还是想想'前天'吧！你还记得因为我把国徽戴偏了，你给我提出的尖锐批评吗？"

刘如柏轻轻地回答："记得！"

鲁泓声音洪亮地说："那就叫'前天'的刘如柏活过来吧！我们不但要你一个人恢复'如柏'的名字，还要叫更多公安战士，夺回他们被'四人帮'毁掉的青春，以对得起我们这颗闪亮的国徽！"鲁泓一边说，一边庄重地把刘如柏的警帽给他戴在头上。

刘如柏愣了许久，面孔掠过强烈的冲动。他咽下几口吐沫，把在眼帘中打转悠的泪水强制收入眼底，然后像军人那样，立得笔直，向鲁泓举手敬礼："鲁局长！我一定深刻检查我的严重失职，重新整理鲁小帆的材料。你还有什么指示？"

鲁泓脸上闪过一丝笑意。他没有回答刘如柏的请示，却走向他刚才打开的窗子前面。他，从窗台上搬下来那盆开始枯萎的红花，转身向刘如柏说："你知道这盆花叫什么名字？"

"百日红——"刘如柏回答说。

"来！把这盆花搬上去！"

刘如柏把鲁泓带来的那盆花，摆在阳光充足的窗台上，这盆花滴青流翠，一片盎然生机。

"鲁局长，为什么把它换上？"

"因为它叫'万年青'！"鲁泓含蓄地回答说。

刘如柏低下头来，了解了这个礼物的深切含意。

九

两天之后，刘如柏把重新整理好的材料，给鲁泓送到家里来了。

材料中写着：鲁小帆是一九七六年早春炸桥一案中胁从犯之一。案情分析中写明，鲁小帆虽然出身于革命干部家庭，主要因受"四人帮"诱使毒害而犯罪；但罪行已危及国家经济建设，并造成一名铁路工人的死亡。为了严肃法纪，由公安局对罪犯提起公诉。

局党委讨论并通过了这个专案材料。这时，鲁泓才感到自己像个长跑运动员，冲撞了终点的红线，身心都非常疲倦。当天晚上，鲁泓想安安定定睡个好觉，但事与愿违，他怎么也不能入睡。他一闭上眼睛，就看见天真无邪的鲁小帆正在支开小小画架，聚精会神地画着带小辫子的电车，画着礼花飞溅的天安门。他那乌黑蜷曲的头发，蓬乱地披在他的前额上；那双黑宝石一样的眼珠，因兴奋喜悦而闪闪发光……接着，他感到有一只软乎乎的小手，抚摸着他在战争的岁月中留下的九个弹孔。他一边摸，一边稚气地喊着："爸爸！你身上再加上一个洞洞，就和老枫树身上的孔洞一般多了！"

现在，鲁泓身上的弹孔终于和老枫树身上的疤痕画等号了；而这个洞孔正是他儿子留给他的；是祖国最艰难的年月中，戴着红帽子，披着红袈裟，藏着黑心肝的人留给他的。他想：明天市委主管政法口的书记，在开过这个案件的专业会议之后，法院将对这几个罪犯做出法律上的判决，其中包括他的儿子。他该受到什么样的惩处呢？！

鲁泓披衣坐起，踱步到窗口，看见娘和妻子的那间卧室，虽已夜深，灯火尚未熄灭。她们在干些什么？在想些什么？也许，她们在他面前装得若无其事似的镇静，而在夜深人静时，才叫泪水在脸上尽情流淌……他望着这个城市，望着整个中国，难道被"四人帮"夺去孩子的家庭，只有他这一个窗口吗？为了使母亲们不再淌泪，为了使她们不再被回忆的噩梦惊醒，为了人类美好的理想不再被践踏，怎么能够叫这段特殊的岁月卷土重来？！

天亮了。当玫瑰色的早霞，升起在天边时，鲁泓夹起那叠专案材料走出屋子。当他路过那棵火红的老枫树时，不禁联想起这个无形的弹孔。虽然，它几乎无法弥合，但暗藏在自己营垒里浑身披"红"的人，打来的这一枪，离一个共产党员的心脏还很远很远……

鲁泓深沉地抚摸了一下这棵超过百岁高龄的老枫树，步履迈得更加坚定有力。他，一直朝市委大楼走去。

内奸

方之

【关于作家】

方之（1930—1979），原名韩建国，祖籍湖南湘潭，生长在南京。读高中时投身革命运动，加入中国共产党，新中国成立后负责南京市郊和团市委的领导工作。1951年开始发表作品，多为讴歌新生活的中短篇小说，成名作是《在泉边》。1955年加入中国作家协会，1957年，在"双百"方针的鼓舞下，方之与高晓声、陆文夫等组建"探求者"文学社，提出大胆干预生活等艺术主张，但在随后的"反右"运动中都被打成"右派"，方之被下放江苏洪泽县劳动。1978年调回南京市文联，重新开始创作。1979年恢复名誉，发表《内奸》，引起广泛重视，可惜当年即因癌症病逝。方之创作和发表的作品并不多，但在思想的深刻性和艺术的独创性上，都非常令人瞩目。

【关于作品】

《内奸》塑造了榆面商人田玉堂这个"不干不净、好吹好炫"的复杂形象。小说分上下两篇，上篇主要写田玉堂在抗日战争时期护送共产党员杨曙到镇江教会医院生产的惊险经历，下篇主要写他在十年浩劫中的遭遇和命运。上下两篇内在联系非常紧密，缺一不可：如果只有上篇，就只给读者介绍了一名爱国商人田玉堂，没有更深刻的意义；如果只有下篇，就无法明白田玉堂的冤案，更无法看清田有信的嘴脸。正是在强烈的对照中，特别是在"文革"中田玉堂正直、有良知、坚持实事求是的表现和田有信表面干净、实则工于心计、阴险卑鄙的嘴脸的对照，让人看到田玉堂人物形象的复杂性，也让人们在对比中认清到底谁是真正的内奸。小说结构精巧，善于剪裁，从抗日战争到"文革"结束跨越四十多年，作者只集中写了抗日战争期间田玉堂护送杨曙去医院和在"文革"中遭受不公平待遇两件事，有详有略，既精练又自然。小说还借用了古典小说和评书中卖关子、设扣子的手法，处处设置悬念，推动了故事情节的发展。作者塑造了田玉堂这样一个复杂商人形象，在"文革"后小说人物塑造方面是一个突破。该小说获1979年度全国优秀短篇小说奖。

上

这个故事的时间前后长达四十年之久，涉及的人物有两个将军，一个女同志和她的两个孩子，杨伪县长，土匪头子，日本鬼子的特务，美国教会医院的医生，国民党反动派及其徒子灰孙，一位清清白白、有头有脸的人物，以及一个不干不净、好吹好炫的商人，等等。如何尽量节约刊物的宝贵篇幅，把这个复杂的故事说清，我这支笨笔实在感到有点为难，请严明的批评家和纯正的编辑高抬贵手，就让我从那个不干不净的商人田玉堂谈起吧……

田玉堂家住唐河南岸紫墟镇附近的田庄，是个榆面商人。榆面，就是榆树皮磨成的粉，是敬神供佛的香火原料。他田地不多，自种二十亩，出租三十亩。生意上面却不小，每年要收几百石榆面，贩到扬州、镇江、南京、上海等地，卖给做香的厂店。这个三十五岁的榆面商人，眼睛很神气，舌头也不短，交游广阔，手脚大方，在唐河一带颇有点儿名气。日本兵打进来后，田玉堂想洗手不干：一来，兵荒马乱，路上不太平，虽说菩萨欢喜香火、保佑榆面商人，还是以小心为妙；二来，咳，唐河一带闹起了共产党。

说起来也怪，带头闹共产党的竟是唐河北一个赫赫有名的财主家大少爷。他本名严家驹，在法政大学念书。那时的大学生，方圆数百里出不了一两个，何况是学政法的？地方上的人氏都说严家大少鹏程万里，要是在前清，四人大轿乃至八人大轿是坐稳了的。国民党中央政府西迁后，他不去"大后方"，却和几个穷教员在家乡拉起了队伍，十几条枪就自称"唐河三县人民抗日自卫总司令部"。司令部刚成立没几天，一小队鬼子到了南官镇。严家驹翻身跨上大白马，又派了三个人分路通知："司令部有命令：各村自带武器，到南官镇集合打鬼子！不去的是亡国奴，破坏的是汉奸！"四匹马腾起四路烟尘，穿过了几十个乡村集镇。就这么登高一呼，各地涌去了万把人。钢枪土炮、叉棒大刀，什么都有。只有目标，也没个指挥，呐喊的呐喊，敲锣的敲锣，钢枪土炮，噼啪一阵乱放。那一小队鬼子没见过这个阵势，慌忙撤了。这一仗，一个鬼子没打着，却打出了威风。国民党江苏省主席韩德勤亲自出马找到严家驹，说了两篓子恭维话，要委他当个团长。他笑笑，说是已与第七战区司令长官李宗仁挂了钩。韩德勤碰了个软钉子。谁知，这个财主大少爷暗地里却派人到山东，带回了两皮箱的"八路"袖章，呼啦啦，亮出了共产党的旗号。

不久，这支队伍改编为新四军的唐河支队。上级派来了一批骨干，一个人称"黄老虎"的老红军任司令员兼政委，严家驹担任副职。严家驹家有五六十顷良田，还开着油坊糟坊。他首先把自家的产"共"了，买枪买马买子弹，自己却跟当兵的泡在一起，赤脚草鞋，捧着粗瓷大碗喝稀头粥。他的亲伯父气得两眼朝了天，他的堂兄弟严家忠恨得打他的黑枪。他似乎故意怄怄他们，索性把自己的名字改成了一个可怕的"赤"字。

田老板自吹是个见过世面的人，然而，像严赤这样的人物，他做梦也没梦见过。共产党究竟有股什么魔力，怎么会把一个财主大少爷吸过去了呢？真是不简单，了不起！不过……生意还是以不做为宜。他把礼帽收了起来，换了顶旧毡帽。两只黑而亮的水貂似的小眼睛，在旧毡帽下滴溜溜转动，打量着这支新奇的队伍。

这一天，支队司令部派通讯员把他请了去。

"田老板！"黄司令操着四川口音随便问道，"你啷个不戴礼帽咯？当真生意不做啦？哦——哈哈！"这位司令员浓眉，豹眼，方方的下颌骨，从左眉骨到右边嘴角还有一道半指宽的斜斜刀疤。那长相，连鬼子也害怕，何况榆面商人。亏得他爽气地一笑，才使田老板心情放松不少。

"恐怕是害怕共产吧？"严赤很潇洒，微微含笑瞄了他一眼。

"哎，严司令员取笑了！哪里，哪里……"

"要说共产嘛，"黄司令员说，"那还远得很！我们要叫全中国的劳苦大众，全中国四万万五千万同胞，都过人类最幸福的生活，你这点产够哪个共的呀？当前，打鬼子要紧，我们要联合一切民主力量共同抗日。生意嘛，你只管做，顺便请你帮我们到江南办点西药就行了。不要抗币①的话，我们把小麦。"

"司令员，我抗币小麦都不要！我也识几个字：国家兴亡，匹夫有责。要买什么，两位司令员只管吩咐就是。钱财是身外之物，生不带来，死不带去。就是皇帝老子也只有一个肚子，我要那么多小麦做什么呀……"

田老板正想尽情发挥下去，严赤莞尔一笑：

"田老板，现在只共我的产，不共你的产！抗币小麦，我们还是该给，你也该拿。只要你能为我们部队买些物资，就是为抗战出了力。希望你学习弦高②的榜样，做一个爱国商人。"

谈谈笑笑，到了吃中饭时刻。两位司令员留他吃了饭，还特地加了两个菜。虽不外鱼肉，但是，国民党县太爷摆的鱼翅席也没这个有滋味。回去以后，榆面商逢人就讲，连吹带炫，支队两个司令员如何英雄了得，如何摆了八个菜，轮流把盏劝他的酒。还有，共产党的抗日政策确实好，商人都该学习弦高，不然就对不起祖宗八代，如此云云。

就这样，田老板又戴上礼帽跑起生意来了。他果然从上海买

---

①抗币：抗日根据地内流通的货币。

②弦高：春秋时代，秦国背信弃义，秘密派兵袭击郑国。秦军到了滑国（现河南省洛阳市偃师区南）境内，这时郑国有个卖牛的商人名叫弦高，正要到洛阳去做买卖，碰见了秦军。弦高知道秦军来意，爱国情切，就冒充使者，带上四张熟牛皮和十二头牛，假意代表郑国慰劳秦军，以便一面延缓秦军，一面派人飞报郑国，从而救了郑国。

来了不少西药，支队也果然一粒不少地付给了小麦——其中有不少便是从严赤家里"共"出来的。田老板那套"钱财是身外之物"的高调也不唱了，心里不得不由衷叹服：

"唉，共产党真正了不得，不得了！……"

田老板一次又一次为支队办了不少紧张物资，西药呀，干电池呀，还有被服厂要的缝纫机。他每办一次货，都有段颇为惊险的故事。明眼的读者不看也明白，这个走江湖的买卖人讲话得七折八扣。在这里，只谈他一段得到多方证实的经历。

那是一九四二年。"三月三"一过，田老板便盘算出门。本庄一个叫田有信的青年人，在帮他收拾东西。这个青年人前程远大，少不得在此啰唆几句。他虽喊田老板"大爷"，其实早出了五服。田有信原在县城里裕丰粮行做伙计，人长得白白净净，手脚又勤快。话虽不多，肚里有货，什么掺水掺假、抬价杀价的把戏，都瞒不过他的眼。至于脾气之好，那更是百里挑一的。田有信很讨老板和他独养女的欢喜，要不是那没见识的老板娘嫌他家门户低，早就成了粮行的小开。去年这家粮行关了门，他回到了田庄。种地吧，实在有点屈才；参军吧，他又太斯文。田玉堂三番五次拉他入伙跑生意，他只含笑摇摇头。青年人比老榆面商目光远大。可是，说他不愿吧，他又常往田老板家跑，打杂跑腿，来得个勤，而且连饭也很少吃一口。田老板很过意不去，盘问了几次，田有信才露了点口风：说是青年人谁不想进步，想找个合适的抗日工作做做，枪虽扛不动，写写算算总是可以的……下文呢，他就闭口不说了。田老板心中有了数，只等合适机会。

且说三月初七这天拂晓，刘圩子那个方向忽然几面响起了枪声。田老板一惊：有情况！一颗流弹把他家院里的柳树劈掉了一权，哗啦倒挂下来！枪炮声紧一阵，慢一阵，渐渐地，转到了唐河以北——看来我们的部队已突围了。暮色来临时，一切复归于平静。

灯下，他和田有信正在猜测议论着，忽然，传来了一阵清脆的马蹄声，门环震耳地响了起来。田老板连忙把门一开：

"哎呀黄司令员！你们怎样又回来啦？"

"跳圈子嘛，跟鬼子捉个迷藏玩玩！"

黄司令员带着几个通讯员进了屋。接着，他收敛了笑容，告诉田玉堂：敌人三路分进合击，想围歼我军。支队要跳到外线去，把敌人引走，保护根据地的人民。严赤副司令员已带着部队插到前面去了。他的爱人——搞政工工作的杨曙有个四岁的孩子，肚里又怀了一个，天黑过封锁沟时，摔了一跤，疼得打滚。她无法跟部队运动了，想到他家隐蔽起来，找个医生瞧瞧。人在后面担架上，就到。

"哎哟黄司令员！"田老板不禁又喊了一声，"你放心叫杨同志住到我家，这是看得起我！无上的光荣！平日，我想请也请不到哩！只是，唉——"他急得不知该怎么表白方好，"我、我现在也有点'红'了！外面风言风语，都说我通'八路'……这个，也怪我这把嘴不好！严司令家的同志不是一般人哟，树大招风，万一有个闪失，那我……"

这时，田有信轻轻点了一句：

"大爷，你不要贩一船榆面到江南么，江南难道连个医院也没有吗？"

"对啰！"一句话把田老板说跳了，"镇江美国教会办的仁慈医院，有个曹大夫，和我亲如兄弟，找他去，万无一失！……"

113

黄司令员沉吟了有两三分钟之久。他像在决定一个重要战斗；这一仗关系到他战友的命运，生死存亡是很难预料的。他脸上那道斜斜的刀疤，扭曲得更瘆人了……猛然，他把拧成疙瘩的眉头一放，说声：

"好吧——！"站起身来，"田老板，我就把人交给你啦！"

月色偏西时，他们出发了。田有信从镇上雇来了一部黄包车，自告奋勇伴随护送化了装的杨曙，带着四岁的小戈坐在车上。田老板和她约定以表兄妹相称。临走前，他叮嘱道：

"杨、杨表妹！路上有什么动静的话，你千万不能慌哟，一切有我！"

夜色里，杨曙的眼睛闪了一闪。恐怕是肚子疼吧，她微微蹙起眉毛，轻轻说了句：

"走吧——"

从田庄要走三十里旱路，穿过顽军①的黄营炮楼，再拐一个弯，方能到达运河码头——这里已是伪军的地盘了。上船后，从运河，过高邮湖，到长江，这一路有二黄，有号称"十一路军"的土匪，还有杂七杂八打着"抗日"旗号勒索钱财的地头蛇。据田老板说，有八十二道关卡，比唐僧取经还要多一道。

田有信不由得张嘴"噢"了一声。

"不要紧！"田老板又一笑，"我路路通！如今出门，心眼要活，手要松，见个菩萨烧炷香，一个不能卯。我手边还有几样硬邦邦的东西，你们只管放心！"

他所说的硬邦邦的东西之一，是伪县长杨石斋的亲笔信。杨

---

①顽军：抗战时国民党专搞摩擦的反共顽固军队。

石斋搜刮了不少民脂民膏。有一次，他们内部狗咬狗，告他贪污。杨石斋想把两万元赃款转移到他老家徐州去。当地人多眼杂，易露风声，他便托了田玉堂。田老板本着他那套烧香哲学，帮他从南京汇了款。因此，伪县长便给他写了一路保平安的亲笔信。那硬邦邦的第二样，是高邮湖大土匪头子高八鲶的名片。这张名片正面印着："水上抗日义勇军总司令高伯彦"。背面则是两行狗屁不通的文字："兹有田客人贩香积德，水上各路一律优待。仰此。"田老板托人绕了几个弯子，足足花了一百五十块吹得响的袁大头，方把这宝贝弄到手。

田玉堂这次没有瞎炫，这几样东西果然有用，一路上都没有什么留难。到了第四天上午，他们从舱口就望见长江对岸的金、焦二山了。

船到镇江码头，却遇到了一个非常情况。

田老板本和码头上一个伪警官有交情，嘴一歪便能上岸。不知怎的，那个伪警官调走了，换上了几个凶神恶煞般的日本鬼子。昨天，有两个年轻旅客上岸，带了两把火叉。日本鬼子把火叉左瞧右瞧，怀疑是撬铁路的家伙。他们龇牙咧嘴叽里咕噜了一阵，两个青年答不上来，被当场枪杀了。现在，码头石级上还留着一摊紫黑的血迹！

鬼子在挨个儿检查上岸旅客的证件。事起仓促，杨曙哪来得及办良民证呢！鬼子不比伪军，认不得袁大头。时间也不能再拖，杨曙一直在淌血，脸色更苍白了。

"表妹！"田老板眼珠子一转，"你宽心，我上岸另去找个朋友。"

他掏出良民证，上了岸。他的这个朋友是日本人的一个翻译，叫郭德富。田老板是在牌桌上认识的，又请他到"玉壶春"醉过两次，便拉上了关系。他还邀郭翻译入了一份"干股"，无本生利，坐家拿钱。

郭翻译见田玉堂来了，当然笑脸相迎：

"啊，田老板，一路顺风吧！"

"唉，别提这个顺风了！郭翻译官，真气死人！叫她不要给小伢子玩，不听！这下好，真活活把我怄死了！……"田老板天上一句，地下一句，气得噗噗的，抓着新礼帽直扇风。

"别急，别急，出了什么事？"

"什么事呀，就是我那表妹呗！她伤了胎气，跟我来找医生，身旁还拖了个四岁的宝贝儿子。下船了，小伢子见大人手里有良民证，他也要，不给就哭。这东西是好玩的吗？我叫她别睬，不听，把给了宝贝儿子。无巧不成书，一阵风来，呼——，这么一旋，把张良民证旋到江里去了，嗐嘀了！现在淌眼泪，迟喽！我早关照你，不听，把个宝贝儿子惯得像龙蛋似的！……"

"哎，现在人在哪里？"

"在哪里？上不了岸，还在船头上抹眼泪哩！"

郭翻译笑道："这个好办，我打个关照就行了！走——"

不一会儿，郭翻译跟着田老板到了码头。田老板抄前几步下船，含笑向杨曙招呼："表妹，证丢了不要紧，郭翻译来啦！"他又向田有信丢个眼色："大侄儿，货下完了，你就跟船回家。告诉家里人，不用挂念。"

郭翻译抱过小戈，杨曙和田老板跟在后面，沿着码头石级走去。走到鬼子岗哨跟前，郭翻译和鬼子咕噜来，咕噜去，只见他们龇牙咧嘴，不知说些什么东西。忽然"哇——"四岁的小戈吓得哭了起来，伸着小手直往妈妈的怀里扑。

这哭声，传到下面船舱里，田有信脸色吓得铁青，两眼都直了——更别说在场的人了。谁知，这当口，一个老树精似的鬼子，竟龇着金牙对小戈一笑："小孩小孩的，米西米西!"说着，拿出一颗糖果往小戈嘴里一塞，手一摆，竟放他们轻松地通过了!……

一场虚惊。全怪田老板他们不懂日语。不过，请读者注意，小戈这颗糖果不是好吃的，要以满嘴牙齿为代价。因为，中国也有鬼子，而且不见得比日本的文雅。但那是后话，我们还是往下说吧。

田老板在仁慈医院当大夫的那个朋友叫曹瑞云。他和田玉堂是前后庄的乡邻。清光绪三十二年，江北大灾，成千上万农民四处逃荒。九岁的曹瑞云跟父母逃到了镇江。他父亲倒毙在施粥场门前，母亲病死在城隍庙的戏台后面。只剩下了他一个孤儿。田玉堂的二婶那时在仁慈医院里替美国人洗衣出苦力。她在街尾撞见了这个家乡的孤儿，便带了回去，偷偷省口饭养着他。小瑞云聪明伶俐，帮着刷鞋送衣，还学会了几句英语对话。渐渐地，他和医院里的美国人混熟了。小孤儿为了肚子，皈依了洋上帝。洋上帝给他改了个名字，叫作曹约翰，送他到教会学校念书，学医。后来，他成了外科大夫。战火烧近时，美国人撤走了，便把医院委托曹约翰代管。

田家二婶虽早已去世了，曹大夫还常常在主的面前为她祈祷。他见田玉堂来了，连忙给杨曙开了间单人病房。他的妻子就是妇产科的谷大夫，精心治疗是不用说的了。田老板把小戈托到德泰春香烛店老板家照应着，郭翻译又给杨曙弄了张良民证，看来，一切都可放心了。

当然，要是这么平平静静下去，那就没戏唱了——过了三天，田老板来看望"表妹"时，楼下突然响起了一片吼叫哭骂，几个挎盒枪的便衣从病床上拖走了一个青年人。

"先生！"一个老太婆哭叫道，"你们不能乱抓好人啊——！"

"老家伙，你想瞒过我的眼睛么？"一个人干似的瘦子硬着脖子吆喝道，鸡蛋大小的喉骨上下滚动着，"不识相，连你一起带走！滚——！"那一声"滚"，像金钟般作响，人走过去了，音尾还在颤动。

田玉堂忙问谷大夫："怎么回事？"

"日本人的便衣队！"谷大夫说，"那个瘦猴是便衣队长。唉，隔几天就来次突击检查，见了不顺眼的就抓！"她又把脸掉向杨曙这方："听说，新四军活动得厉害咧。前几天，就在铁路附近打死了一个日本小队长！你们那边乡下要太平些吧？"

杨曙点点头，淡淡一笑。

等谷大夫走了，杨曙把手轻轻一招："表哥，坐近点！"

田老板挪到了床沿上，狐疑地瞧着她。

"那个瘦子叫严家忠，"她还是那副淡淡的声调，"他认得我……"

田老板吃惊地喊了声："小菩萨！你——"又连忙压低声音："你怎么认得他的呢？"

"他是严赤的堂弟，是个反共分子。严赤跟八路军接上关系后，他恨之入骨。有天晚上，他打我们黑枪。他本是投韩德勤的，不知怎么变成日本人的走狗了。"顿了一下，她说，"这个医院不能住了，你想法把我送回唐河吧！"

"回去？那怎行！谷大夫讲的，你已耽误一些日子了，流血过多，胎位不正，不抓紧治，母子都有危险……别急，再想办法！"

当晚，田老板找到曹大夫家——他家就住在医院里一幢小洋房的二层楼上。主人端出了牛奶和糕点。田老板哪有心肠吃那腻人的东西？闲谈了几句之后，他单刀直入问道：

"大兄弟！你说说，你我的交情如何？"

曹大夫一怔："那、那还用说吗？我能忘了你二婶她老人家吗？……"

"那就好！兄弟，你要救我一命！"

"哎呀！这……"

"我不是带了个妇女来治病么……"

"是呀，她不是你表妹吗？"谷大夫说。

"兄弟，我实说了吧！她是个女八路，严家忠早就想下她的手了……"

"啊——！"曹大夫吓得身子往椅背一仰，杯中牛奶泼了一桌子。

"要是被便衣队撞见，可不得了！她一根汗毛比我的性命还值钱！有她才有我，你一定要救救她……"

"便衣队比魔鬼还凶哟……"曹大夫喃喃道，"玉堂哥，谁敢惹祸？你赶快撒……撒手吧！"他声音像蚊子一样微弱，怯怯垂下了目光。

田老板脸变得刷白，半天，血色才泛了上来，渐渐涨成了朱紫。

"我怎能撒手？"他叫道，"好吧，我这条命索性也不要了！老实告诉你，人家也是大学生，还是个千金小姐。她家良田千顷，在上海英租界、法租界都有房产，偏偏有福不享，要干八路，把成串的金首饰都拿了出来，买枪打鬼子！人家爱国救亡，什么都豁出来了，天地良心，我能撒手不管，睁眼看着严家忠下毒手吗？再说，她到这里来，是我一手保举的。我说你如何热心爱国，如何有情有义，不是那种没皮没脸、没骨没血的东西！大兄弟，你今天不愿救她，干脆，把我跟她一齐交给鬼子去！我也光荣，绝不怨你！……"田老板这番话，真真假假，虽不免张冠李戴，云天雾地，感情却是真切的，激昂慷慨，噼里啪啦，敲得当当响，把曹约翰夫妻两个都听呆了。

"这个，"半晌，曹大夫结结巴巴说，"玉堂哥，不是我……实在没有个好地方……"

"哎——"谷大夫想起了一个主意，"医生宿舍他们不会查的，叫那个女八路住到我们房间里来不行吗？……"

于是，第二天一早，两位大夫搬到了楼下，杨曙住到了楼上。看病一切照常。

但是，只一天，田老板的心又被拎得悬到半空中了。

杨曙见到他，细细盘问曹大夫怎么肯让房间的，跟他们到底怎么说的。田老板是个机灵人，感觉到了自己谈话中的不妥之处，于是，他故作轻松地说：

"这有什么难的？曹大夫跟我赛如兄弟，我随便编个理由就成了。"

"不对。两位大夫的神色和以前不同了。他们的眼里有一种恐惧，好像我是一个不能碰的炸弹。田老板，你不能不对我说实话啊！"

田玉堂沉默了半晌，只得说出了真情。

"这么说，"杨曙平静地说，"他们知道我的身份了……"

"你放心！杨、杨表妹，保证不会出事！"

"不，我们要保持清醒的头脑。要估计到各种各样的情况，好的、坏的，特别是最坏的可能性。我们处在敌人眼皮底下，不能没有警惕。这样吧——"她眼一亮，轻轻一指，"你看，这面迎街的窗台上有盆水仙花，我们就把它作为暗号。你尽量不要到我这里来，确实有必要的话，先望望这个暗号——花在，说明安全无事；花盆不见了，就是有危险。如果敌人来抓我，我就挣扎，无论如何也要把这个花盆碰掉！你一见花盆没了，就要赶紧离开镇江，脱离这个危险地带……"

"不，杨同志！"田老板失声叫道，"我不能走！我不能把你丢下！……"

"千万不能冒失，表哥！"杨曙柔和地说，"一有情况，你就要赶紧离开，不要顾我……"

"不不！"

"你听我说，表哥！不能感情用事。我只拜托你把小戈带回去。见了黄司令员和严赤，请转告他们：我不会给亲爱的新四军丢人……表哥，一路上，你吃尽了辛苦，我深深感谢你！严赤和我的孩子感谢你！人民也会感谢你！……祖国的苦难还长，还要不断奋斗。抗日救国，多一个人多份力量；你走吧，不能做无谓的牺牲……"

田老板只觉得眼一热，连忙偏过脸去。他看见了一颗女八路的赤诚的心。她的话像大地渗出的泉水，清清亮亮，自自然然，没有泡沫，也没有喧哗。

顿了一顿，杨曙忽然又那么淡淡一笑：

"哎，我们现在不过是分析分析情况。好与坏，生与死，都要想个透彻。想透了，就好办了。表哥，你说是吧……"

田老板走了。

从这以后，他的一颗心就悬在那个水仙花盆上。杨曙住的小楼靠着医院的围墙，围墙外是一条后街。田老板每天都要在这条小街上转几趟，踱过来，踱过去，偷眼打量窗台上那个小小的花盆。

一天，两天，三天，十天……过去了，阿弥陀佛，那个花盆没有摔下来！到了第十三天，杨曙终于出了院。

田老板和杨曙回到了唐河根据地。这时，反"扫荡"刚刚胜利结束。

黄、严两位司令员紧紧跟田老板握手，又吩咐拿出五十块白洋，作为杨曙的医药饭食费用。田老板哪里肯收，叫道：

"司令员！我懂得新四军的规矩，不拿群众一针一线。不过，我做生意山南海北，钱来得容易，不比种黄豆大麦，是硬苦出来的。再说，你们抗日打鬼子，身家性命什么都不要，难道我只认得钱吗？你们硬强着我收，就把我当外人了，就苦了我一片心了！"

两位司令员见他讲得恳切，只好作罢。为了答谢，特地摆了两桌酒。这次倒是真办了八大碗，还有喷鼻香的老窖洋河大曲。

田老板欣然就席，笑得嘴巴都滑到了耳朵边。他说："哦，这杯酒我是要喝的！不过，两位司令员，我还想提个小小的意见……"

"你提吧，表哥！"杨曙抢着回答。

"这次我们庄上的田有信也出了不少力。那个小年轻热心抗日，要求进步，的的确确一把好算盘——呃，是不是也叫他来尝一口？"

"对啰！"黄司令员用拳头敲敲自己的脑壳，笑道，"我格记性不好，忘啰！凡是对人民做了好事的，我们都不该忘记——通讯员，快，马上请他来！"

过了一会儿，田有信来了。在整个宴会中，他极其有礼地呷了一小杯酒。田老板呢，无酒就三分醉了，端杯便不用说了。

从这以后，田有信参加了工作，当上了紫墟镇的税务所长。他兢兢业业，廉洁奉公，虽多次受到上级表扬，仍然极为谦卑地夹着尾巴——因为与本篇关系不大，就不把他那美德和事迹一一细说了。

这年中秋，杨曙生了一个女儿。大约是想起那盆水仙花吧，取名小仙。

下

弹指一挥间，二十三年过去了。

小仙成了一个著名歌舞团的演员，出落得真像盛开的水仙。她爸爸严赤在某地任装甲兵司令员，妈妈是当地的轻工业局局长。小戈在某国防科研单位搞科研工作。老红军黄老虎后来又添了几处伤疤，现任一个省的军区司令员，曹约翰夫妻两人都成了省人民医院的名医。田有信当上了副县长。田老板呢，他和榆面一齐得到了改造，榆面成了做蚊香的原料，他成了蚊香厂的副厂长，还是政协委员。严家忠那个反革命则避过了镇反的风头，迟迟方被查出，判了无期徒刑，在押劳改。至于杨石斋、高八鲶、郭翻译之流，或早在战争中被击毙，或逃到了台湾。为善为恶，都有了归宿。按说，本篇早该收场，再啰唆下去，便有混稿费之嫌了。结果，来了场史无前例的"文化大革命"。"文化大革命"波壮浪阔，惊天动地，是个见灵魂、出文学的时代。大忠大奸，真"左"假"左"，都各自显出了本相；红脸、白脸，乃至三花脸、阴阳脸，纷纷登台表演。像田玉堂这样的人物，自然少不了一段传奇式的遭遇，这才使本篇得以续写下去。

在一片"砸烂""横扫"声中，田玉堂从爱国民主人士变成了牛鬼蛇神。什么挂牌子、高帽子、阴阳头、喷气式之类，倒也平平，无啥可说。在酝酿成立三结合的领导班子时，他才遇到了一件新奇的事。

这天，他正在蚊香厂车间劳动，一个姓季的头头，把他唤上了吉普车。七弯八拐，到了县公安局。此时，县公检法也"砸烂"了，那里都是陌生的面孔。

在一间小会议室中，早有两个穿军装的人在等待他。说起此马来头大，这两位是部队里的一个什么"战斗"组织的，颇受那位"永远健康"的器重。

田玉堂一进门，便习惯性地低头立正，只听见季头头的喉咙在响：

"这两位同志是无产阶级司令部派来调查情况的！（田玉堂心里不由得喊了声'哎哟，小菩萨！……'）勒令你，老老实实回答问题，否则，一切后果由你负责！"

"是是！"田玉堂连应两声，这才稍稍抬起目光，溜了两位一眼。一位是二十三四岁，抓笔铺纸，偏左而坐。正中的是个气度非凡的胖子，不过四十，已早熟拔顶。正襟危坐，奋拉着眼皮。

他的周围，还坐了十几个陪衬的人物——都是当坊的"城隍""土地"。

"你——，"那位合目菩萨略略把薄眼皮一掀，露出了一双贼亮的圆眼，"就是，田玉堂吗——？"

"是，我就是……"

"现在——，要你老老实实，揭发交代，严赤的……"

"啊，严司令员！"田玉堂脱口叫了一声。

"他——，已经不是，什么司令员了！他——，恶毒攻击，我们敬爱的林×××和江×同志，是一个，十恶不赦的'走资派'！而且，政治历史上，还有极为严重的，问题！你——，完全了解，他的底细……"

——这位非凡人物说话一句三顿，有板有眼，听起来铿锵悦耳，看起来实在吃力要命。因此，下皆从略。

"哎哟同志！"田玉堂叫道，"我哪能完全搞得清他的底细呢？那时，他是个堂堂的司令员，我不过是个商人……"

"你不要赖！"季头头说，"你平日不是向人夸耀，严赤喊你大哥，如何如何吗？"

"严赤没喊我大哥，他老婆杨曙喊过我表哥。我老老实实承认，过去我好摆功，夸口，瞎吹严赤喊我大哥，引起了误会。这都怪我自己，资产阶级思想作怪！"

"什么资产阶级思想？他妈的，你本身就是资产阶级！"好些人连骂带笑地吼了起来。

"对对，我本身就是资产阶级！"

"不，你不是什么资产阶级！"那位第一号人物用一根指头威严地敲了一下桌子，顿时鸦雀无声，"你不要想在这顶空帽子下开小差！是什么？你有数，我们也有数！现在，要你老实回答：一九四二年，你带严赤的老婆到镇江去，目的是什么？——不谈现象，要谈本质！你们通过些什么黑关系进去的？在那里和什么人接头？做了笔什么政治交易？接受了什么指令？……"

田玉堂只觉得耳朵里嗡嗡作响，下面一大堆"什么"就听不清了。直到季头头一声吼，宣布即日起对他进行隔离，方明白过来。

他被隔离了——时髦的称呼叫作"密封"，亦名"全托"。"密封"的含义容易理解，"全托"也者，大约是指一天二十四小时都有"天使般的保姆"照顾着，乐不思蜀，无须回家。

他被关到一个大而空的房间里。四壁散发出一股霉味，前后窗子都用木板条钉死了，大白天也得开着灯。在惨黄的灯光下，一切都变得恍恍惚惚。据某"深挖"心理学家声称：这种昼夜难分、阴阳混淆的环境，有利于罪人忏悔罪行。

田玉堂大约吃了五顿牢饭之后，一天深夜，四五个汉子拥着那位第一号人物来了。

"考虑好了么，嗯——？"

"考虑好了，同……同志！"田玉堂差点喊出"长官"来。

"说吧——"那个年轻的摊开了纸。

"我考虑了很久，同志！这件事不是我一个人，多少人都知道。我给共产党办事也不是一天的了，政策我都明白。共产党讲究实际，将来定案要三头六面对证的。屋顶上掀瓦，片片儿要落地。我如果信口胡说，将来怎么有脸见人？怎么对得起共产党呢？同志，是吧！"他闭上了嘴。

"怎么，就没有了？"

"没有了，实在回答不出来！不信，你们去调查。"

"我们不掌握充分材料，还会来找你吗？我们知道，你和他们的黑关系太深了……"

"什么黑关系，我的天！说来说去，我是一片好心哟！那天，黄司令员亲自上门找我，我怎能推托呢？我和田有信两个人，冒着风险，送她到镇江……"他一肚委屈，夹叙夹诉地谈起了往事。他们如何不辞劳苦，黑夜赶路；又如何急中生智，使杨曙上了岸；又如何……

"慢点！"薄眼皮略略一翻，"你们经过岗哨，一个日本鬼子还送了一块糖吧？"

田玉堂一愣："嗯，嗯，有这回事！当时小戈吓哭了，鬼子塞给了一块糖：'小孩，米西米西的！'……"

"哼哼，'米西米西的！'日本鬼子杀了多少中国人哟，就在你们到镇江的前一天，他们还在码头上枪杀了我们两个去撬铁路的游击队员，为什么偏偏对堂堂的严司令家眷如此优待呀？"田玉堂正想解释，他做个手势制止了，"我不过随便点一下而已。告诉你，你们每一个细节都瞒不过去！"

田玉堂愕然张着嘴。这位的中国话，不见得比叽里咕噜的日本话好懂。

"不要装呆，再谈呀！废话少说，谈谈杨曙和她的小叔子严家忠干了些什么黑勾当？"

"小菩萨！什么黑勾当、白勾当呀……"

"不要装糊涂了，田老板！给你看样东西吧，清醒清醒！"于是，他拉开公文皮包，拿出厚厚一沓揭发交代材料，把最后的签名一亮，规规矩矩三个字：严家忠。还有一个老大的手印。

"你们上当了，同志！"田玉堂一切都明白了，"严家忠是个老反共分子，早就想下严司令员和杨曙的毒手了！你们千万不能上他的当！"

"哼，恐怕是千万不能上你的当吧！——好，再给你看样东西！"他又拿出了一份材料，末尾有个歪歪倒倒的签名：曹约翰。还有一个模模糊糊的手印。

"曹大夫的话也不能信！"田玉堂又叫了起来，"他倒是个好人，就是胆小怕事，像个面团，你捏他圆的就是圆的，捏他扁的就是扁的……"

"哼！只有你是好佬，你正确，你……"

"除了我，还有人哩！你们去问田副县长，他清清楚楚！"

"田有信连码头也没上得去，清楚你们的内幕吗？你不要滑来滑去了，今天我们找的是你！"

"他妈的！不要找死，老老实实说！"旁边那几个人吼了起来。

"活菩萨！你、你们叫我怎么说呢？"田玉堂痛苦地叫道，"天地良心，人家杨同志清清白白，我不能含血喷人啊——！"

"他妈的，我们是含血喷人吗！"

"什么良心不良心，人性论，放毒！"

"揍！不揍不老实！"

于是拳脚木棒像冰雹一样落到了这个放毒者身上。那位人物转过身，踱到门外，奄拉下眼皮，点燃了一根香烟。

一根烟抽完了，他把烟头一扔，冰雹立即停止，风清月白。临走时，他温言细语道：

"田玉堂！老实说，我们不想搞你，是想拉你一把。只怪你太顽固，激起了群众的义愤。你要学习严家忠，立功赎罪，不能再有幻想，死保严赤了。你好生想想吧！"

第二天深夜，他们又来了。

盘问得更加新奇，要田玉堂揭发交代：他后来又到镇江去过几次？带去了什么机密东西？除了严赤，还有谁对他下过黑指示？除了严家忠这条线，曹约翰还为他们搭上了什么黑线？例如，有个"走资派"的老婆就是美国战略情报特务……那位主审大人很有信心地宣称："你们的联络图，我们统统掌握了，你还是识相一点、痛快一点吧！……"照例，来了又是一场打，而那位闭目菩萨呢，老大不忍地背过脸去抽烟……

如此这般，一连三夜。

到第四天夜里，没等他们动手，田玉堂就喊了起来："慢！我有话说……"接着，他怯生生地伸出手："同、同志！请给我……一根烟吧！……"

薄眼皮和他的同伙交换了一个眼色，丢给了他一根凤凰牌。

田玉堂道了谢，抖抖簌簌点着了，贪婪地大口大口吸着。半天，他才开口："同志——"才唤了一声，他眼泪便啪嗒啪嗒掉了下来。好容易，才强忍住："你们是无产阶级司令部派来的，就是打死我，我也不怨你们；我只恨严家忠那坏蛋瞎说！'贼咬一口，入骨三分'……我在抗日时就给新四军办事了，我亲眼见到共产党救国救民，光荣伟大。共产党教育了我，我才有了点觉悟。人家性命家财全不要，我总是个中国人吧，总该尽点力。严赤、杨曙反对敬爱的林×××是后来的事哟，人无后眼，我当时哪能料到呢？我连自己的命也料不到哟！这下好，我倒成为有罪的了！冤死我一个不要紧，今后打起仗来，还有谁敢掩护你们工作同志呢？——慢慢，你们让我把心里的话倒完，再打不迟！我也想过，罢罢罢，供了算啦，省得受罪！但是，想想，不行！‘一人为私，六眼为公’，我要是依葫芦画瓢，顺嘴瞎嚼，这就成铁案了，不把严赤、杨曙活活坑了吗？我还是那句话，不能昧了良心，不能对不起共产党！我晓得，我就是把心呕出来，你们也不会相信，反正，我关在这个笼子里，又飞不掉的，请你们再细细查访。‘路遥知马力，日久见人心’，一年、两年、五年、十年，总能查得清的。到那时，不论特务、内奸、间谍，该什么罪定什么罪，随你枪毙杀头，五牛分尸，我……”

“你他妈的！真是顽固，反动透顶——！”那副贼亮的圆眼一翻，一巴掌抽了过来，田玉堂滚到了墙根！……

田玉堂挣扎着爬起来，一手捂着鲜血直淌的鼻子，一手颤颤抖抖指着对方的红领章：

“你、你……你无产阶级司令部的，也、也动手打人吗？……”

“不打好人打坏人！”那位一九五五年参军的非凡人物说，“八百万蒋匪军都叫老子消灭了！……”

田玉堂昏过去了……

其实，他挨了何止这一掌，还受了种种新奇的酷刑。作者本想把历史的真实一一记下，但是，又可怜那种爱吃甜食的批评家，他们好像是从火星上来的，会眨巴着大眼发问：“难、难道生活是这样的吗？……”为了不叫他们那颗天真的心受伤，因而作罢。

田玉堂苏醒后，两眼木愣愣的，变成了另一个人。任你怎样，他总不开口——他确实再也没有什么话可说了。这个见多识广的田老板，见过共产党，见过国民党，见过鬼子，见过二黄，见过“十一路”，就是没见过眼前这伙人物，他们什么都不像；说不像，又都有些儿像，天老爷才知道他们是什么星宿下凡！还有什么可说呢？……看守他的人，只是偶尔听见他在梦中呜咽：

"毛主席哎——，我冤啊——！"

又过了一天，他不但不说话，连饭也不吃了，进行绝食。

那两位非凡人物，接到了电报，要赶回去揪斗严赤，时贵如金，无法纠缠。他们向季头头等交代了一番，飞了。

田玉堂得到恩释，回到了家。

又过了些时，等田玉堂能走动了，季头头以县公检法的名义宣布处理决定：田玉堂是被"走资派"包庇的漏划富农，有严重特务内奸嫌疑。今戴上富农帽子，押回原籍田庄管制劳动。同时，责令他继续交代揭发问题，然后视其态度好坏，做最后处理。

读者也许会奇怪，这个处理不伦不类，算个什么名堂？既未查清，怎能处理？既曰决定，哪有"最后"？季头头官不官、民不民，怎能代表专政机关？——是的，不要说读者奇怪，连我作者也感到奇怪。

至于漏划富农一事，那是田玉堂一句气话惹出来的。读者明白，他过去主要是做生意，土地出租不过三十亩。一九四七年土改，开始划他富农。田玉堂不服，气鼓鼓地扬言要给严赤司令员写信申诉。其实，严赤那时奔驰在东北战场，音信根本不通，田老板不过是摆老味、乱咋呼而已。后经本县复查，按照政策改为工商业兼小土地出租。事隔二十几年，不知是谁又把老话翻了出来，掐头去尾，添枝加叶，他便成了一个被"走资派"包庇的漏划富农。

他带着老伴和小女儿，被押到田庄，在宋老大手下养猪。宋老大一脸黄胡子如刺猬，说话懵里懵气，心肠却软得很。他见田玉堂成天苦着脸，拖着被打伤的左臂，心中不忍，什么重活都是自己干，只叫田玉堂拿着竹竿赶赶猪。村上的社员对这个漏划富农也划不清界限。大家多少听说过他的故事，虽不明底细，总感到蹊跷。东家西家，常拔点新鲜蔬菜送给他。每逢红白喜事，也有他的一杯酒。

冬去春来，万象更新。田玉堂听到了一个喜讯：县革委会成立了，第一把手就是田有信！他把宋老大邀到家中，高高兴兴拿出半斤酒，说：

"这下好了！田有信对我的苦情一肚数！他就是那次出了力，我又鼓吹了一通，才当上税务所长的！——老大，这一段多蒙你照应，我是不会忘记的！来——"他举起了酒杯，水貂般的小眼睛又有了活气。

第二天，他便跑到县城。不巧，田主任外出开会去了。跑个空也没什么，田主任上了台，总有出头之日，等就等等吧。

过了些时，宋老大跑来告诉他一个更令人吃惊的好消息。他气吁吁地说：

"田大爷，不得了！……"

"出了什么事？"

"林×××是个大秃子，大坏蛋！……"

田玉堂一把捂着他的嘴："你找死喽！……"

"真的！宣传队的同志刚刚在大会上宣布的！大秃子真该死，反对毛主席！他想溜，带了一群老婆上飞机。狗东西，没跑掉，把三叉骨跌断了！……"

"啊——！"田玉堂狂喜地叫了起来。他连忙跑到队长和会计处核对这个消息。宋老大所谈基本正确，不过，他耳朵有些背气，加上宣传队的同志是宁波人,所以他把"叶群"听成了"一群","三叉戟"当成了"三叉骨"。

是时候了!田玉堂兴冲冲跑到县里,中饭也不吃,就摸到田主任家。

田主任在阳光下,正一面剔牙,一面看报。田玉堂有三四年没见他了,我们的读者恐怕久违了他近三十年。田主任如今已五十出头,还是白白净净、淡眉细眼,不胖不瘦、丰腴适中。鬓角略有几根银丝,更显出深沉老练的风度。那派头,就是上电影也是无可挑剔的。

"哎哟田主任哪——!"田玉堂二十步外便喊了起来。

田主任抬起头,眉眼间略略流露出几丝惊讶,含笑招呼道:"啊——,来啦,请坐!"

这一声"啊",很有讲究。田玉堂如今很不好称呼,大爷、田大爷、田厂长、田委员、田玉堂、老田、田老……均不合适,唯有这声不咸不淡的"啊——",恰到好处。

"你身体还好吧?"田主任敬了客人一根中华牌,然后"啪"地丢过去一盒火柴。这一敬一丢之间,也很有分寸,没有七八年功夫是难学会的。

"哎哟田主任!你还不知道吗,我罪受得大喽!真把人冤死了!这下好啰,你当主任了,请你……"

"我们不谈这个吧!"田主任打断了他的话。

"哦,怎么?……"

"属于公事,到机关去谈。公私分开,在家不谈公事,这是我立的规矩。"

田玉堂傻眼了。忽然,他叫道:

"哎，我讲的就是私事呀！你看，我现在被戴上了帽子，工资也扣了，每月只发十二元的生活费，我要求……"

"不，你谈的还是属于公事，"田主任含笑开导他，"是属于运动中的处理问题。如确有出入，也可以申诉。不过，公事公办，在家里不便谈。现在经过'文化大革命'了，我们一言一行都要符合毛主席思想，不能讲什么私人关系、私人路线，一切都要按原则办事……"

田玉堂肚里只有榆面，没有理论，愣了半天，也想不出一句符合原则的反驳的话来。

"你吃过中饭没有？没吃，弄一点——阿姨！"

田玉堂肚子确实叫了，不过，"公事"不能谈，吃这个饭有什么滋味呢？于是，他说：

"不用忙，我吃过了。田主任，那我就告辞了，到机关找你吧！"

"可以嘛，不过要由办公室统一安排。"

田玉堂离开了主任的家，心里难免不感到失望。但是，"公私分开"，谁又能说不对呢？何况，田主任还敬了烟的，又招呼阿姨弄饭……

隔天上午，田玉堂上机关谈"公事"去了。走到大门口，便被挡了驾。

"找田主任？……"大门口的一位，拿两只眼睛把他浑身上下那么一扫，"你哪个单位的，啊？"

"我原来在蚊香厂，如今在田庄生产队劳动……"

"噢——"那位的目光已把他的五脏六腑看透了，"有事去找你们公社，田主任开会，没空！"

"哎呀同志！我有要紧的事哟……"

"不是跟你讲过吗？开会，没空！去去！"那位背过了尊脸。

第二天去了，那位还是老话，只加了一句："现在大修水利，不要逛来逛去，快回去！"

第三天，田玉堂发了个狠："有空也罢，无空也罢，我今天非要见田主任一面不可！"

两下一争，便围来了几个观众。

"你叫大家评评这个理！我一肚冤屈，好容易等到林秃子垮台了，我要找田主任，跑了三趟，这位同志就是不给进！"

"早说了，你找公社，或者找原单位……"

"公社和厂里都不了解情况，只有田主任兄一肚数！他和我一起送严司令员的夫人到镇江的……"

"噢，怎么回事？"一个街头观察家发了好奇心。那些无所事事而对八个戏又看腻了的人，都纷纷聚拢来看这场街头活报剧。

人一多，大门口那位的喉咙便低了；他喉咙一低，前榆面商的舌头就长了。甚至，他把田主任如何当上所长等废话，都连汤带水倒了出来。

他的话收到了良好效果，不少人打抱不平。

"你凭什么卡住人家不让进？官僚！"

"好狗莫挡路！"

"林秃子垮台了，还这么厉害吗？糊他一张大字报！"

那位忙赔笑解释："我做不了主。田主任关照过的，他工作忙。田大爷，你也用不着跑了，反正，我一定负责向上汇报，一声有空，便通知公社叫你来好了！"他关起了大门。

田玉堂虽未如愿，道义上是胜利的。

他回到田庄，把经过告诉了宋老大和家人。

"哼，穿白大褂的！"那个养猪老头听了，忽然冒出了一句话，"人家官当大啰，认不得你了！他不比我们老百姓，我一身土大布，泥里水里都滚得。"

田玉堂没料到懵里懵气的半聋老头竟是个哲学家。"穿白大褂的"，这句话很刺激他的神经。他想：嗯，是有点像，恐怕是怕我弄脏了他那身白大褂！……不过，他能这样不讲良心吗？而且，我成了特务内奸，他脱得了牵连吗？——不像！恐怕是胆小一点，怕人说是"私人路线"……也不能全怪他，他上台不久，如今工作也难做哟……这么想想，田玉堂心中又舒坦了些。反正，在家等他通知吧。

通知来得非常迅速。第二天，他便被叫到了公社。

接见他的是公安助理员。

"田玉堂！你这几天到哪里去了？你是被管制分子，向谁报告的？你为什么乱说乱动，聚众闹事？老实警告你，严赤还反对敬爱的江×同志呢，你就想乘机翻天啦？两天之内，把认罪书写好！"

一个星期后，公社组织了一个小分队。"上挂黑主子，下打活靶子。"把田玉堂押到水利工地巡回批斗。那凛然大义是：林彪虽然垮台了，但是像田玉堂之类的阶级敌人，对他们主子的失败是不甘心的。他们还想捣乱。他们否定"文化大革命"的成果，聚众闹事，兴风作浪！大家必须念念不忘，注意阶级斗争的新动向，云云。

这第二次打击并不亚于第一次。

田玉堂对生活的信念，几乎完全被击碎了。他认了罪。你说什么罪，他就认什么罪。处处有罪，浑身是罪，也无所谓罪不罪。他弄不清是怎么回事，也不想弄清是怎么回事，反正就是那么回事。夜里，他老伴常听见他在梦中哭泣：

"我的亲娘哎——，我前生作了孽，作了孽啊——！……"

读者看到此处，不知有何感想？好动感情的也许会拍桌子，大骂那个"白大褂"。好动理智的则会说：这要怪田老板自己不知趣。你算个老几，胡吹田主任与你如何如何，怎不令人反感呢？最高明的策略应是：断然否认你认识田主任。中国几千年文明史上，这类教训是不少的。作者要请诸君且慢议论，我还得补叙一段资料。

原来，早在找田老板之前，那两位有大来头的使者，就曾经找过田有信。

那时，正在酝酿三结合的领导班子。田副县长在原来常委中不过居于末位，但是，他修养之好无疑是第一的。他是分工管财经的，没抓过重大政治运动，还经常闹点高血压之类，因而人缘不错。在运动中，他不是打倒对象，只被"火烧"了一阵。其实，哪能称"火烧"，不过是个温汤澡。造反派叫他戴高帽子就戴高帽子，叫他跳"忠字舞"就跳"忠字舞"，和颜悦色，毫无牢骚。不但他，连他八九岁的小公子也极为懂事，入不了红小兵，还是眯眯笑。他修养到了家，几乎是"高大全"式的人物了。那位季头头一心想结合他。然而，有人挑剔，说田有信怕字当头，不敢在风口浪尖亮相，不能结合。这当口，那两位人物来了。季头头找他做过细的思想工作，给他看了那位"永远健康"的一些内部讲话，足足谈了两夜。谈些什么，连他夫人也不知道，作者更不敢瞎编了。然后，他才向两位使者谈出，他"活学活用"第××页第×段语录之后，"初步感觉到的，一些可疑之处"。那些可疑之处，读者早已领会，此处毋庸再述。对方听了，如获至宝。那位的薄眼皮，简直翻上去便放不下来了！但是，到写书面材料时，田有信却大打折扣，仅仅写了到镇江码头为止的一段经过。

"老田哪，你讲得很好嘛，为什么不全写上？是不是还有点'怕'字当头呀？"

"不！"田有信柔和而坚定地回答，"你们两位是无产阶级司令部的，我当然应该毫无保留地把所有怀疑、传闻和线索，提供给你们。但是，按我现时的身份，我写材料只能写亲眼所见的事实。至于如何透过现象看本质，如何分析判断，那是你们造反派领导上的事了。而且，证明材料只有写事实才过得硬，怀疑不能作为定案的依据，写了也无用。还有，我要对党对同志负责，即使严赤、杨曙是内奸，我也该对他们负责，不能把道听途说都写上。是吧？"说罢，他温文尔雅地一笑。

这一番大道理，说得季头头和那两位人物瞠目相视，不由不暗暗佩服。

他们按图索骥，提审了严家忠，攻下了曹约翰，然后才杀回马枪找到田玉堂。

曹大夫成了日寇和美帝的双料情报员，疯了。他妻子谷大夫割断了自己的静脉，离开了尘世。黄司令员的名字从报上消失了。严赤和杨曙生死不明。小仙下放充军到了一个荒凉偏僻的农村。小戈吃了鬼子的糖果而不认罪，被敲掉了四颗门牙，满嘴淌血。——田有信却荣任了县革委会第一把手，他的白大褂不但干干净净而且飘飘抖抖。

可惜田玉堂不了解这段内情，否则就不会白找钉子碰了。不过，话说回来，田主任所负责任也有限。他听到汇报之后。把组织部季部长（就是那位季头头）找来吩咐了一句："听说田玉堂在闹呐，你去妥善处理一下。"——"妥善处理"，如斯而已！

公元一九七七年八月一日建军节，黄司令员的名字见了报。

八月二日，田主任就把季部长等几个人找了去，查问处理积案的情况。季部长结结巴巴，田主任脸上出现了少有的愠色。

"你们为什么老拖拖拉拉？要跟上新的形势啊！像那个田玉堂，我早就讲过要妥善处理了！什么特嫌内奸，黄司令员都上报了，他还有屁的问题！什么富农帽子，摘了就是！拨乱反正，要快！当然啰，也要防止一种倾向掩盖另一种倾向，红线总是占主导地位的嘛！我们做事，要能经得起任何时候的任何检查！"

季部长奉命找到田玉堂。

他谈了领导对田玉堂的关怀和负责，宣布现已审查清楚，排除特务内奸嫌疑，摘掉富农帽子，恢复他的工资，工作另行安排，等等。

谁知，田玉堂翘起了尾巴，不肯签字。

"什么排除嫌疑，摘掉帽子？要是在'四人帮'垮台之前，你们能这样，我倒要感激你们。现在呀，哼！我要彻底平反！你们含血喷人，要低头认错！……"

任凭季部长软中带硬，晓以利害，他就是不让，连声叫道：

"帽子我留着戴戴！没关系，反正也戴惯了！我倒要看看，现在是真共产党还是假共产党?！……"

季部长回去如实汇报了，感到很棘手。田主任到底高一头，他不动声色地听着听着，听到后来，忽然一笑，说：

"田玉堂的心情，我完全可以理解。像我这样的'民主派'，哪个过去不受冲击、不是一肚的火？但是，他那些话，什么真共产党、假共产党，是根本错误的。现在'四人帮'已经垮台了，你对以华主席为首的共产党是什么态度？是无限信任，还是怀疑一切？这可是个原则问题，不能含糊。这样吧，你再个别调查一下，收集整理……"

说到这里，田玉堂该感激田庄的老百姓，特别是那位半聋的养猪人了。宋老大有种农民式的智慧和狡黠，耳聋眼不花，五颜六色的人都套不出他的话。他懵里懵气地吐道：

"啊啊？什么真的假的……我只晓得苦工分是真的，没有时间陪你闲聊。啾喽喽喽——！我要喂猪，请让让，别碰脏了你那白大褂！啾喽喽喽——"

杨柳吐叶时，一个消息传遍了唐河两岸：老红军黄老虎来了！

黄司令员真是头老虎，那些人想害他，又怕捋虎须。他很得军心，性烈如火，发起威来，说掏枪就能掏枪。因此，那些人只把他软靠了边。如今他提拔了，是某大军区副司令员。刚去看过受难的老战友们，又重游唐河旧地。

田有信闻风赶到时，他正在凭吊烈士陵园。

一座烈士纪念塔，矗立在青松之上。塔顶屹立着一个持枪的新四军战士铜像。将军屈着负过伤的右腿，凝神默坐在塔下的烈士碑前。松涛呜咽，陪同他来的同志，环绕肃立。

田有信轻手轻脚走到一旁，偷眼瞧瞧黄司令员。将军只剩下了几根稀落的眉毛，眉骨显得像险滑的怪石。他一言不发，把石碑上密密麻麻的烈士姓名挨个细看，一颗浑浊的老泪，从他眼里慢慢渗了出来，流过渠沟纵横的皱纹和月牙形的刀疤……他背后紧站着一位年轻的女同志——田有信差点叫了起来，活像杨曙！

她没有泪，脸色激动得发白。

等将军拄着手杖站起来了，田有信才连忙跨前两步，恭恭敬敬唤道：

"黄司令员，您好！您记不得我了吧，我叫田有信……"

"哦，记得！"将军眉骨一耸，声音还是很洪亮，"听说你现在是父母官啰！"

那个女同志回过脸，冷冷瞧着他。

"这一位，呃，很像杨曙同志么……"

"你的记性不错！她就是小仙。杨曙来不了啰，背脊骨都被踩断了，说是打翻在地，再踏上一只脚，叫她永世不得翻身！……"

"唉唉！……"田有信不禁打了个冷战，顿了下，忍不住又问，"严司令员呢？"

"死了！"将军脸颊上的刀疤可怕地痉挛了一下，"被打黑枪的活活整死了！"

小仙冷冷的目光变成了白热的仇恨。

"唉，万恶的'四人帮'！老同志都受尽了迫害……"

"哼，'四人帮'，还有帮四人哩！"将军愤愤地扬起手杖，走着。走了几步，他忽然问道："田老板他怎样了？"

"还用说嘛，他和我都受了不少罪！现在，政策正在落实……"他忽然把声音压低了，"我们县里的组织部部长就是个震派人物，坏得很，我想把他拿掉！调查时，我强调要对党对同志负责，坚持只能讲亲眼所见的事实，他就……"

将军似听未听，打断了他的话："哎，田老板那个政策，你们到底怎样在落实啊？"

"我们正在做工作。我主张彻底平反，可是有些同志还心有余悸，说他是个资产阶级，经历复杂，路路通……"

"对嘛，他是个资产阶级，路路通！鬼子、汉奸、土匪、顽固派，他都有关系，一身泥，一身脏！这都过去了几十年了嘛，可是——"将军连连把手杖狠捣了几下，"人家的心是向着共产党、新四军的，没有通林彪、'四人帮'，比起那些'干干净净的共产党员'要干净得多！……"他唰地掉过身，怒冲冲地朝前面的小轿车走去。

田有信的白脸一下变灰了。但是，他很快恢复了镇静，恳切地说：

"司令员，您上哪里去？我们县委早把中饭准备啦！听说老首长来了，大家都兴奋得不得了！……"

"谢谢，你那个饭我吃不下去！我要去看田老板。统一战线是党的三大法宝之一，人家为人民做过好事，我们共产党人不能不讲政治道德！"

小仙把轿车的门砰地关上了……

这部轿车开到田庄时，田玉堂正在帮宋老大喂猪。

小仙第一个跳下车，噙着眼泪喊了声：

"田大爷——！我是小仙，黄司令员来看望您了！"

田玉堂只"哎哟——"了一声，便什么话也说不出来了。他的喉咙被一种又甜又苦又酸的东西噎住了！将军也是一句话说不出来，只是紧紧抓住了他那双沾满猪食泔水的手……

成百上千的群众纷纷向田庄涌来，人人含着热泪，庆幸又见着了老八路和真共产党。人们七嘴八舌，流传开了不少新的传说。有的传说严赤临难时如何壮烈，有的传说杨曙背脊骨被踩断时还在高呼"共产党万岁！"……要把这些都写下，不是这篇短文所能为力的，作者只能简单交代两点：一是将军当天就把田玉堂带上车，送到第一人民医院治伤去了；二是不久上级派来了工作组，深入发动群众揭批林彪和"四人帮"。乍一看，老谋深算的田主任面色还是如常，至于他这次到底能不能把他那白大褂上的污秽和血迹洗干净，那就很难说了……

一九七八年八月

爱，是不能忘记的

张洁

【关于作家】

张洁（1937—2022），祖籍辽宁抚顺，生于北京。1978 年发表第一篇小说《从森林来的孩子》，获得全国优秀短篇小说奖，1979年加入中国作家协会，之后更是多次获奖，共获得三次全国优秀短篇小说奖、一次全国优秀中篇小说奖、两次茅盾文学奖等，是全国唯一获得短篇、中篇、长篇小说三项国家奖的作家，还曾获1989 年度意大利"玛拉帕尔帝"国际文学奖。张洁的作品多关注"人"和"爱"，感情浓烈、细腻深挚，塑造了很多独特的女性形象，代表作有《爱，是不能忘记的》《方舟》《祖母绿》《沉重的翅膀》《无字》等。

【关于作品】

小说《爱，是不能忘记的》发表于《北京文艺》1979 年第 11

期，从女儿的角度写已经离世了的母亲的爱情悲剧。母亲钟雨是位作家，离婚后独自带着女儿，爱上了一位有家庭的老干部，虽然老干部的婚姻是"出于道义，责任，阶级情谊和对死者的感念"，但二人都恪守着社会道德，把爱深埋心底，直到老干部在"文革"中被迫害致死，母亲才在笔记本上写下了"我爱你"。母亲的名字"钟雨"，与"忠于"谐音，她对爱情的忠诚，对理想爱情的召唤，是对传统道德准则的质疑，也是对政治桎梏人性的叛逆。小说从"我"的视角展开，关于母亲的爱情只叙写了听音乐会时的偶遇以及关于契诃夫文集的几个片段，淡化了情节而加重了情感的浓度，文笔细腻优美深情，对于柏拉图式的精神之恋的刻画让人动容，文中的文字如"哪怕千百年过去，只要有一朵白云追逐着另一朵白云，一棵青草傍依着另一棵青草，一层浪花拍着另一层浪花，一阵轻风紧跟着另一阵轻风——相信我，那一定就是他们"，今天读来，仍然让人感动。新时期之初的文学作品，多是伤痕小说和反思小说，大都是历史主题和公共题材，而《爱，是不能忘记的》写的是个人生活、个人感情，是当时文学创作中无形的禁区，特别是这篇小说又是写婚姻与爱情的矛盾，写婚外恋，因而在发表时引起了很大的反响和争议，是新时期文学史上有代表性的、在社会思潮和文学思潮的发展上产生过重大影响的作品。

　　我和我们这个共和国同年。三十岁，对于一个共和国来说，那是太年轻了。而对一个姑娘来说，却有嫁不出去的危险。

　　不过，眼下我倒有一个正儿八经的求婚者。看见过希腊伟大的雕塑家米伦所创造的"掷铁饼者"那座雕塑么？乔林的身躯几乎就是那尊雕塑的翻版。

即使在冬天，臃肿的棉衣也不能掩盖住他身上那些线条优美的轮廓。他的面孔黝黑，鼻子、嘴巴的线条都很粗犷。宽阔的前额下，是一双长长的眼睛。

光看这张脸和这个身躯，大多数的姑娘都会喜欢他。

可是，倒是我自己拿不准主意要不要嫁给他。因为我闹不清楚我究竟爱他的什么，而他又爱我的什么。

我知道，已经有人在背地里说长道短："凭她那些条件，还想找个什么样的？"

在他们的想象中，我不过是一头劣种的牲畜，却变着法儿想要混个肯出大价钱的冤大头。这引起他们的气恼，好像我真的干了什么伤天害理的、冒犯了众人的事情。

自然，我不能对他们过于苛求。在商品生产还存在的社会里，婚姻，也像许多问题一样，难免不带着商品交换的烙印。

我和乔林相处将近两年了，可直到现在我还摸不透他那缄默的习惯到底是因为不爱讲话，还是因为讲不出来什么。逢到我起意要对他来点智力测验，一定逼着他说出对某事或某物的看法时，他也只能说出托儿所里常用的那种词："好！"或"不好！"就这么两档，再也不能换换别的花样儿了。

当我问起"乔林，你为什么爱我"的时候，他认真地思索了好一阵子。对他来说，那段时间实在够长了。凭着他那宽阔的额头上难得出现的皱纹，我知道，他那美丽的脑壳里面的组织细胞，一定在进行着紧张的思维活动。我不由得对他生出一种怜悯和一种歉意，好像我用这个问题刁难了他。

然后，他抬起那双儿童般的、清澈的眸子对我说："因为你好！"

我的心被一种深刻的寂寞填满了。"谢谢你，乔林！"

我不由得想：当他成为我的丈夫，我也成为他的妻子的时候，我们能不能把妻子和丈夫的责任和义务承担到底呢？也许能够。因为法律和道义已经紧紧地把我们拴在一起。而如果我们仅仅是遵从着法律和道义来承担彼此的责任和义务，那又是多么悲哀啊！那么，有没有比法律和道义更牢固、更坚实的东西把我们联系在一起呢？

逢到我这样想着的时候，我总是有一种古怪的感觉，好像我不是一个准备出嫁的姑娘，而是一个研究社会学的老学究。

也许我不必想这么多，我们可以照大多数的家庭那样生活下去：生儿育女，厮守在一起，绝对地保持着法律所规定的忠诚……虽说人类社会已经进入了二十世纪七十年代，可在这点上，倒也不妨像几千年来人们所做过的那样，把婚姻当成一种传宗接代的工具，一种交换、买卖，而婚姻和爱情也可以是分离着的。既然许多人都是这么过来的，为什么我就偏偏不可以照这样过下去呢？

不，我还是下不了决心。我想起小的时候，我总是没缘没故地整夜啼哭，不仅闹得自己睡不安生，也闹得全家睡不安生。我那没有什么文化却相当有见地的老保姆说我"贼风入耳"了。我想这带有预言性的结论大概很有一点科学性，因为直到如今我还依然如故，总好拿些不成问题的问题不但搅扰得自己不得安宁，也搅扰得别人不得安宁。所谓"禀性难移"吧！

我呢，还会想到我的母亲，如果她还活着，她会对我的这些想法，对乔林，对我要不要答应他的求婚说些什么？

我之所以习惯地想到她，绝不因为她是一个严酷的母亲，即使已经不在人世也依然用她的阴魂主宰着我的命运。不，她甚至不是一个母亲，而是推心置腹的朋友。我想，这多半就是我那么爱她，一想到她已经离我远去便悲从中来的原因吧！

她从不教训我，她只是用她那没有什么女性温存的低沉的嗓音，柔和地对我谈她一生中的过失或成功，让我从这过失或成功里找到我自己需要的东西。不过，她成功的时候似乎很少，一生里总是伴着许许多多的失败。

在她最后的那些日子里，她总是用那双细细的、灵秀的眼睛长久地跟随着我，仿佛在估量着我有没有独立生活下去的能力，又好像有什么重要的话要叮嘱我，可又拿不准主意该不该对我说。准是我那没心没肺，凡事都不大有所谓的派头让她感到了悬心。她忽然冒出了一句："珊珊，要是你吃不准自己究竟要的是什么，我看你就是独身生活下去，也比糊里糊涂地嫁出去要好得多！"

照别人看来，作为一个母亲对女儿讲这样的话，似乎不近情理。而在我看来，那句话里包含着以往生活里的痛苦经验，真是一句至理名言。我倒不觉得她这样叮咛我是看轻我或是低估了我对生活的认识。她爱我，希望我生活得没有烦恼，是不是？

"妈妈，我不想嫁人！"我这么说，绝不是因为害臊或是忸怩作态。说真的，我真不知道一个姑娘什么时候需要做出害臊或忸怩的姿态，一切在一般人看来应该对孩子隐讳的事情，母亲早已从正面让我认识了它。

"要是遇见合适的，还是应该结婚。我说的是合适的！"

"恐怕没有什么合适的！"

"有还是有，不过难一点——因为世界是这么大，我担心的是你会不会遇上就是了！"她并不关心我嫁得出去还是嫁不出去，她关心的倒是婚姻的实质。

"其实，您一个人过得不是挺好吗?"

"谁说我过得挺好?"

"我这么觉得。"

"我是不得不如此……"她停住了说话，沉思起来。一种淡淡的、忧郁的神情来到了她的脸上。她那忧郁的、满是皱纹的脸，让我想起我早年夹在书页里的那些已经枯萎了的花。

"为什么不得不如此呢?"

"你的为什么太多了。"她在回避我。她心里一定藏着什么不愿意让我知道的心事。我知道，她不告诉我，并不是因为她耻于向我披露，而多半是怕我不能准确地估量那事情的深浅而扭曲了它，也多半是因为人人都有一点珍藏起来的、留给自己的东西。想到这里，我有点不自在。这不自在的感觉迫使我没有礼貌、没有教养地追问下去："是不是您还爱着爸爸?"

"不，我从没有爱过他。"

"他爱您吗?"

"不，他也不爱我!"

"那你们当初为什么结婚呢?"

她停了停，准是想找出更准确的字眼来说明这令人费解和反常的现象。

然后显出无限悔恨的样子对我说："人在年轻的时候，并不一定了解自己追求的、需要的是什么，甚至别人的起哄也会促成一桩婚姻。等到你再长大一些、更成熟一些的时候，你才会明白你真正需要的是什么。可那时，你已经干了许多悔恨得让你感到锥心的蠢事。你巴不得付出任何代价，只求重新生活一遍才好，那你就会变得比较聪明了。人说'知足者常乐'，我却享受不到这样的快乐。"说着，她自嘲地笑了笑："我只能是一个痛苦的理想主义者。"

莫非我那"贼风入耳"的毛病是从她那里来的？大约我们的细胞中主管"贼风入耳"这种遗传性状的是一个特别尽职尽责的基因。

"您为什么不再结婚呢？"

她不大情愿地说："我怕自己还是吃不准自己到底要什么。"她明明还是不肯对我说真话。

我不记得我的父亲。他和母亲在我很小的时候便分手了。我只记得母亲曾经很害羞地对我说过他是一个相当漂亮的、公子哥儿似的人物。我明白她准是因为自己也曾追求过那种浅薄而无聊的东西感到害臊。她对我说过："晚上睡不着觉的时候，我常常迫使自己硬着头皮去回忆年轻时代所做的那些蠢事、错事！为的是使自己清醒。固然，这是很不愉快的，我常会羞愧地用被单蒙上自己的脸，好像黑暗里也有许多人在盯着我瞧似的。不过这种不愉快的感觉里倒也有一种赎罪似的快乐。"

我真对她不再结婚感到遗憾。她是一个很有趣味的人，如果她和一个她爱着的人结婚，一定会组织起一个十分有趣味的家庭。虽然她生得并不漂亮，可是优雅、淡泊，像一幅淡墨的山水画。文章写得也比较美，和她很熟悉的一位作家喜欢开这样的玩笑："光看你的作品，人家就会爱上你的！"

母亲便会接着说："要是他知道他爱的竟是一个满脸皱纹、满头白发的老太婆，他准会吓跑了。"

　　到了这种年龄，她绝不会是还不知道自己到底要什么。这分明是一句遁词。我之所以这么说，是因为她有些引起我生出许多疑问的怪毛病。

　　比如，不论她上哪儿出差，她必得带上那二十七本一套的、一九五〇年到一九五五年出版的契诃夫小说选集中的一本，并且叮咛着我："千万别动我这套书。你要看，就看我给你买的那一套。"这话明明是多余的，我有自己的一套，干吗要去动她的那套呢？况且这话早已三令五申地不知说过多少遍了。可她还是怕有个万一的时候。她爱那套书爱得简直像得了魔怔一般。

　　我们家有两套契诃夫小说选集。这也许说明对契诃夫的爱好是我们家的家风，但也许更多的是为了招架我和别的喜欢契诃夫的人。逢到有人想要借阅的时候，她便拿了我房间里的那套给人。有一次，她不在家的时候，一位很熟的朋友拿了她那套里的一本。她知道了之后，急得如同火烧了眉毛，立刻拿了我的一本去换了回来。

　　从我记事的那天起，那套书便放在她的书橱里了。别管我多么钦佩伟大的契诃夫，我也不能明白，那套书就那么百看、千看、万看不厌，二十多年来有什么必要天天非得读它一读？

　　有时，她写东西写累了，便会端着一杯浓茶，坐在书橱对面，瞧着那套契诃夫小说选集出神。要是这个时候我突然走进了她的房间，她便会显得慌乱不安，不是把茶水泼了自己一身，便是像初恋的女孩子头一次和情人约会便让人撞见似的羞红了脸。

　　我便想：她是不是爱上了契诃夫？要是契诃夫还活着，没准真会发生这样的事。

当她神志不清，就要离开这个世界的时候，她对我说的最后一句话是："那套书——"她已经没有力气说出"那套契诃夫小说选集"这样一个长句子。不过我明白她指的就是那一套。"……还有，写着，'爱，是不能忘记的'……笔记本，和我，一同火葬。"

她最后叮咛我的这句话，有些，我为她做了。比如那套书。有些，我没有为她做……比如那些题着"爱，是不能忘记的"的笔记本子。我舍不得。我常想，要是能够出版，那一定是她写过的那些作品里最动人的一篇。不过它当然是不能出版的。

起先，我以为那不过是她为了写东西而积累的一些素材。因为它既不像小说，也不像札记；既不像书信，也不像日记。只是当我从头到尾把它们读了一遍的时候，渐渐地，那些只言片语与我那支离破碎的回忆交织成了一个形状模糊的东西。经过久久的思索，我终于明白，我手里捧着的，并不是没有生命、没有血肉的文字，而是一颗人的、充满了爱情和痛苦的心，我还看见那颗心怎样在这爱情和痛苦里挣扎、熬煎。二十多年啦，那个人占有着她全部的情感，可是她却得不到他。她只有把这些笔记本当作是他的替身，在这上面和他倾心交谈。每时，每天，每月，每年。

难怪她从没有对任何一个够意思的求婚者动过心，难怪她对那些说不出来是善意的愿望或是恶意的闲话总是淡然地一笑付之。原来她的心已经填得那么满，任什么别的东西都装不进去了。我想起"曾经沧海难为水，除却巫山不是云"的诗句，想到我们当中有人多半不会这样去爱，而且也没有人会照这个样子爱我的时候，我便感到一种说不出来的惆怅。

我知道了三十年代他在上海做地下工作的时候，一位老工人为了掩护他而被捕牺牲，撇下了无依无靠的妻子和女儿。他，出于道义、责任、阶级情谊和对死者的感念，毫不犹豫地娶了那位姑娘。逢到他看见那些由于"爱情"而结合的夫妇又因为"爱情"而生出无限的烦恼，他便会想："谢天谢地，我虽然不是因为爱情而结婚，可是我们生活得和睦、融洽，就像一个人的左膀右臂。"几十年风里来，雨里去，他们可以说是患难夫妻。

他一定是她那机关里的一位同志。我会不会见过他呢？从到过我家的客人里，我看不出任何迹象，他究竟是谁呢？

大约一九六二年的春天，我和母亲去听音乐会。剧场离我们家太远，我们没有乘车。

一辆黑色的小轿车悄无声息地停在人行道旁边。从车上走下来一个满头白发、穿着一套黑色毛呢中山装的、上了年纪的男人。那头白发生得堂皇而又气派！他给人一种严谨的、一丝不苟的、脱俗的、明澄得像水晶一样的印象。特别是他的眼睛，十分冷峻地闪着寒光，当他急速地瞥向什么东西的时候，会让人联想起闪电或是舞动着的剑影。要使这样一对冰冷的眼睛充满柔情，那必定得是特别强大的爱情，而且得为了一个确实值得爱的女人才行。

他走过来，对母亲说："您好！钟雨同志，好久不见了。"

"您好！"母亲牵着我的那只手突然变得冰凉，而且轻轻地颤抖着。

他们面对面地站着，脸上带着凄厉的，甚至是严峻的神情，谁也不看着谁。母亲瞧着路旁那些还没有抽出嫩芽的灌木丛。他呢，却看着我："已经长成大姑娘了。真好，太好了，和妈妈长得一样。"

他没有和母亲握手，却和我握了握手。而那手和母亲的手一样，也是冰冷的，也是轻轻地颤抖着的。我好像变成了一路电流的导体，立刻感到了震动和压抑。我很快地从他的手里抽出我的手，说道："不好，一点也不好！"

他惊讶地问我："为什么不好？"或许我以为他故作惊讶。因为凡是孩子们说了什么直率得可爱的话的时候，大人们都会显出这副神态的。

我看了看妈妈的面孔。是，我真像她。

这让我有些失望："因为她不漂亮！"

他笑了起来，幽默地说："真可惜，竟然有个孩子嫌自己的妈妈不漂亮。记得吧？一九五三年你妈妈刚调到北京，带你来机关报到的那一天？她把你这个小淘气留在了走廊外面，你到处串楼梯、扒门缝，在我房间的门上夹疼了手指头。你哇啦哇啦地哭着，我抱着你去找妈妈？"

"不，我不记得了。"我不大高兴，他竟然提起我穿开裆裤时代的事情。

"啊，还是上了年纪的人不容易忘记。"他突然转身向我的母亲说，"您最近写的那部小说我读过了。我要坦率地说，有一点您写得不准确。您不该在作品里非难那位女主人公……要知道，一个人对另一个人产生感情原没有什么可以非议的地方，她并没有伤害另一个人的生活……其实，那男主人公对她也会有感情的。不过为了另一个人的快乐，他们不得不割舍自己的爱情……"

这时，有一个交通民警走到停放小汽车的地方，大声地训斥着司机车停的不是地方。司机为难地解释着。他停住了说话，回头朝那边望了望，匆匆地说了声"再见"，便大步走到汽车旁边，向那民警说："对不起，这不怪司机，是我……"

我看着这上了年纪的人，也俯首帖耳地听着民警的训斥，觉得很是有趣。

当我把顽皮的笑脸转向母亲的时候，我看见她是怎样的窘迫呀！就像小学校里一个一年级的小女孩，凄凄惶惶地站在那严厉的校长面前一样，好像那民警训斥的是她。

汽车开走了，留下了一道轻烟。很快地，就连这道轻烟也随风消散了，好像什么都没有发生过，而我，不知道为什么却没有很快地忘记。

现在回想起来，他准是以他那强大的精神力量引动了母亲的心。那强大的精神力量来自他那成熟而坚定的政治头脑，他在动荡的革命时代的出生入死的经历，他活跃的思维、工作的魄力、文学艺术上的素养……而且——说起来奇怪，他和母亲一样喜欢双簧管。对了，她准是崇拜他。她说过，要是她不崇拜那个人，那爱情准连一天也维持不了。

至于他爱不爱我的母亲，我就猜不透了。要是他不爱她，为什么笔记本里会有这样一段记载呢？

"这礼物太厚重了。不过您怎么知道我喜好契诃夫呢？"

"你说过的！"

"我不记得了。"

"我记得。"

原来那套契诃夫小说选集是他送给母亲的。对于她，那几乎就是爱情的信物。

没准，他这个不相信爱情的人，到了头发都白了的时候才意识到他心里也有那种可以称为爱情的东西存在。这可真够凄惨的。

关于他，能够回到我的记忆里来的就是这么一小点。

她那么迷恋他，却又得不到他的心情有多么苦呀！为了看一眼他乘的那辆小车以及从汽车的后窗里看一眼他的后脑勺，她怎样煞费苦心地计算过他上下班可能经过那条马路的时间；每当他在台上做报告，她坐在台下，隔着距离、烟雾、昏暗的灯光、攒动的人头，看着他那模糊不清的面孔，她便觉得心里好像有什么东西凝固了，泪水会不由得充满她的眼眶。为了把自己的泪水瞒住别人，她使劲地咽下它们。逢到他咳嗽得讲不下去，她就会揪心地想到为什么没人阻止他吸烟？担心他又会犯了气管炎。她不明白为什么他离她那么近而又那么遥远？

他呢，为了看见她一眼，天天，从小车的小窗里，眼巴巴地瞧着自行车道上流水一样的自行车，闹得眼花缭乱，担心着她那辆自行车的闸灵不灵，会不会出车祸；逢到万一有个不开会的夜晚，他会不乘小车，自己费了许多周折来到我们家的附近，不过是为了从我们家的大院门口走这么一趟；他在百忙中也不会忘记注意着各种报刊，为的是看一看有没有我母亲发表的作品。他不能明白，为什么生活偏偏是这样安排着的？

可是，临到他们难得在机关大院里碰了面，他们又在竭力地躲避着对方，匆匆地点个头便赶紧地走开去。即使这样，也足以使我母亲失魂落魄，失去听觉、视觉和思维的能力，世界立刻会变成一片空白……如果那时她遇见一个叫老王的同志，她一定会叫人家老郭，对人家说些连她自己也听不懂的话。

她一定死死地挣扎过，因为她写道——我们曾经相约：让我们互相忘记。可是我欺骗了你，我没有忘记。我想，你也同样没有忘记。我们不过是在互相欺骗着，把我们的苦楚深深地隐藏着。

不过我并不是有意要欺骗你，我曾经多么努力地去实行它。有多少次我有意地滞留在远离北京的地方，把希望寄托在时间和空间上，我甚至觉得我似乎忘记了。可是等到我出差回来，火车离北京越来越近的时候，我简直承受不了冲击得使我头晕眼花的心跳。我是怎样急切地站在月台上张望，好像有什么人在等着我似的。不，当然不会有。我明白了，什么也没有忘记，一切都还留在原来的地方。年复一年，就跟一棵大树一样，它的根却越来越深地扎下去，想要拔掉这生了根的东西实在太困难了，我无能为力。

每当一天过去，我总是觉得忘记了什么重要的事情，或是夜里突然从梦中惊醒：发生了什么事情？不，什么也没有发生，我清清楚楚地意识到：没有你！于是什么都显得是有缺陷的、不完满的，而且是没有任何东西可以弥补的。我们已经到了这一生快要完结的时候了，为什么还要像小孩子一样地忘情？为什么生活总是让人经过艰辛的跋涉之后才把你追求了一生的梦想展现在你的眼前？而这梦想因为当初闭着眼睛走路，不但在岔道上错过了，而且这中间还隔着许多不可逾越的沟壑。

对了，每每母亲从外地出差回来，她从不让我去车站接她，她一定愿意自己孤零零地站在月台上，享受他去接她的那种幻觉。她，头发都白了的、可怜的妈妈，简直就像个痴情的女孩子。

那些文字并没有多少是叙述他们的爱情的，而多半记载的都是她生活里的一些琐事：她的文章为什么失败，她对自己的才能感到了惶惑和猜疑；珊珊（就是我）为什么淘气，该不该罚她；因为心神恍惚她看错了戏票上的时间，错过了一场多么好的话剧；她出去散步，忘了带伞，淋得像个落汤鸡……

她的精神明明日日夜夜都和他在一起，就像一对恩爱的夫妻。其实，把他们这一辈子接触过的时间累计起来计算，也不会超过二十四小时。而这二十四小时，大约比有些人一生享受到的东西还深、还多。莎士比亚笔下的朱丽叶说过："我不能清算我财富的一半。"大约，她也不能清算她的财富的一半。

似乎他在"文化大革命"中死于非命。也许因为当时那种特定的历史条件，这一段的文字记载相当含糊和隐晦。我奇怪我那因为写文章而受着那么厉害的冲击的母亲，是用什么办法把这习惯坚持下来的。从这隐晦的文字里，我还是可以猜得出，他大约是对那位红极一世、权极一时的"理论权威"的理论提出了疑问，并且不知对谁说过："这简直就是"右派"言论。"从母亲那沾满泪痕的纸页上可以看出，他被整得相当惨，不过那老头子似乎十分坚强，从没对这位有大来头的人物低过头，直到死的时候，留下来的最后一句话还是："就是到了马克思那里，这个官司也非得打下去不可！"

这件事一定发生在一九六九年的冬天。因为在那个冬天里，还刚近五十岁的母亲一下子头发全白了。而且，她的手臂上还缠上了一道黑纱。那时，她的处境也很难。为了这条黑纱，她挨了好一顿批斗，说她坚持"四旧"，并且让她交代这是为了谁？

"妈妈，这是为了谁？"我惊恐地问她。

"为一个亲人！"然后怕我受惊似的解释着，"一个你不熟悉的亲人！"

"我要不要戴呢？"她做了一个许久都没有对我做过的动作，用手拍了拍我的脸颊，就像我小的时候她常做的那样。她好久都没有显出过这么温柔的样子了。我常觉得，随着她的年龄和阅历的增长，特别是那几年她所受过的折磨，那种温柔的东西似乎离她越来越远了，也或许是被她越藏越深了，以致常常让我感到她像个男人。

她恍惚而悲凉地笑了笑，说："不，你不用戴。"

她那双又干又涩的眼睛显得没有一点水分，好像已经把眼泪哭干了。我很想安慰她，或做点什么使她高兴的事。她却说："去吧！"

我当时不知为什么生出了一种恐怖的感觉，我觉得我那亲爱的母亲似乎有一半已经随着什么离我而去了。我不由得叫了一声："妈妈！"

我的心情一定被我那敏感的妈妈一览无余地看透了。她温和地对我说："别怕，去吧！让我自己待一会儿。"

我没有错，因为她的确这样写着——你去了。似乎我灵性里的一部分也随你而去了。

我甚至不能知道你的下落，更谈不上最后看你一眼。我也没有权利去向他们质询，因为我既不是亲眷又不是生前好友……我们便这样地分离了。我恨不能为你承担那非人的折磨，而应该让你活下去！为了等到昭雪的那一天，为了你将重新为这个社会工作，为了爱你的那些人们，你都应该活着啊！

我从不相信你是什么"三反"分子，你是被杀害的、最优秀中间的一个。假如不是这样，我怎么会爱你呢？我已经不怕说出这三个字。

纷纷扬扬的大雪不停地降落着。天哪，连上帝也是这样的虚伪，它用一片洁白覆盖了你的鲜血和这谋杀的丑恶。

我从没有拿我自己的存在当成一回事。可现在，我无时不在想，我的一言一行会不会惹得你严厉地皱起你那双浓密的眉毛？我想到我要好好地活着，好好地生活，像你那样，为我们这个社会——它不会总像现在这样，惩罚的利剑已经悬在那帮狗男女的头上——真正做一点工作。

我独自一人，走在我们唯一一次曾经一同走过的那条柏油小路上。听着我一个人的脚步声在沉寂的夜色里响着、响着……我每每在这小路上徘徊、流连，哪一次也没有像现在这样使我肝肠寸断。那时，你虽然也不在我身边，但我知道，你还在这个世界上，我便觉得你在伴随着我，而今，你的的确确不在了，我真不能相信！

我走到了小路的尽头，又折回去，重新开始，再走一遍。

我弯过那道栅栏，习惯地回头望去，好像你还在那里，向我挥手告别。

我们曾淡淡地、心不在焉地微笑着，像两个没有什么深交的人，为的是尽力地掩饰我们心里那镂骨铭心的爱情。那是一个没有一点诗意的初春的夜晚，依然在刮着冷峭的风。我们默默地走着，彼此离得很远。你因为长年害着气管炎，微微地喘息着。我心疼你，想要走得慢一点。可不知为什么却不能。

我们走得飞快，好像有什么重要的事情在等着我们去做，我们非得赶快走完这段路不可。我们多么珍惜这一生中唯一的一次"散步"，可我们分明害怕，怕我们把持不住自己，会说出那可怕的、折磨了我们许多年的那三个字："我爱你"。除了我们自己，大概这个世界上没有一个活着的人会相信我们连手也没有握过一次！更不要说到其他！

不，妈妈，我相信，再没有人能像我那样眼见过你敞开的灵魂。

啊，那条柏油小路，我真不知道它是那样充满了辛酸的回忆的一条小路。

我想，我们切不可忽略世界上任何一个最不起眼的小角落，谁知道呢？那些意想不到的小角落会沉默地缄藏着多少隐秘的痛苦和欢乐呢？

当她写东西写得疲倦了的时候，她还会沿着我们窗后的那条柏油小路慢慢地踱来踱去。有时是彻夜不眠后的清晨，有时甚至是月黑风高的夜晚，哪怕是在冬天，哪怕峭厉的风像发狂的野兽似的吼叫，卷着沙石瓣里啪啦地敲打着窗棂……那时，我只以为那不过是她的一种怪僻，却不知她是去和他的灵魂相会。

她还喜欢站在窗前，瞅着窗外的那条柏油小路出神。有一次，她显出那样奇特的神情，以致我以为柏油小路上走来了我们最熟悉的、最欢迎的客人。

我连忙凑到窗前，在深秋的傍晚，只有冷风卷着枯黄的落叶，飘过那空荡荡的小路的路面。

好像他还活着一样，用文字和他倾心交谈的习惯并没有因为他的去世而中断。直到她自己拿不起来笔的那一天。在最后一页上，她对他说了最后的话——我是一个信仰唯物主义的人。现在我却希冀着天国，倘若真有所谓天国，我知道，你一定在那里等待着我。我就要到那里去和你相会，我们将永远在一起，再也不会分离。再也不必怕影响另一个人的生活而割舍我们自己。亲爱的，等着我，我就要来了——我真不知道，妈妈，在她行将就木的这一天，还会爱得那么沉重。像她自己所说的，那是镂骨铭心的。我觉得那简直不是爱，而是一种疾痛，或是比死亡更强大的一种力量。假如世界上真有所谓不朽的爱，这也就是极限了。

她分明至死都感到幸福：她真正地爱过。她没有半点遗憾。

如今，他们的皱纹和白发早已从碳水化合物变成了其他的什么元素。可我知道，不管他们变成什么，他们仍然在相爱。尽管没有什么人间的法律和道义把他们拴在一起，尽管他们连一次手也没有握过，他们却完完全全地占有着对方。那是什么都不能分离的。哪怕千百年过去，只要有一朵白云追逐着另一朵白云，一棵青草傍依着另一棵青草，一层浪花拍着另一层浪花，一阵轻风紧跟着另一阵轻风——相信我，那一定就是他们。

每每我看着那些题着"爱，是不能忘记的"的笔记本，我就不能抑制住自己的眼泪。我哭，我不止一次地痛哭，仿佛遭了这凄凉而悲惨的爱情的是我自己。这要不是大悲剧就是大笑话。别管它多么美、多么动人，我可不愿意重复它！

英国大作家哈代说过："呼唤人的和被呼唤的很少能互相答应。"我已经不能从普通意义上的道德观念去谴责他们应该或是不应该相爱。我要谴责的却是：为什么他们不互相等待着那个呼唤着自己的灵魂？

如果我们都能够互相等待，而不糊里糊涂地结婚，我们会免去多少这样的悲剧哟！

到了共产主义，还会不会发生这种婚姻和爱情分离着的事情呢？既然世界这么大，互相呼唤的人也就可能有互相不能答应的时候，那么说，这样的事情还会发生？可是，那是多么悲哀啊！可也许到了那时，便有了解脱这悲哀的办法！

我为什么要钻牛角尖呢？

说到底，这悲哀也许该由我们自己负责。谁知道呢？也说不定还得由过去的生活所遗留下来的那种旧意识负责。因为一个人要是老不结婚，就会变成对这种意识的一种挑战。有人就会说你的神经出了毛病——或是你有什么见不得人的隐私；或是你政治上出了什么问题；或是你刁钻古怪，看不起凡人，不尊重千百年来的社会习惯，你准是个离经叛道的邪人。总之，他们会想出种种庸俗无聊的玩意儿来糟蹋你。于是，你只好屈从这种意识的压力，草草地结婚了事。把那不堪忍受的婚姻和爱情分离着的镣铐套到自己的脖子上去，来日又会为这不能摆脱的镣铐而受苦终身。

我真想大声疾呼："别管人家的闲事吧，让我们耐心地等待着，等着那呼唤我们的人，即使等不到也不要糊里糊涂地结婚！不要担心这么一来独身生活会成为一种可怕的灾难。要知道，这兴许正是社会生活在文化、教养、趣味等方面进化的一种表现！"

被爱情遗忘的角落

张弦

【关于作家】

张弦（1934—1997），原名张新华，1956年发表小说《甲方代表》，后改编为剧本《上海姑娘》并被拍成电影。1958年因一篇未发表的小说被划为"右派"分子，下放到工厂、农村劳动二十多年。1978年后相继创作小说《记忆》《被爱情遗忘的角落》，先后获1979年、1980年全国优秀短篇小说奖。张弦不但是个作家，还是个电影编剧，由他编剧或改编的电影《被爱情遗忘的角落》《湘女潇潇》《青春万岁》《井》等在海内外获奖并获得较好的口碑。

【关于作品】

《被爱情遗忘的角落》叙写了菱花、存妮和荒妹母女两代三人的爱情故事：新中国成立初期土改时的菱花爱上了长工沈山旺，通过反抗父母争取到婚姻自由，但在三十年后却又和父母一样想让孩子走买卖婚姻的老路；生在丰收之年的存妮在"文革"中与同村的小豹子因原始本能冲动的爱情上演了一场悲剧；生在荒年的荒妹在粉碎"四人帮"后因与同村许荣树之间的朦胧爱情而反抗父母。小说虽然篇幅不长，但在艺术上却很有特点：它采取以小见大的方式，用母女三人的爱情故事反映一个偏远村庄在新中国成立后三十年的历史变迁，从侧面展现出我国社会主义革命和建设所走过的一段曲折的路，表达出对改革开放所带来的美好生活前景的憧憬。小说采用倒叙、插叙、追叙等多种叙事方式来展开故事——对存妮的出生、与小豹子的爱情悲剧采用倒叙，对许荣树与荒妹过去的关系采用插叙，对母亲菱花与父亲沈山旺的爱情采用追叙等，巧妙地把各个不同时期的生活串联起来，使作品充满了深厚的历史感。小说用毛衣串起母女三人的故事，还用了对比和比较的方式：把菱花的过去与现在进行对比，把存妮与荒妹的命运进行对比等，使得小说内容丰富且层次分明。小说在1979年获全国优秀短篇小说奖，1981年改编成电影后获金鸡奖最佳编剧奖。

一

　　尽管已经跨入了二十世纪七十年代的最后一年，在天堂公社的青年们心目中，爱情，还是个陌生的、神秘的、羞于出口的字眼。所以，在公社礼堂召开的"反对买卖婚姻"大会上，当报告人——新来的团委书记大声地说出了这个名词的时候，听众都不约而同地一愣。接着，小伙子们调皮地相互挤挤眼，"呵呵呵"放声大笑起来；姑娘们则急忙垂下头，绯红了脸，吃吃地笑着，并偷偷地交换个羞涩的眼光。

只有墙角边靠窗坐着的长得很秀气的姑娘——天堂大队九小队团小组长沈荒妹，没有笑。她面色苍白，一双忧郁的大眼睛迷惘地凝望着窗外。好像什么也没听见，一切都与她无关。但突然间，她的睫毛抖动起来，竭力摆脱那颗沾湿了它的晶莹的东西。——"爱情"这个她所不理解的词儿，此刻是如此强烈地激动着她十九岁的少女的心。她感到羞辱，感到哀伤，还感到一种难言的惶恐。她想起了她的姐姐，那使她永远怨恨而又永远怀念的姐姐存妮。唉！如果生活里没有小豹子，没有发生那一件事，一切该多么好！姐姐一定会并排坐在她的身旁，毫无顾忌地男孩子般地大笑。散会后，会用粗壮的臂膀搂着她，一块儿到供销店挑上两支橘红色的花线，回家绣枕头……

在五个姐妹中，存妮是最幸运的。她赶在一九五五年家乡的丰收之后到来世上。满月那天，家里不费力地办了一桌酒。年轻的父亲沈山旺抱起小花被裹着的宝贝，兴奋地说：

"……我把菱花送到接生站，抽空到信用社去存上了钱，再回来时，毛娃儿就落地了！头生这么快，这么顺当，谁也想不到哩！有人说起名叫个顺妮吧，我想，我们这样的穷庄稼汉，开天辟地头一遭儿进银行存钱！这时候生下了她，该叫她存妮。等她长大，日子不定有多好呢！"

他发自内心的快乐，感染了每个前来贺喜的人。当时，他是"靠山庄合作社"的副社长，乐观、能干，浑身都是天不怕地不怕的勇气和力量。山坡上那一片经他嫁接的山梨，第一次结果就是个丰收。小麦和玉米除去公粮还自给有余。二十几户人家的小村，人人都同他一样快乐，同他一样充满信心地憧憬着美好的未来。

等到五年以后，荒妹出世时，景况就大不相同了。"靠山庄合作社"已改成天堂公社天堂大队九小队。"天堂"这个好听的名字，是县委书记亲自起的。取意于"共产主义是天堂，人民公社是桥梁"。当时，包括队长沈山旺在内的所有社员，都深信距进"天堂"不过咫尺之遥，只需毫不痛惜地把集体的山梨树，连同每家房前屋后的白果树、板栗树统统锯倒，连夜送到公社兴办的炼钢厂。仿佛一旦那奇妙的、呼呼叫着的土炉子里喷出了灿烂的钢花，那么，他们就轻松地步过"桥梁"，进入共产主义了。但结果却是那堆使几万担树木成为灰烬的铁疙瘩，除了牢牢地占住农田之外，没有任何效用。而小麦、玉米又由于干旱，连种子也没有收回；锯倒梨树栽下的山芋，长得同存妮的手指头差不多粗细。菱花怀着快生的孩子从外地讨饭回来，沈山旺已经因"攻击大办钢铁"被撤了职。他望着呱呱坠地的孱弱的第二个女儿，浮肿的脸上露出了苦笑："唉，谁叫她赶上这荒年呢？真是个荒妹子呵！……"

也许是得力于怀胎和哺乳时的营养吧，存妮终于泼泼辣辣地长大了。真是吃树叶也长肉，喝凉水也长劲。十六岁的生日还没过，她已经发育成个健壮、丰满的大姑娘了。一条桑木扁担，代替了又一连生下三个妹妹的多病的妈妈，帮助父亲挑起了家庭的重担。一年一度最苦的活——给国营林场挑松毛下山，她的工分在妇女中数第三。每天天不亮下地，顶着星星回来，吞下一钵子山芋或者玉米糊，头一挨枕边就睡着了。尽管年下分红时，家里

167

的超支数字总是有增无减，连一分钱的现款也拿不到手，但她总是乐呵呵地不知道什么叫愁。高兴起来，还搂着荒妹，用丰满的胸脯紧贴着妹妹纤弱的身子，轻轻地哼一曲妈妈年轻时代唱的山歌。

生活中往往有一些蹊跷的事，十分偶然又根源显见；令人惊诧又平淡无奇。比如畸形者，多么骇异的肢体也都可以找到生理学上的原因，只是因为人们的少见而多怪罢了。存妮和小豹子之间发生的事，就是这样。

小豹子是村东家贵叔的独生子，名叫小宝，和存妮同年。这个体格剽悍的小伙子，干起活来有一股吓死人的拼劲。有一次挑松毛，赶上一场冬雨，家贵婶在前面滑了一跤，扁担也撅折了。小宝过来扶起母亲，把两担松毛并在一起，打了个赤膊，咬着牙，吭哧吭哧挑下了山。一过秤，三百零五斤！大家吃惊地说，小宝子真能拼，简直是头小豹子！就这样喊出了名。

七四年的初春，队上的干部清早就到公社去批孔老夫子了，壮劳力全部上了水库工地。保管员祥二爷留下存妮帮他整理仓库。老头儿一面指点着姑娘干活，一面唠叨着：

"干部下来走一圈，手一指：'这儿！'这就开山劈石忙乎一年。山洪下来，嗵！冲个稀里哗啦！明年干部又来，手一指：'那儿！'……也不看看风水地脉！"

"不是说'愚公移山'吗？"存妮有口无心地搭讪说。

"移山能填饱肚子那也成！……来，把这堆先过筛，慢点，别撒了！……瞧这玉米，山梨树根上长的，瘦巴巴的，谁知出得了芽不？"老人又抱怨起玉米种子来。

"不是说'以粮为纲'吗？"姑娘仍有口无心地答着。心想，跟老头儿干活，虽然轻巧，却远不如在水库和年轻伙伴一起挑土来得热闹。

这时，仓库门口出现了个健壮的身影：

"派点活我干吧！祥二爷。"

"小豹子！"存妮高兴地城，"你不是昨天抬石头扭了脚吗？"

祥二爷说："回家歇着吧！"

"歇着我难受。"小豹子憨厚地微笑说，"只要不挑担子，干点轻活碍不着！"说着，他抄起木锨就帮存妮过筛。

祥二爷高兴地蹲在一旁抽了支烟，想起要喊木匠来修犁头，便交代几句，走了。倒仓库、筛种子这些活儿，在两个勤快的十九岁的青年手里，真不算一回事儿。不多久，种子装进了麻袋，山芋干也在场上晾开。小豹子说了声："歇歇吧！"就把棉袄铺在麻袋上，躺了下来。

存妮擦擦汗，坐在对面的麻袋上。她的棉袄也早脱了，穿着件葵绿色的毛线衣。这是母亲的嫁妆。虽然已经拆洗过无数次，添织了几种不同颜色的线，并且因为太小而紧绷在身上。但在九队的青年姑娘中，仍不失是件令人羡慕的奢侈品。

小豹子凝视着她那被阳光照耀而显得格外红润的脸庞，凝视着她丰满的胸脯，心中浮起一种异样的、从未经验过的痒丝丝的感觉。使他激动，又使他害怕。于是，他没话找话地说：

"前天吴庄放电影，你没去？"

"那么老远，我才不去呢！"她似乎为了躲开他那热辣辣的目光，垂下头说，一面摘去袖口上拖下来的线头。

吴庄是邻县的一个大队，上那里要翻过两座山。像小豹子那样的年轻人也得走一个多钟头。它算不上是个富队，去年十个工分只有三角八，但这已使天堂的社员啧啧称羡了。青年们尤其向往的是，沿吴庄西边的公路走，不到三十里，就是个火车站。去年春节，小豹子约了几个伙伴到那里去看火车。来回跑了半天，在车站等了两钟头，终于看到了穿过小站飞驰而去的草绿色客车而感到心满意足。九队的社员们几乎都没有这种眼福。至于乘火车，那只有外号叫瞎子的许会计才有过这样令人羡慕的经历。

"我也不想去!《地道战》《地雷战》《南征北战》，看了八百次啦! 每句话我都会背! ……"小豹子伸了个懒腰，叹着气说，"不看，又干啥呢? 扑克牌打烂了，托人上公社供销店开后门，到现在也没买到!"

除了看电影、打百分而外，这里的青年，劳动之余再也没事可干了。队里订了一份本省的报纸，也只有许瞎子开会时用得着。他总是把报上的"孔子曰"读成"孔子日"，当然不会有人来纠正这位全队唯一的知识分子，过去，这里还兴唱山歌，如今早已属于"黄色"之列，不许唱了。……

忽然，小豹子兴奋地坐起来："喂，听许瞎子说，他以前看过外国电影。嗨，那才叫好看哪!"他喷着嘴，又嗤的一声笑了："那上面，有……"

"有什么?"存妮见他那副有滋有味的模样，禁不住问。

"嘻嘻嘻，……我不说。"小豹子红着脸，独自笑个不停。

"有什么? 说呀!"

"说了……你别骂!"

"你说呀。"

"有——"他又格格地笑，笑得弯了腰。存妮已经料想着他会说出什么坏话来，伸手抓起一把土粒儿。果然，小豹子鼓足勇气喊："有男人女人抱在一起亲嘴儿！嘿嘿嘿……"

"呸！下流！"存妮顿时涨红了脸，刷地把手中的土粒撒过去。

"真的，许瞎子说的！"小豹子躲闪着。

"不害臊！"又是一把撒过来。带着玉米碎屑的土粒落在他肩膀上、颈项里。他也还了手，一把土粒准确地落在存妮解开的领口上。姑娘绷起了脸，骂道："该死的！你！……"

小豹子讪讪地笑着，脱了光脊梁，用衬衣揩抹着铁疙瘩似的胸肌。存妮也噘着嘴开始脱毛衣，把粘在胸上的土粒抖出来。……刹那间，小豹子像触电似的呆住了。两眼直勾勾地瞪着，呼吸突然停止，一股热血猛冲到他的头上。原来姑娘脱毛衣时掀起了衬衫，竟露出半截白皙的、丰美而富有弹性的乳房。……

就像出涧的野豹一样，小豹子猛扑上去，他完全失去了理智，不顾一切地紧紧搂住了她。姑娘大吃一惊，举起胳膊来阻挡。可是，当那灼热的、颤抖着的嘴唇一下子贴在自己湿润的唇上时，她感到一阵神秘的眩晕，眼睛一闭，伸出的胳膊瘫软了。一切反抗的企图都在这一瞬间烟消云散。一种原始的本能，烈火般地燃烧着这一对物质贫乏、精神荒芜，而体魄却十分强健的青年男女的血液。传统的礼教、理性的尊严、违法的危险以及少女的羞耻心，一切的一切，此刻全都烧成了灰烬。……

二

瘦巴巴的玉米长出了稀疏的苗子。锄过头遍，十四岁的荒妹开始发现姐姐变了：她不再无忧无虑地大笑，常常一个人坐在床边发呆。同她讲话，好像一句也没听见；有时看见她脸色苍白、低头抹泪，有时却又红晕满面地在独自发笑。……最奇怪的是一天夜里，荒妹一觉醒来，发现身边姐姐的被窝是空的。第二天问她，她急得脸上红一阵白一阵的，还硬说荒妹是做梦。

这一阵，妈妈的腰子病发了。爸爸忙着去吴庄的舅舅家借钱，张罗着请医生。家里乱糟糟的。谁也顾不上注意存妮的变化。只有荒妹，在她稚嫩的心灵里，隐隐地预感到将有一种可怕的祸事要落到姐姐的头上。

祸事果然不可避免地来临了。而且，它远比荒妹所能想象的要可怕得多。

那是玉米长出半人高的时节，累了一天的社员，晚饭后聚集在队部，听许瞎子凑着煤油灯念"孔子曰"。荒妹没等开完会，早就溜回了家，照应三个妹妹睡下，自己也去睡了。但不一会就被一阵喧嚣惊醒：吵嚷声、哄笑声、打骂声、哭喊声、诅咒声、夹杂着几乎全村的狗吠和山里传来的回声，从来也没有这样热闹过。荒妹惊慌地捻亮了灯，可怕的喧嚣越来越近，竟到了大门外面。突然，姐姐一头冲进门来，衣带不整、披头散发，扑倒在床上号啕大哭。接着，光着脊梁、两手反绑着的小豹子，被民兵营长押进门来。在几道雪亮的手电光照射下，荒妹看到他身上有一条条被树枝抽打的血印。他直挺挺地跪下，羞愧难容，任凭脸色铁青的父亲刮他的嘴巴。母亲这时已经瘫坐在凳上，捂着脸呜咽着。门外，黑压压地围满了几乎全村的大人和小孩。七嘴八舌，詈骂、耻笑、奚落和感慨。……吓得发抖的荒妹终于明白了：姐姐做了一件人世间最丑最丑的丑事！她忽然痛哭起来。她感到无比的羞耻、屈辱、怨恨和愤懑。最亲爱的姐姐竟然给全家带来了灾难，也给她带来了无法摆脱的不幸。那最初来临的女性的自尊，在她幼弱的心灵上还没有成形，因而也就格外的敏感，格外的容易挫伤。荒妹大声地哭着，伤心的眼泪像决堤的河流。一面用自己也听不清的含混的声音，哼着："不要脸！丢了全家的人！……不要脸，丢了全队的人！……不要脸！不要脸！！……"

事情闹腾到半夜。

后来，她昏昏地睡了。蒙眬中，又听到队长驱散众人的声音、家贵叔家贵婶向父母恳切道歉的声音、祥二爷劝慰和提醒的声音"千万别难为孩子家，防备着她想不开！……"妈妈的责骂也渐渐变成了低声的劝慰。荒妹终于贴着泪水浸湿的枕头睡去，又不断地被噩梦所惊扰。在最后的一个噩梦中，她猛然听到从远处传来两声急促的呼喊：

"救人哪！救人哪！……"

荒妹猛地跳了起来。东方已经大亮。床上不见存姐，也没有了守着她的母亲。她忽地爬起来，赤着脚就往外奔，跟着前面的人影奔到村边的三亩塘前，啊，姐姐，已经被大伙儿七手八脚捞了上来，直挺挺躺在那里。这么快，这么轻易地死了！

母亲抱着姐姐嘶哑地哭嚷着，发疯似的喊着。多少次被乡亲们拉起来，又瘫倒在地上。父亲呆坐在塘边，失神地瞪着平静的水面，一动也不动，仿佛是一尊枯干的树桩。

朝霞映在存妮的湿漉漉的脸上，使她惨白的脸色恢复了红润。她的神情非常安详，也非常坦然，没有一点痛苦、抗议、抱怨和不平。她为自己盲目的冲动付出了最高昂的代价，现在她已经洗净了自己的耻辱和罪恶。固然，她的死是太没有价值了。但是生活对她来说又有什么值得留恋的吗？在纵身于死亡的深渊前，她还来得及想到的事，就是把身上那件葵绿色的破毛衣脱下来，挂在树上。她把这个人间赐予她的唯一的财富留给了妹妹，带着她的体温和青春的芳馨。……

事情还没有完。大约过了半个月吧，家贵叔家里又传出了凄凉的哀哭，——两个公安员把小豹子带走了。全村又一次受到震动。他们从田野里奔来，站在路旁，惶恐地、默默无言地注视着小豹子手腕上那一双闪闪发光的东西。只有家贵夫妇一把眼泪一把鼻涕地跟在他们的独生子后面。

"同志，同志！"沈山旺放下锄头追了上来。这位五十年代的队长是见过点世面的。虽然女儿的死使他突然老了十年，而且对生活更冷漠了。但此刻，他的责任感使他不能沉默。他向公安员说："同志，我们并没有告他呀！"

公安员严峻地瞪他一眼，轻蔑地说："去，去，去！什么告不告！强奸致死人命犯！什么告不告！……"

小豹子却很镇静，抬着头，两眼茫然四顾。突然，他略一停步，就猛地飞奔起来，向对面的荒坡冲去。

"站住！往哪儿跑！"公安员喝着，连忙追了上去。

但是小豹子不顾一切地奔着，杂乱的脚步踏倒了荒草和荆丛。最后，他扑倒在存妮的那座新坟上，恸哭起来，两手乱抓，指头深深地抠进湿润的黄土里。公安员跑来喝了几声，他才止住泪。然后，直跪在坟前，恭恭敬敬地磕了三个头。

三

散了会，荒妹怀着沉重的心情走出公社礼堂的大门。天堂公社是本县的角落，天堂九队又是角落的角落。她望了望低垂在西边松林里的夕阳，担心天黑以前赶不到家了，就断然放弃去供销社逛逛的计划，从后街直穿麦田，快步奔小路上山。

"沈荒妹，等等！一块儿走吧！"身后传来团支部书记许荣树的喊声。他家住八队，与九队只隔着个三亩塘。荒妹当然很希望有人与她同行这段漫长的山路，冬天的傍晚，这山坳是十分荒凉的。但她不希望同路的是个小伙子，特别不希望是许荣树。所以略微迟疑了一下，反而加快了脚步。在麦田尽头荣树赶上来时，她警惕地移开身去，使他俩之间保持四步开外的距离。

存妮的死，绝不仅仅给她留下葵绿色的毛衣。在她的心灵上留下了无法摆脱的耻辱和恐惧。她过早地接过姐姐的桑木扁担，纤弱的身体不胜重负地挑起家庭的担子，稚嫩的心灵也不胜重负地承受着精神的重压。她害怕和憎恨所有青年男子，见了他们绝不交谈，远而避之。她甚至鄙视那些对小伙子并不害怕和憎恨的女伴们。她成了一个难以接近的孤僻的姑娘。

但是，青春毕竟不可抗拒地来临了。她脸上黄巴巴的气色已经褪去，露出红润而透着柔和的光泽；眉毛长得浓密起来；枯涩的眼睛也变得黑白分明，水汪汪的了。她感到胸脯发胀，肩背渐渐丰满，穿着姐姐那葵绿色的毛线衣，已经有点绷得难受了。她的心底常常升起一种新鲜的隐秘的喜悦。看见花开，觉得花儿是那么美，不由得摘一朵戴在头上；听到鸟叫，也觉得鸟儿叫得那么好听，不由得呆呆地听上一会儿。什么都变得美好了：树叶、庄稼、野草以及草上的露珠……周围的一切都使她激动。她常常偷偷地在妈妈那面破镜子里打量自己，甚至在塘边挑水时，也忍不住对自己苗条的身影投以满意的微笑，她开始同女伴们说笑，过年过节也让她们挽着手一起逛一逛公社的供销店。尽管对小伙子仍保持着警惕，但也渐渐感到他们并不是那么讨厌的了。……就在这时，许荣树在她的生活中出现了。

还在她很小的时候，就认识了荣树。那是她到设在八队的小学上一年级，男孩子们欺侮了她，一个同存妮差不多年龄的高班男同学，跑来打抱不平，还用袖口擦掉了她的眼泪。后来因为妈妈生下了最小的妹妹，她二年级还没上完就辍了学。当她捎着小妹妹在三亩塘附近割猪草时，荣树看到了总是偷偷离开伙伴们，抢过她手上的镰刀，飞快地割上一大抱，扔在她的筐里，就急急走开。过了不多久，八队传来锣鼓声，荒妹带着妹妹们去看，只见他穿着过大的新军装，戴着红花，沿着三亩塘边上的小路，去当兵了。

直到去年的一次团支部会上，她才又一次见到荣树。他几天前刚从部队复员。进了大队会议室的门，羞涩地向大家一瞥，就像荒妹她们那批刚入团的姑娘们一样，悄悄在屋角坐下了。这时几个同他相熟的活跃分子围过来，硬要他讲讲战斗生活。只见他窘得满脸通红，忙腼腆地推辞着说："当了几年和平兵，又没打过仗，说啥呀！……"全然没有青年人心目中那种革命军人的威武气派。但不知为什么，这却引起了荒妹的好感，当选举团支委进行表决，念到许荣树的名字时，她勇敢地把手举得笔直，以此表达她真诚的愿望。

到下一次的团支部活动时，新上任的支部书记许荣树却提出了他与众不同的主张，并因此引起了曾当过民兵营长的党支部副书记的不满。

过去，天堂公社青年团的活动，除开会之外，只有一个内容：劳动。——事先准备了些积肥、抬石块之类的重活，先开会，再干活。这种无偿的劳动往往进行到很晚，称之为"共青团员的模范作用"。但荣树破了这个规矩，他说："青年人有自己的特点。我建议：今晚看电影！"大家乍一听，愣了。接着便哄笑着鼓起掌来。他想得真周到，事先已经在公社附近一家工厂订了票（他有个战友复员到这家工厂），开了个短会，就领着大家出发了。小伙子和姑娘们三五成群，欢天喜地，笑语喧哗，有人大胆地哼起了山歌，简直像过节一样。荒妹这才生平第一次坐在有靠背、有扶手的椅子上，舒舒服服地看了一场电影。而且当天夜里，也是生平第一次，一个青年男子走进了她甜蜜的梦境。他有点像电影里那个带领青年修水库的男主角，更像她的团支部书记。他憨厚地笑着，同她说了些什么，离她很近。醒来时，月光照在她的床边，温柔而明净。她的心里，生平第一次泛起了一片甜丝丝的柔情。但又立即因此而感到惶恐。"这是怎么回事？"她懊恼地想，"唉，唉！幸亏只是个梦！……"

然而当她担任团小组长之后，荣树就真的常来找她了。荒妹的态度一如既往的严肃而冷淡。从不请他进屋，一个门外，一个门里，保持着四尺开外的距离。谈的不过是通知开会之类的事，一问一答，公事公办。讲完荣树走了，荒妹总要装出做事的样子，到门外偷偷目送他远去。她多么希望他多谈一会儿，进来坐一坐，谈些别的。又多么害怕他这样做。随着接触的增多，这种矛盾的心情越加发展起来。有一天，她回家晚了，十一岁的小妹妹对她说："荣树哥来过啦！"正好母亲也刚回来，忙问："他又来干什么？"父亲说："他来找我的。问我嫁接山梨的事，几年能结梨？一亩山地能收多少钱？我说，那不是资本主义的路吗？他说，这不叫资本主义，报上就这么讲的！这孩子！……"

父亲似乎不以为然地摇着头，但荒妹却觉察到他对这个青年是有好感的，心中暗暗感到高兴。然而母亲的脸色却很难看，她皱着眉头说："他，可是个不大安分的人！……"

荒妹早就听说过荣树为限制社员养鸡的事同八队队长（他的叔父）吵起来，有人说他太狂，不服从领导，等等。但她从没在意。今天母亲这样说，使她生起气来。想分辩几句，又看到母亲狐疑的眼光总在盯住自己。只好闷闷地低头吃饭，装出漠不关心的样子。晚饭后，母亲在房里嘀嘀咕咕，她听到门缝里传出了这样一句："已经有闲话啦！要当心她走上存妮的路！……"

荒妹只觉得心头被扎了一刀似的，扑在床上哭了。她怨恨姐姐做了那种死了也洗刷不净的丑事；怨恨妈妈不明白女儿的心；她更怨恨自己，为什么竟然会喜欢一个小伙子？这是多么不应该、多么可耻呀！"不要脸！喜欢上了一个男人！……不要脸！！"她恨恨地骂自己，把脸深深地埋在被子里，不让伤心的哭声传出来。

她下定决心，从明天起，再不理睬他！有什么事，让他找副组长去！他会觉得奇怪，觉得委屈吗？随他去吧！谁让他是个男人呢！……

过不了多久，她真的恨起荣树来了。那是偶尔在队部听到许瞎子说："荣树这孩子真不知天高地厚，又跟大队副书记吵起来了！"有人问："为了什么？"许瞎子说："哼！他要为小豹子申冤呢！"

"什么?!"荒妹大吃一惊，几乎喊出声来。小豹子被判刑，是自作自受，罪有应得。并不是什么冤、假、错案，翻不了的。——这几乎是人们共同的看法。荒妹不可能有别的看法。由于姐姐的死，她只有对小豹子更多一分仇恨。可是荣树，一个共产党员，一个她所尊敬的团支部书记，怎么会为小豹子这样的坏人讲话呢？他同情小豹子？还是得了家贵夫妇的什么好处？……她气得发抖，要去当面质问荣树。但当她在三亩塘边，看见荣树憨笑着向她迎面走来时，那股勇气又倏然消失了。那件事怎么说得出口？又怎么好对他说呀？于是忙转过身，装作到别的地方去，绕了个大圈子回到了家。接着，她又后悔起来。……

就这样，气他、恨他、不睬他、害怕他，又不由自主地想念他……交替地变化着、矛盾着。这就是十九岁的农村姑娘的心。

如果把这说成是爱情，那么，对于生活在别的地方的青年男女们是难以理解的。但荒妹是在天堂九队这个本县角落的角落里。这里的姑娘，在荒妹的这个年龄，也多半有过像荣树和荒妹那样隐秘的爱情、矛盾和痛苦。然而不久就会什么都——消失了，平静了。——来了一位亲戚或者什么人，送了一件葵绿色或者玫红色的毛线衣，进行一番大体相似的讨价还价而达成协议。然后，在某一天，由这位亲戚或者什么人领来了一个小伙子，再陪同这相互不敢正视一眼的双方一起去吴庄或者什么地方，照一张合影相片。到了议定的日子，她就离开了父母，离开了这个角落。……

这是一条这里的人们习以为常并公认为正当的道路，却被今天大会的报告人说成是"买卖婚姻"。他还说什么"爱情"！姐姐和小豹子，那叫"爱情"吗？不，不！那是可耻的、违法的呀！那么，难道还有什么别的路吗？——荒妹感到茫然。她不能不想到荣树。此刻，他就在她的身后，默默地陪她同行。同来开会的女伴都去供销社了。寂静的山路上，只有他们俩。她听到自己怦怦的心跳。

忽然，荣树站住了脚，放眼四顾，用浑厚的嗓音唱起歌来：

"我爱这蓝色的海洋，

祖国的海疆多么宽广！……"

荒妹吓了一跳。但听着听着，热情奔放的歌声感染了她。不由自主回过头，露出赞许的微笑。

"看着山上的这片松林，我想起了大海啦！想起了在军舰上的日子！……"他自语似的微笑着说，"看着海，心里就会觉得宽阔起来。要是乡亲们都能看看海，该多好呵！"

荒妹微笑地听着。她的警惕在悄悄地丧失。

"荒妹，你去前街了吗？集上卖鸡蛋、卖蔬菜的，没人撵了！知道吗？农村政策要改啦！山坡地一定得退田还山，种梨树。山旺大叔这位好把式又要发挥作用啦！先在你家自留地上栽起树苗来了……"他说得很凌乱，也很兴奋，"山旺婶身体不好，可以砍些荆条在家编篮子，换点零花钱。你大妹妹明年可以出工了吧！两个小妹妹可以放几只羊！……我有个战友在公社当干事。他告诉我，中央很快就要下文件，要让农民富裕起来！……真的，你不信？"

他两眼闪着乐观的光芒，声音像淙淙溪水、亲切感人。荒妹没有相信这些话。对于富裕起来，她从没有抱过希望，甚至根本没有想过。从她懂事以来，富裕之类的话总是同资本主义联在一起遭受批判的。使她激动的是荣树这样清楚地知道她的家庭，并且这样关心。他就是用这个来回答她的冷淡、戒备和怀恨的！她愧疚了，觉得脸上在发烧。

"是啊！不富裕起来，一辈子过着穷日子，就什么也谈不上！"他深为感慨地摇摇头，"就拿小豹子来说吧，能全怪他吗？穷、落后、没有知识、蠢！再加上老封建！老实巴交的小伙子下了大牢！你姐姐，就更冤啦！……"

一听他说起这个，姑娘顿时觉得受了羞辱。她愤愤地瞪他一眼，吼道："不许你说这个！不许你说我姐姐！……"

她竭力忍住快要流出来的眼泪，猛地冲上山顶，放开大步向下奔去。弄得荣树莫名其妙。

四

走近家门，天已经完全黑了。她的心情也渐渐平静下来。小妹妹老远就喊她，向她扑来。紧接着母亲也迎了出来，脸上挂着喜气洋洋的笑容。这使荒妹感到奇怪。贫困、操劳和多病的母亲过早地衰老了。特别是姐姐的死，使她的脸上除了愁苦之外，只有木然的发愣的神情。发生了什么值得她这样高兴的事？

"快，快去看看你的床上！"母亲几乎笑出声来。

床上放着一件簇新的毛线衣，天蓝色的。在幽暗的煤油灯下发出柔和的诱人的光泽。

荒妹抓在手里，还没有来得及感受到它那轻柔和温暖，就立即像触了似的地甩开了。她吃惊地喊："谁的？"

"你的！"母亲正从锅里盛出热气腾腾的玉米粥，神采飞扬地瞟她一眼说，"你二舅妈送来的。……"

"二舅妈?！……"荒妹打了个寒噤，两腿发软，颓然坐在床沿，呆住了。二舅妈前不久来过，同母亲嘀咕了老半天，一面不断地上上下下打量着她。她当时就敏感到那眼光里好像有什么神秘的意味。果然,现在送了毛线衣来!……

母亲挨着她坐下,用难得的柔声说:"是二舅他们吴庄三队的,比你大三岁。他哥哥在北关火车站当工人,一月拿五十多块!……"

荒妹感到冰冷的汗水在脊背上缓缓地爬。她浑身颤抖,耳边"嗡嗡"直响,什么也听不清了。

"我不要!"她挣扎地喊,"不!我不要!"她把毛线衣扔向母亲,母亲却仍然微笑着拉住她说:"又不是现在就要你过门!端午节来见见面,送衣裳来。十六套!……订了婚,再送五百块现钱!"

"不,不,不!"一种耻辱感陡然升上荒妹的心。她感到窒息的恐怖。她不知该怎么办,只有让委屈的泪水急速地流出来,只有愤愤甩开母亲抚慰的手臂,跑开去。

门口,站着心情沉重的父亲和三个睁大眼睛呆望着她的妹妹。她捂住脸,冲出了门,站在院子里,倚着倒塌了的猪圈的半截土墙,大声地哭起来。

"怎么啦?怎么啦?"母亲急急地跟出来,拉起她的手,"荒妹,你是个懂事的孩子。咱家有啥?妈有病,三个妹妹光知道张着嘴要吃。养猪没饲料,喂了半年多,连本也没捞回来!攒几个鸡蛋拎上街,挨人搋来搋去,心里慌得像做了贼。去年分红,又是超支,一分现钱也没到手。我想给你买双袜子都……"

母亲也啜泣起来,数落着:"你姐姐不争气,这个家靠谁?房子明年再不翻盖实在不行了。欠着债,哪有钱?二舅妈说,五百块钱一到手,就……"

"钱，钱！"姑娘激动地喊，"你把女儿当东西卖！……"

母亲顿时噎住了。她浑身无力，扶着半截土墙缓缓地坐倒在地上。"把女儿当东西卖！"这句话是那样刺伤了她的心，又是那样的熟悉！是谁在女儿一样的年纪，含着女儿一样的激愤喊过？是谁？——唉唉！不是别人，正是她自己呀！……

那是在土改工作队进了吴庄的那个冬天，菱花去看歌剧《白毛女》的那天晚上，认识了憨厚、英俊的青年长工沈山旺。从那一刻起，她突然明白了平时唱的山歌里"情郎"一词的含义。十九岁的菱花不仅勇敢地参加了斗地主的大会，而且勇敢地在夜晚去玉米地同她的情郎相会了。可是她原先是父母做主同北关镇杂货铺的小老板订了婚的。男方听到风声送了五十块银元来，硬要年内成亲。菱花大哭大闹，一反常态，公然承认她自己看中了靠山庄的穷小子，公然宣布跟他进山里去受苦，一辈子不回"老封建"的娘家门！把父母气呆了，关起房门又骂又打。她哭着，闹着，在地下滚着，把银元抛洒一地，激愤地嚷："你们，是要把女儿当东西卖呀！"

那是反封建的烈火已经把"父母之命、媒妁之言"连同地主的地契债据一起烧毁了的年代。宣传婚姻法的挂图在乡政府门口的墙上贴着。舞台上的刘巧儿和同村的童养媳都是菱花的榜样。憨厚、英俊的沈山旺捧着美好、幸福的前途在等待着她。菱花有的是冲破封建囚笼的勇气！

"他们，要把女儿当东西卖！"第二天，在刚刚粉刷一新的乡公所里，不需要任何别的，只凭她菱花这句话！土改工作队就含着鼓励的微笑，发给她和山旺一人一张印着毛主席像的结婚证。……

万万想不到今天，时隔三十年的今天，女儿竟用这句话来骂自己了！

"这是怎么回事？日子怎么又过回头了？……"她感到震惊而惶惑，慢慢抬起了头，仰望着暮冬的夜空。几颗寒星发出凄清、黯淡的光，讽嘲似的向她眨着眼。她仿佛忽然得到什么启示似的一颤，捶胸顿足痛哭起来。一面喃喃地自语：

"报应，报应！这就叫报应呀！"

她干枯的双眼里涌出了浓浊的泪，里面饱含着心灵深处的苦恨。她恨荒妹，恨存妮，恨她们的父亲。她恨自己的苦命，恨这块她带着青春和欢乐的憧憬来到的土地，这块付出了大半生辛勤劳动、除了哀愁什么也没有给她的土地！……

荒妹反而镇静起来，劝慰母亲说："妈！公社街上，卖鸡蛋、卖菜的没人撵啦！你可以砍些荆条编土篮拿去卖。妹妹可以去放羊。山田改了种果树，爹是个好把式！……要让我们农民富裕起来！荣树说的，中央有这个文件！……"

"文件，文件！今天这，明天那！见多啦！见够啦！俺们不照样还是穷！荒妹，妈不愿意叫你像妈这样过一辈子呀！"母亲抽泣着，也渐渐平静起来，"孩子，你是个懂事的姑娘。妈看出来，荣树对你有心，你也看着他中意。可你想想，吃不饱饭，这些都是空的哟！你妈悔不该当初……唉！如今得了报应啦！……"

风停了。妈妈衰弱的身子依着荒妹。母女俩无声地呆坐着，各自沉浸在自己的心事之中。

"妈，你回去吧！"荒妹低声说。她的眼睛向八队的那一片村舍凝视着，探寻着其中的一间房子，"我还有点事！……"

然后，她倔强地向三亩塘的方向走去。刚才发生的事，使她突然聪明了，成熟了。一切成见，包括要为小豹子申冤这样使她强烈反感的事情，现在都觉得合理了。她相信荣树是会讲出他的道理来的。那么，他知道得很多很多，甚至连大海都知道！他所深信不疑的要让农民富裕起来的文件，荒妹又有什么可怀疑的呢？他一定还会给她出个最好的主意，告诉她该怎么办！

　　三亩塘的水面上，吹来一阵轻柔的暖气。这正是大地回春的第一丝信息吧！它无声地抚慰着塘边的枯草，悄悄地拭干了急急走来的姑娘的泪。它终于真的来了吗，来到这被爱情遗忘了的角落？

　　　　　　一九七九年六月初稿于上海，十月修改于北京

蝴蝶

王蒙

【关于作家】

王蒙，1934 年出生于北京。青年时代参加中国共产党的地下工作。1953 年发表第一部长篇小说《青春万岁》。1956 年发表《组织部新来的青年人》，小说对官僚主义的抨击引起轰动，也使王蒙被划为"右派"，此后在新疆生活多年。1978 年调回北京市作协工作，复出后笔耕不辍，撰写了多部小说、散文、评论、自传等。他在小说方面锐意创新，发表了《蝴蝶》《布礼》等意识流小说，成为意识流小说的代表作家之一，对新时期的文学创作做出很大的贡献。长篇小说有《活动变人形》《坚硬的稀粥》《恋爱的季节》《狂欢的季节》《失态的季节》《踌躇的季节》《青狐》等。小说多次获得全国优秀中短篇小说奖、茅盾文学奖等。先后任《人民文学》主编、中国作协副主席及书记处书记、文化部部长等职。2019 年被授予"人民艺术家"国家荣誉称号。

【关于作品】

《蝴蝶》叙写了"文革"平反后的张思远副部长重返曾经生活

过的小山村过程中的所见、所思、所感。小说围绕着四种关系展
开：一是张思远与三位女性的关系——第一任妻子纯洁的海云、
第二任妻子爱享受的美兰、在小山村生活时结识的医生秋文；二
是他与儿子冬冬的关系；三是他与老百姓的关系；四是作为张副
部长的他与作为山村里的老张头的他之间的关系。这四种关系的
结局是向秋文求婚而不得，但秋文对他寄予厚望——"多为人民
做好事"；想带走儿子被拒绝，但儿子答应常去看他；在山村受到
淳朴的老百姓的热情欢迎；对于自己的双重身份也有了独到的发
现。这四种关系某种意义上都是"官"与"民"的关系，这些问
题的解决使得主人公张思远充满了责任感，他希望与老百姓之间
的桥"坚固而又畅通无阻"，这也成为张思远"明天会更忙"的动
力。《蝴蝶》反思了在新中国成立后的历次运动中被伤害的干群关
系，是反思小说的代表作之一，但小说又不局限于反思历史，人
生的巨变使得主人公张思远发出像庄周梦蝶一样的身份之问，这
样的疑问使得小说有着深刻的哲学意味。小说借鉴西方的"意识
流"手法，大量描写张思远的意识流动、内心独白、自由联想、
思维跳跃等，但又继承了传统小说的手法，注重情节描写和人物
刻画，被称为"东方意识流"。《蝴蝶》在当时的反思小说中独树
一帜，它所表达的对于干群关系的思考在今天仍有强烈的现实
意义。

　　北京牌越野汽车在乡村的公路上飞驰。一颠一晃，摇来摆去，
车篷里又闷热，真让人昏昏欲睡。发动机的嗡嗡声时而低沉，时
而高亢，像一阵阵经久不息的、连绵不断的呻吟。这是痛苦的、

含泪的呻吟吗？这是幸福的、满足的呻吟吗？人高兴了，也会呻吟起来的。就像一九五六年，他带着快满四岁的冬冬去冷食店吃大冰砖，当冬冬咬了一口芳香、甜美、丰腴而又冰凉爽人的冰砖以后，不是曾经快乐地呻吟过吗？他的那个样子甚至使爸爸想起了第一次捉到一只老鼠的小猫儿。捉到老鼠的小猫儿，不也是这样自得地呜呜叫吗？

汽车开行的速度越来越快了。一个又一个的山头抛在了后边。眼前闪过村庄、房屋，自动列成一队向他们鼓掌欢呼的穿得五颜六色的女孩子，顽皮的、敌意的、眯着一只眼睛向小车投掷石块的男孩子，喜悦地和漠然地看着他们的农民，比院墙高耸起许多的草堆，还有树木、田野、池塘、道路、丘陵地和洼地，堆满了用泥巴齐齐整整地封起了顶子的麦草的场院，以及牲畜、胶轮马车、手扶拖拉机和它所牵引的斗子……光滑的柏油路面和夏天的时候被山洪冲坏了的裸露的、受了伤的砂石路面，以至路面上的尘土和由于驭手偷懒、没有挂好粪兜而漏落下的马粪蛋，全都照直向着他和他的北京牌扑来，越靠近越快，"唰"的一下，从他身下蹿到了他和车的身后。指示盘说明越野小车的时速已经超过了六十公里。车轮的滚动发出了愤怒而又威严的、矜持而又满不在乎的轰轰声。车轮轧在地面上的时候，还有一种敏捷的、轻飘飘的沙沙声，这种沙沙声则是属于青春的，属于在冰场上滑冰，在太液池上划船，在清晨跑步的青年人的。他仍然在坚持长跑，穿一身海蓝色的腈纶秋衣秋裤。该死的汽车，为什么要把他和地面，和那么富有、那么公平、那么纯洁而又那么抵抗不住任何些微的污染的新鲜空气隔离开来呢？然而坐在汽车上是舒服的。汽车可以节约许多宝贵的时间。在北京，人们认为坐在后排才是尊贵的，驾驶员身旁的那个单人的座位则是留给秘书、警卫人员或者翻译坐的，他们不时需要推开车门，跳下去和对方的一位秘书、对方的警卫人员或者对方的翻译联系，而作为首长的他，则呆呆地坐在车后不动。甚至当一切都联系好了的时候，当他的秘书或者别的什么人打开后车门探进头来，俯着身向他报告的时候，他也是懒洋洋的，没有表情的，疲倦的和似乎是丝毫不感兴趣的。有时他接连打两个哈欠。许多时候他要等秘书说了两遍或者三遍以后才微微地点点头或摇摇头，"嗯"一声或者"哼"一声。这样才更像首长。倒不是装模作样，而是他实在太忙。只有行车的时候他才能得到片刻的解脱，才能返身想一想他自己。同时也还有这样的习惯：所有的小事情他都无须过问，无须操心，无须动手甚至无须动口。

那是什么？忽然，他的本来已经粘上的眼皮睁开了。在他的眼下出现了一朵颤抖的小白花，生长在一块残破的路面中间。这是什么花呢？竟然在初冬开放，在千碾万轧的柏油路的疤痕上生长？抑或这只是他的幻觉？因为等到他力图再把捉一下这初冬的白花的时候，白花已经落到了他乘坐的这辆小汽车的轮子下面了。他似乎看见了白花被碾压得粉碎。他感到了那被碾压的痛楚。他听到了那被碾压的一刹那的白花的叹息。啊，海云，你不就是这样被压碎的吗？你那因为爱，因为恨，因为幸福和因为失望常常颤抖的，始终像儿童一样纯真的、纤小的身躯呀！而我仍然坐在车上呢。

他稳稳地坐在车上，按照山村的习惯，他被安排坐在与驾驶员一排的单独座位上。现在他在哪里都坐最尊贵的座位了，却总不像十多年以前，那样安稳。离开山村的时候，秋文和乡亲们围

着汽车送他。"老张头，下回还来！"拴福大哥捋着胡须，笑眯眯
地说。大嫂呢，抹着眼泪，用手遮在眼眉上，那样深情地看着他。
其实，并没有刺目的阳光，她只是用那手势表示着她的目光的专
注。秋文的饱经沧桑、仿佛洞察一切的悲天悯人的睛眼里出现了
一种他从来没有见过的期待和远眺的神情。他们的分别是沉重的。
他们的分别是轻松的。这样，如秋文说的，他们可以更勇敢地走
在各自的路上。路啊，各式各样的路！那个坐在吉姆牌轿车、穿
过街灯明亮、两旁都是高楼大厦的市中心的大街的张思远副部长，
和那个背着一篓子羊粪，屈背弓腰咬着牙行走在山间的崎岖小路
上的"老张头"，是一个人吗？他是"老张头"，却突然变成了张
副部长吗？他是张副部长，却突然变成了"老张头"吗？这真是
一个有趣的问题。抑或他既不是张副部长也不是老张头，而只是
他张思远自己？除去了张副部长和老张头，张思远三个字又余下
了多少东西呢？副部长和老张头，这是意义重大的吗？决定一切
的吗？这是无聊的吗？不值得多想的吗？

　　秋文说："好好地做官去吧，我们拥护你这样的官，我们需要
你这样的官，我们期待着你这样的官……心上要有我们，这就什
么都有了。"她缓缓地微笑着说，她的声音里听不出一丝悲凉，她
说得那样平稳，那样从容，那样温存又那样有力量。一刹那间，
她好像成了张思远的大姐姐，她好像在安慰一个没有放起自己制
作的风筝因而哭哭啼啼的小弟弟，其实，她比老张要小好几岁呢！
其实，老张已经是快六十岁的人了。快六十的人了，在他那个圈
子里却还算作"年青有为"。古老的中国，悠久的中华！这些年，
青年人的年龄上限正像转氨酶实验阳性反应的上限一样，大大地
放宽了。过去，转氨酶 120 就可以确诊肝炎，现在呢，转氨酶 200

还不给开病假条呢！

　　离开山村，他好像丢了魂儿。他把老张头丢在了那个山乡。他把秋文，广义地说，把冬冬也丢在了那边。把石片搭的房子，把五股粪叉，把背篓和大锄、草帽和煤油灯、旱烟袋和榆叶山芋小米饭……全都丢下了。秋文和冬冬，这是照耀他这个年轻的老年人的光。秋文便是照耀他的无限好的夕阳，他把夕阳留在了长满核桃树的云霞山那边。夕阳对他招着手，远去了。一步一远啊，这是文姬归汉时所唱的歌词。而有了北京牌越野汽车，车轮的旋转使变远的速度大大加快了。冬冬呢？冬冬什么时候才能理解他呢？冬冬什么时候才能来到他的身边呢？为了冬冬的母亲——海云，那棵颤抖的、被碾碎了的小白花，这一切报应都是应当的。然而他挂牵着冬冬，冬冬还只是一颗在地平线上闪烁，远远还没有升起来的小星星。这颗星星总会照耀他的。他完全知道，所有的老年人对于下一代的过分的关心，过分周到的安排，给下一代提供的过分优越的条件和为了防范下一代而画地为牢的一切努力不仅注定是徒劳的，而且往往是有害的。然而他仍然默默地祝福着冬冬，这个连他的姓都不肯姓的他的唯一的儿子。他为冬冬的思想的偏激而忐忑不安，虽然他知道要求青年人毫不偏激无异于要求青年不要是青年，何况这一代青年成长在颠倒和错乱的年代，他们受了太多的骗，他们有太多的怀疑和愤怒。但是，冬冬是太过分了。他希望他的孩子能够了解历史，能够了解现实，能够了解中国，能够了解占中国人口绝大多数的农民。他希望他的儿子不要走上歧路。他希望儿子的可以原谅一部分的偏激不至于向害己害人害国的破坏性方面发展。

　　天晴了。明亮的夕阳有点儿晃眼。他把车内的褐色的遮光板放了下来。透过褐色的遮光板，他看到的是乡间的薄暮。然而他的身上有阳光。他的上衣和膝盖头上的阳光变幻着。路旁的树枝切割着夕阳，把光的碎屑不断地洒向他的全身，这给他一种捉摸不定的行进的感觉。他沐浴在这瞬息万变的光网里，渐渐地觉得舒适和满意。随着这嗡嗡声、轰轰声和沙沙声，随着指示盘上的红字的旋转和黑字的跳动，他离山乡越来越远，离北京越来越近，离老张头越来越远，离副部长越来越近。正在工作忙的时候，他竟然请了十几天的假。他甚至告诉部长，他要解决他的生活问题，接一个老伴来。把爱情说成是解决生活问题或解决个人问题，似乎这样说才合法，才规范。如果他说他要去看看他的心上人，那么人们马上会认为他"作风不好"，认为他感情不健康或者正在变"修"。把爱情叫作问题，把结婚叫作解决问题，这真是对祖国语言的歪曲和对人的情感的侮辱。但他还是要从俗，他还是用这种刻板的、僵硬的语言请了假。他离开了他的工作岗位，离开了一系列紧张而繁忙的事务，这使他十分不安。离开一个本来属于他的，他在里面过得很舒服、很适宜、很习惯了的办公室和住宅，这好像是不那么愉快的。但是老年人也是充满了想象的。那种想象使他激动得喘不过气来。于是他悄悄地走了。他坐了硬卧火车。他坐了长途汽车。夜间休息的时候四十二个人住在一间大房子里。烟气、汗气和臭气熏天。六盏四十瓦的荧光管灯终夜不关。他也坐过专门给他这个级别的领导干部派的小汽车。坐上这样的柔软而轻便的车，连侧视镜里映出的他的影像都像刚刚沐浴，刚刚擦过油和吹过风一样的鲜亮。坐上这样的车，他美好得像一块新出炉的面包，带着小麦、牛奶、蛋黄和砂糖的芳香，烘烤得红扑扑的。下了这样的车，他住进只供外宾和高级干部住的宾馆。新安装的空调设备，开动起来就像野蜂在花的原野上飞舞。洁白的浴盆。小巧而方便的电加热淋浴喷头。然而这一切与他是没有多少关系的。这一切并不决定于他本身，他自己。他自己毋宁说是更适合那个遥远的山乡。他到那里去寻找秋文，寻找冬冬，寻找那还没有失去的老张头，寻找一个被农民所信赖、所关照的不幸的幸运的人。现在，他离去了。高级宾馆的一夜以后是四个小时的飞行。然后是他的吉姆。秘书到机场来迎接，使他确认了自己的副部长的身份。又是繁华的街道，雪白的快行线，又是红灯。人口和车辆都增加了很多，一到十字路口，就要耽搁。再拐两个弯，汽车减慢了速度，停下了。握手，道谢，他邀请驾驶员上去坐一坐，驾驶员谢绝了。秘书从他手中抢去了所有的本来也不多的东西。明亮的电梯间，烫发的女服务员向他问好。他又回到了一个凡是知道他的职务的人都向他微笑的地方。钥匙插在锁孔里，他没有把钥匙给秘书，而是自己开的门。他不愿意在每一件小事上劳动别人。门开了，灯亮了，高分子化合物的墙壁和地面仍然是一尘不染，就像天天有人用洗涤剂刷洗过似的，他回来了，他坐到了沙发上。

海 云

这是昨天刚刚发生过的事吗？海云的声浪还在他的耳边颤抖吗？她的声音还在空气里传播着吗？即使已经衰减到近于零了也罢，但总不是零啊，总存在着啊。还有她的分明的清秀的身影，这形象所映射出来的光辉，又传播到宇宙的哪些角落呢？她真的不在了吗？现在在宇宙的一个遥远的角落，也许仍然能清晰地看见她吧？一颗属于另一个星系的星星此时此刻的光，被人们看见还要用上几百年的时间，她的光呢？不也可能比她自身更长久么？

然而这毕竟是遥远的往事，是上辈子的事了。这是一种老年人的心理吧，每当他想起那三十年代、四十年代、五十年代的事，恍若隔世。会不会在一百年以后，二百年以后，五百年以后，有人会回忆起海云或类似海云来呢？他的那么多甜的、苦的、酸的和灼热的回忆，会不会在五百年以后隐隐约约地出现在那时的幸福而公正的社会（但也绝不会是天堂）的一个小伙子的心灵里呢？

上辈子，上辈子，是不是他与海云在上辈子见过面？一九四九年，"解放区的天是明朗的天，打得好来打得妙呀打得妙，打得好来打得热闹真热闹，年轻人，火热的心，跟随着毛泽东前进"，人们就是唱着这些歌来解放全中国的。战争的严酷，行军的艰苦，转移、撤退、暂时的失利，牺牲，流血，负伤，饥馑，化装进城，宪兵的钢盔和闪亮的刺刀尖，碉堡的阴森森的眼睛，"剿匪总司令部"的布告；三整三查的紧张空气，一次又一次的检讨，在中国共产党人付出了人类所能付出的最大的代价以后，解放军摧枯拉朽，坦克、骑兵、炮兵与红绸舞、腰鼓队、秧歌队一起行进。一进城就先扭秧歌，一进城就响彻了腰鼓。人们甩着红绸解放了全中国，人们扭着秧歌可以扭到天堂，而一敲腰鼓，仿佛就会敲出公正、道义和财富。他那时二十九岁，唇边有一圈黑黑的胡子，穿一身灰干部服，胸前和左臂上佩戴着"中国人民解放军××市军事管制委员会"的标志。在他的目光里，举止里洋溢着一种给人间带来光明、自由和幸福的得胜了的普罗米修斯的神气。他每天可以工作十六个小时，十八个小时到二十个小时。他不知道疲劳。他有扭转乾坤的力量。他正在扭转乾坤。他比一切年轻人都更年轻，因为他前途无量。他比一切老年人更有经验，因为他是只占居民人口的千分之几的凤毛麟角的"老"革命家。他担任这个中等规模的城市的军管会副主任，他每天接待地下党组织的负责人、驻军领导、工会和学联代表、科技人员、资本家和国民党军政起义人士。他的话，他的道理，连同他爱用的词汇——克服呀，阶段呀，搞透呀，贯彻呀，结合呀，解决呀，方针呀，突破呀，扭转呀……对于这个城市的绝大多数居民来说都是破天荒的新事物。他就是共产党的化身，革命的化身，新潮流的化身，凯歌、胜利、突然拥有的巨大的——简直是无限的威信和权力的化身。他的每一句话都被倾听，被详细地记录，被学习讨论、深刻领会、贯彻执行，而且立即得到了效果，成功。我们要兑换伪币、稳定物价，于是货币兑换了，物价稳定了。我们要整顿治安，维护秩序，于是流氓与小偷绝迹，夜不闭户，路不拾遗。我们要禁毒禁娼，立刻"土膏店"与妓院寿终正寝。我们要什么，就有什么。我们不要什么，就没有了什么。有一天，他正在对市政工作人员讲述"我们要……"的时候，雪白的衬衫耀眼，进来了一位亭亭玉立的大姑娘。现在想起来，那只不过是一个小小的女孩子。就像小时候走也走不完的长街，长大了以后一看，原来是一条小巷。

　　她那时是多少岁呢？十六岁，实足年龄只有十六岁，比他小十三岁。瘦瘦的，两只热情、轻信而又活泼的大眼睛。她进来了，她说话的时候两眼紧盯着你，她那么愿意看你，因为，你就是党。她当时是一个教会学校的学生，学生自治会的主席（后来把自治两个字去掉了。不知为什么）。她的同学们因为参加欢庆解放的军民联欢游园活动和讨论社会发展史，同校董事会和几名外国修女发生了冲突。海云激动地向他诉说事件的始末，说得他也热血沸腾起来……等到这个事情以中国青年人的彻底胜利而结束以后，海云又来了，"我们全体同学都希望您去做一个报告，讲一讲我们的斗争的胜利的意义"。"全体同学？那么你自己呢？"他问。他为什么要这样问呢？他这样问可没有什么别的意思。但是，这个不大不小的姑娘闯进他的办公室使他觉得愉快，就像白鸽使蓝天变得亲切而鱼儿使海水变得活泼。他对这个姑娘的明亮的眸子产生了一种好感。"我自己更不用说了，我愿意天天听您讲话。"海云回答。她为什么这样回答呢？这难道不是爱吗？当然是爱，然而爱的是党。叮叮当当，蓝色的火花打响在头顶上，他和海云坐在有轨电车里。那时候还没有那么多小汽车，那时候他并不注意出门的时候要小车，那时候小汽车远没有日后那么大的意义。有轨电车的司机叉着腿，用脚踩着铃铛，刚把手柄放开，"唰"的一下又关掉了电门。他们没有座位，他们各自握着一个悬挂在皮带上的赛璐珞白环。就这样海云也不住嘴地说了许多。"我们班有两个特务，她们现在很惊慌。她们造谣说蒋介石的空军把上海给炸平了。我们组织了斗争会，在这场斗争里有四个同学申请入团。""我们组织了讨论，什么是共产主义的人生观。'人最宝贵的是生命，生命对于人只有一次而已……'我们把保尔·柯察金的话抄在了壁报上。"他进入了礼堂，女学生们拼命鼓掌，鼓掌的声音像潮水一样。所有的眼睛都乌黑、晶亮，闪烁着崇敬和喜悦的泪光。麦克风坏了，先是发不出声音，后来又嗡嗡地响个不住。等待麦克风的修理就用了半个钟头。海云站到了台上："同学们，咱们唱个歌儿好不好？""好！"回答的声音比上课还齐。"你们那一角是第一部，顺序往这边是第二部、第三部……"她一挥手就把学生分了四部，韩信当年指挥军队也不会这么利索。

> 民主政府爱人民哪，爱人民……
> 共产党的恩情，恩情……
> 说不完哪……说不完……不完……
> 呀呼咳咳依呼呀呼咳，呀呼，呀呼……咳咳！咳咳！咳咳！咳咳……

　　全礼堂都在"咳咳咳咳咳咳"，好像在抬木头，好像在砸石头，好像在开山，好像在打铁。是的，打铁。

> 我们大家，都是熔铁匠，
> 锻炼着幸福的钥匙……
> 快把那铁锤，高高举起，
> 打呀打呀打……

　　和声部分开始了，只有从充满了热情、欢乐和神圣的革命目标的少女的心灵里，才能唱出这么动人的歌。海云指挥着，她的头发舞动如火焰，张思远看到了激情在怎样使她的年轻的身体颤抖。她就是刘胡兰，她就是卓娅，她就是革命的青春。麦克风终于修好了，他开始做报告。"青年团员们！"鼓掌。"同学们，向你们问好！向你们致以革命的、战斗的敬礼！"鼓掌。"你们是新社会的主人，你们是新生活的主人，先烈的鲜血冲开了光辉而宽阔的道路，你们将在这条道路上，从胜利走向胜利！"点头称是，一字不漏地往小本子上记，但仍然不影响频频地鼓掌。"中国的历史，人类的历史，开始了崭新的篇章，我们再不是奴隶，再不是任凭命运摆布的可怜虫，我们再不用悲叹，再不用流泪……我们要用我们自己的双手来铸造我们的未来，一切失去了的，我们都要夺回来！一切还没有的，我们都要创造……在消灭了剥削，消灭了压迫，消灭了一切自私、落后和不义之后，我们失去的只有锁链，我们得到了全世界……"更加热烈的鼓掌。他看见了海云的激动的泪花。泪花在女学生们的睫毛中间滚动。泪光里闪耀着红旗、灯塔、军号和水电站。那一次，他怎么那样口若悬河，热情澎湃？他讲了许多空洞的、幼稚的话。但是，他是真诚的，他是相信的，她们都是相信的。过去的一切都已经被革命的烈火烧成了灰烬，而新的生活，新的历史，就像那洁白、光滑、浑圆的电车上的赛璐珞环一样，掌握在她们自己的手心里……

　　然后是通信、打电话、见面、散步、逛公园、看电影、吃冰棍和冰激凌。他和海云在一起。然而主要的并不是公园、电影和冰棍，主要的是政治课，是海云提问和他进行解答、辅导。他像全能的上帝一样，可以准确无误地回答海云关于世界、关于中国、关于人生、关于党史、关于苏联、关于青年团支部的工作的一切问题。海云用那样虔诚、热烈而庄严的目光看着他。他实在控制不住自己了，他突然把海云搂到自己的怀里，吻了她。她没有一点儿抵抗，没有一点儿对自己的保护，没有一点儿疑虑，甚至连羞怯也没有了。她只是爱慕他，崇拜他，服从他。他不是同样地觉得她亲近吗？他不是从第一眼起就觉得她已经是自己的亲人了吗？上级和同事的一切劝告对于他都没有起作用，就像海云的父母的激烈反对对于海云没有起作用一样。他们结婚了，他三十岁，海云虚岁十八岁。爱情和革命都在洒满阳光的大道上迅跑。为了他们的婚姻，海云中学都没有上完，她到一个党委机关做打字员去了。

五〇年，他们有了第一个孩子。就在这第一个孩子降生的时候，朝鲜战场的局势发生了重大的变化，中国人民志愿军出国参战。而在这个城市出现了一起反革命破坏事件。

为了支前，为了宣传，更为了和反革命分子做斗争，他竟一个多月之内没有回一趟家，虽然他家离他的办公地点不过三公里。那天，在一个重要的会议上，他接到了海云的电话，说是孩子发高烧，很危险。"我正忙啊！"他说，电话挂上了，他似乎听见了海云的哭泣，他的心动了一下，他有点儿责备自己。"散了会我要回去一下。"他对自己说。其实他如果真的想回去他早就回去了。但是，大家都在忙，连科长和干事也是每天开夜车，一连多少天不回家，不但每个星期六和星期天，就连新年和春节也在忙工作。革命无常规！常规非革命！多加一分钟的班，世界革命就能提前一分钟取得胜利，纽约的贫民窟就会早一分钟照上太阳，而朝鲜代表在保卫和平大会上讲的那些苦难就会早一分钟消逝。那一天开完会是深夜一点四十分。他有意识地提前结束了会议。一个和外国间谍有牵连的反革命集团被侦破了，很快撒下了天罗地网，两个小时后开始行动。抓个空子他回了家，进门的时候他还在看手腕上的表。然而……

孩子，他和海云的第一个孩子已经死了。

海云在发呆，她的茫然如洞的两只眼睛使张思远倒吸了一口冷气。他问，他劝，他安慰，她始终木然。他检讨自己，他哭了，他甚至想跪在死了的孩子和呆了的小母亲面前，她仍是木然。"可你不能只想到自己，海云！我们不是一般的人，我们是共产党员，是布尔什维克！就在这一刻，美国的 B29 飞机正在轰炸平壤，成百上千的朝鲜儿童死在燃烧弹和子母弹下面……"他忽然激动起来了，他说了许多过后看来是冠冕堂皇的和不近人情的，在当时却是非常严肃和认真的话。到时间了，警卫员前来催他，他匆匆地走了。

从此他和海云互相变得陌生了。海云还是一个未经事的，没有得到足够的改造和锻炼的小资产阶级知识分子。他们的思想往往是空虚的。他们的行动往往是动摇的。她既平庸而又琐碎。而他在海云的眼里呢，也许愈来愈显得冷酷、自私、夸夸其谈。他意识到自己的责任，他谴责自己破坏了海云的学业，甚至是海云的幸福。经过他的努力，海云到上海的一个名牌大学学外国文学去了——是海云自己最喜爱的专业。在火车站上，当汽笛鸣叫了三声，当广东音乐《娱乐升平》的曲调响起，当机车沉重地喘了几声粗气，当学生打扮、穿着朴素、用一根橡皮筋束起了头发的海云从车厢里探出头来，向他挥手的时候，他看到了海云的笑脸上的光辉。恋爱、婚姻，压缩到最小最小的家庭生活，孩子的生和死，所有这一切好像并没有当真发生过，海云仍然是教会女子学校的学生自治会主席，到了上海的大学，她将仍能指挥上千名学生高唱"解放区的天是明朗的天"，而他呢，仍然是一个年轻的老革命，一个忘我地工作的领导干部。他们之间的关系，仍然是那么质朴，那么纯洁，那么高尚。正像没有邂逅便没有友谊和爱情一样，没有离别也就没有感情的留恋。海云走了，他们通着信，他想念海云，想得很苦，很苦。正是沸腾的岁月，"三反五反"，打"老虎"，他领导运动的几个单位一共揪出了十四个贪污数字过亿（旧币）的大老虎，虽然后来经过复查，真正能够成立的只有两个人，他仍然充满了胜利的喜悦。肃反，大家结合学习《"关于胡风反革命集团的材料"的按语》进行揭发、检举、交代、追查和斗争。搞出了枪，搞出了电台，搞出了一个又一个的反革命分子。又查清了一大批人的历史。运动接踵而来，他们正在荡涤旧世界的污泥浊水。五六年，他被任命为这个市的市委书记。他的一举一动，一言一行都影响到全市三十万人，就连他的皱眉或者微笑，他的表情和手势，他的目光和步伐，都受到各方面的注意。他就是城市，他就是市委，他就是头脑、心脏、决策。他殚精竭虑把全市的工作做好，不论是打苍蝇还是盖工厂，他们的工作都走在前面。他成为一架辉煌的、巨大的机器的一部分，在这机器的运转中，他感受到自己的觉悟、智慧、精力、责任心，感受到自己的分量，他的生存的意义。没有市委，没有他对于市委的指挥，也就没有他。

但是和海云的事情还是弄不好。海云上大学一个学期，寒假中回来了，离别唤醒了他们的爱情，他们一起谈论福楼拜和莫泊桑，他对于法国文学就像海云对于党委领导工作一样无知，他的问题和话语使海云哈哈大笑，海云完全明白他是为了讨自己的欢心才不怕谬误百出的。为了报答他，海云也关心起这个市的普选和财政预算。他们还一起烧了一次鱼，他发现海云的烹调技术胜过饭店的特级厨师。浇鱼的汤汁到底是用什么做的，始终是一个谜。春节的饺子以后是灯节的元宵。然后海云又走了，临走的时候因为一个重要的会议他没有能够上车站。海云来了信，她又怀孕了。他皱起眉来让海云去做流产，这激怒了海云，一连四个月不给他写信。放暑假的时候，大着肚子的海云办好了休学手续回到了家。"我们已经失去了一个儿子。"海云的忧郁的目光在埋怨。

他也感到内疚，生产以后不但找了很好的保姆，而且新成立的儿童医院的主治大夫成了书记家里的常客。本来说是休学半年，实际休了一年，海云离不开他们的第二个也是唯一的儿子。张思远认为既然这样就不必再去上学，上不上大学对于她来说已经是无关紧要的了。上不上大学她也会得到足够的尊敬和足够良好的工作条件。但是不，海云一定要上，而且换个本市的学校也不行。这么坚决，却又在临行前夜把眼泪落在快满一周岁的冬冬头上……

风和风打架。水和水冲突。人和人矛盾。自己也跟自己过不去。这个充满矛盾的世界和人生！月亮缺了，还会复圆。你果真能断定，这复圆了的月亮，便是当初那缺了、窄了、暗淡了的月亮吗？蚕蛾僵了，又出现了许许多多赶忙吃桑叶的蚕宝宝。你当然知道，这蚕已经不是那蚕。江河流水，一个浪头跟着一个浪头，后浪和前浪，它们之间的区别，它们之间的联结，又在哪里呢？

海云，海云，我了解你么？你了解我么？你为什么不原谅我？你又怎么能原谅我！

风言风语。好心的，恶意的和居心叵测的。张思远大发雷霆。难道我管得了一个城市的几十万人，却管不了你一个吗？他的内心里甚至发出了这样强梁跋扈的呐喊……但是为什么，当海云一出现在他的面前，当他发现海云穿着的完全是她自己的旧衣服，而他给她买的一切讲究的服装都被丢弃了的时候，他是那样空虚，连一句硬话都说不出来了呢？"为了我们的孩子……"，在那里请求的竟是你自己。海云沉默着，她哭了一场，退了学，答应和那个男同学断绝关系。虽然没有毕业也罢，海云到本市的一个师范专科学校做助教去了，不久，她还被任命为系党总支的副书记。

于是，张思远放心了，何况，海云上下班也是由市委的车子接送……

晴天霹雳。在五七年的反"右"斗争中海云被揪出来了。"我实在没想到你会堕落到这一步，你怎么竟然去为那些反党的小说喝彩？你是什么人？我是什么人？你忘记了吗？"他背着手，踱来踱去，立场坚定，铁面无私。"只有低头认罪，重新做人，革面洗心，脱胎换骨！"他的每个字都使海云瑟缩，就像一根一根的针扎在她身上，然后她抬起头，张思远打了一个冷战，他看到她的冰一样的目光。……一个月以后，海云提出来离婚，他仍然想挽回，但是各方面的情况都说明离婚是不可避免的了。在他最后一次见到已经办好离婚手续的海云的时候，他甚至发现了海云脸上的喜气，这曾经使他大为恼怒。"堕落了，确实是堕落了。"他对自己说。

枝头的树叶呀，每年的春天，你都是那样鲜嫩，那样充满生机。你欣悦地接受春雨和朝阳。你在和煦的春风中摆动着你的身体。你召唤着鸟儿的歌喉。你点缀着庭院、街道、田野和天空。甚至你也想说话，想朗诵诗，想发出你对接受你的庇荫的正在热恋的男女青年的祝福。不是吗，黄昏时分走近你，将会听到你那温柔的声音。你等待着夏天的繁茂，你甚至也愿意承受秋天的肃杀，最后飘落下来的时候，你甚至没有一声叹息。因为你已经生活过了，长过了，爱过了。你虽然只是一片小小的叶子，却为大树、为鸟儿、为情人做了你所能做的一切。但是，如果你竟是在春天，在阳光灿烂的夏天刚刚到来之际就被撕掳下来呢？你难道不流泪吗？你难道不留恋吗？虽然树上还有千千万万的树叶，虽然第二个春天会有同样的千千万万的树叶，虽然这棵大树在可以预见的将来也许永远不会衰老，然而，你这一片树叶却是永远不会再现的了。地老天荒，即使这个地球消逝了，而宇宙间的星云又重新结合成一个又一个的新的地球，你却永远不会再接收到阳光和春雨的爱抚了，你也永远不能再发出你的善良的絮语了。

　　然而汽车在奔驰，每小时六十公里。火车在飞驰，每小时一百公里。飞机划破了长空，每小时九百公里。人造卫星在发射，每小时两万八千公里。轰隆轰隆，速度挟带着威严的巨响。

美　兰

　　美兰是一条鱼。美兰是一只雪白的天鹅。美兰是一朵云。美兰是一把老虎钳子。

　　海云才走，美兰就来了。很可能这出自许多关心他的人的通力安排。他们早就不赞成一个市委书记和一个学生娃娃式的女人共同生活。美兰浑身放着光泽和香气。美兰有一张大白脸。美兰那样坚定地来填补海云留下的空缺，好像这一切都是注定了的。她来接任书记夫人的职务就像他接任书记的职务一样充满信心和不容怀疑。她有时候凝神沉思，脸上显出一种难以捉摸的表情，前额上会出现两道显得有点儿凶恶的竖纹。然而只要一看到张思远，这竖纹便立即消失了，露出迷人的微笑。她的到来使张思远的生活发生了极大的变化。衣、食、住、行，一切都出现了飞跃。"为了你的工作……"美兰把这句话挂在嘴上，使他觉得名正言顺、心安理得。旧沙发换成新沙发，金黄色的缎子面闪闪发光。他软瘫在上面，舒适而又疲乏。他恍惚有一个印象，美兰动不动就找行政处交涉什么。他抗议说："不要随便提什么要求。生活上不要太讲究。原来的沙发就很好，换什么？"美兰嫣然一笑："瞧你说的！你忙得忘记了一切，你忙得未老先衰了，你难得回家休息那么一小会儿，难道就不应该把条件搞好一点儿么？"他没说什么。他正在横下一条心搞炼钢，许多家庭把锅都砸了。"反右，反右倾，反保守"，形势逼人，他的神经长期性处于紧张之中。一个新的发光的柔软的沙发，正像一个新的发光的温柔的夫人一样，对于他来说绝不是什么奢侈。只是在偶然的情况下，他模糊地感觉到自己的生活要听从美兰的安排，有时简直是被美兰牵着鼻子走。这使他有些不快。在更偶然的情况下，一个娇小的、瘦弱的、纯洁的海云的影子在他眼前一闪，他心头蓦地一动，他大睁开眼，什么也没有。好像一株小树从车窗外面掠过，他定睛看时，小树早已经被车轮抛在远远的后面了，他没有工夫怀恋，他没有工夫叹息。

变　异

　　处境和人，这二者的关系是怎样的呢？坐在黄缎面的沙发上，吸着带过滤嘴的熊猫牌香烟，拉长了声音说着啊——喽——这个这每说一句话就有许多人在旁边记录，所有的人都向他显出了尊敬的——可以说，有时候是讨好的笑意的，无时无刻——不论是坐车、看戏、吃饭还是买东西——不感到自己在生活中的特别尊贵的位置的张书记，和原来的那个打着裹腿的八路军的文化教员，那个为了躲避敌人的扫荡在草窠子里匍匐过两天两夜的新任指导员张思远，究竟有多少区别呢？他们是不同的吗？难道艰苦奋斗的目的不正是为了取得政权、掌握政权、改造中国、改造社会吗？

难道他在草窠子里，在房东大娘的热炕上，在钢丝床或者席梦思床上，不都是一样地把自己的身心，自己的力量，自己的每一天和每一夜献给同一个伟大的党的事业吗？难道他不是时时怀念那艰苦卓绝的岁月，那崇高卓越的革命理想，并引为光荣么？那种小资产阶级的无政府主义，那种视胜利为死灭的格瓦拉式的"革命"，究竟与我们的现实，我们的人民有什么相干呢？他们是相同的吗？那为什么他这样怕失去沙发、席梦思和小汽车呢？他还能同样亲密无间地睡在房东大娘的热炕头上吗？

他怕失去他的领导职务，绝不仅仅因为生活上的优厚条件，他自己辩解说。他怕失去党，失去战斗的岗位，失去在这个伟大的队伍中的重要的位置。位置，位置，位置好像比人还要重要。这些年，他主持一个又一个的运动。他亲眼看见了那些失去了位置的人的狼狈相。揪出来，定性，这是比上帝的旨意，比阎王爷的勾魂诏，比任何人和多少人的愿望、意志和情感更强大一千倍的自在的和可畏的力量。他当过市委书记，他自以为是全市的主宰，但是，当海云被"揪出来"和"定下来"以后，他毫无办法可想。他亲手经办了一个又一个的揪出来和定下来的事情。一夜之间，一个神气活现的领导干部便成了人人所不齿的狗屎，扬起的眉毛塌下来，刺人的目光变得可怜巴巴，挺直的腰身弓下去，焕发的容光变得毫无血色。人们对这种挨斗的脸色有一种粗野的比喻，叫作像被屁熏过一样。这简直是一种魔法，一种丝毫不逊于把说谎的孩童变成驴子、把美貌的公主变成青蛙、把不可一世的君王变成患麻风病的乞丐的法术。

但是他没有想到这个法术会施行到他的身上。历次运动中，他经常给下级、给群众讲："无产阶级在斗争中体会到的是胜利的喜悦，斗争对于我们是得心应手的事情。只有没落阶级，才对斗争充满灭亡前夕的恐惧和感伤。"那么，六六年为什么他一听见红卫兵的锣鼓声就心跳呢？

　　事后他经常回忆，这一天是怎么到来的。当"五·一六通知"刚刚下达的时候，他仍然像历次运动一样，紧张中又有点儿兴奋。他知道这样的运动既是无情的又是伟大和神圣的。但这次势头好像特别猛。大风大浪也不可怕，他只有迎着风浪上。而且他深信这一切是为了"反修防修"，是用革命手段来改造社会、改造中国、创造历史的必要。他知道又要有一批领导干部倒下去，但是为了党的利益他不能温情，他毫不犹豫地举起了阶级斗争之剑。他批准了对于报纸副刊主任的批判，这种批判实际上是政治上的乱棍。接着又把文联主席作为"黑帮头子"抛了出来。报纸上一个劲儿地提醒人们警惕"走资派"舍车马保将帅的诡计，一个文联主席是太小了，于是他横下心抛出了市委宣传部部长。然后是分管文教工作的副书记。"黑帮""牛鬼蛇神"越抛越多，越抛越把他自己裸露到了最前线。终于，水到渠成，再往下揪就该轮到他自己了。

　　但他仍然觉得突然，觉得不可思议，觉得是另一个张思远被揪了出来，被辱骂，被啐唾沫，被说成是"走资派"、叛徒、"三反"分子。他觉得还应该有一个张思远才是他本来的面目，那个张思远坐在市委小楼（专为常委以上领导干部办公用的）的书记办公室，小楼门口有武装警卫。办公室有两间，外面一间比较大，铺着略旧了的地毯，墙上挂着市区平面图、城市规划图、绿化图和郊区水利工程图。一张一头沉办公桌，桌上有电话分机，还有一套沙发。他的秘书坐在一头沉的后面，细心、负责、一丝不苟。

里间屋是他用的，有讲究的吊灯和台灯，有崭新的地毯，有黑漆硬木的大写字台，有皮面的旋转软椅，还有一张铜栏杆的钢丝床，供给他在中午或会议的间隙小事休憩之用。他看文件，他写批语，他画圈和打钩，他打电话，他沉吟、苦思，他毅然决断，然后告诉秘书去办。按他的级别，省辖市的书记本来不应配秘书，但是办公室还是派了一个秘书来，多年来，别人、他自己和秘书本人都认为就是他个人的秘书。除去全市的工作，他没有个人的兴趣、个人的喜怒哀乐。他几乎整整十七年没有休过假。甚至在看他自幼喜爱的地方戏的时候他也不得安宁，有些急件要送到剧场，有些电话转到了剧场来。离开了领导工作，就不存在什么张思远。同样，他也从来没有想象过市委能离得开他。

然而现在又出现了一个张思远，一个弯腰缩脖、低头认罪、未老先衰、面目可憎的张思远，一个任凭别人辱骂、殴打、诬陷、折磨，却不能还手、不能畅快地呼吸的张思远，一个没有人同情、不能休息和回家（现在他多么想回家歇歇啊！）、不能理发和洗澡、不能穿料子服装、不能吸两毛钱以上一包的香烟的罪犯、贱民张思远，一个被党所抛弃，一个被人民所抛弃，一个被社会所抛弃的丧家之犬张思远。这是我吗？我是张思远吗？张思远是"黑帮"和"三反"分子吗？我在仅仅两个星期以前还主持着市委的工作吗？这个弯着的腰，是张思远书记——就是我的腰吗？这个灌满了稀糨糊的棉衣（红卫兵把大字报贴到了他的背上，顺手把一桶热糨糊顺着脖领子给他灌进去了）是穿在我身上吗？这个移动困难的，即使上厕所也有人监视的衰老的身躯，就是那个形象高大、动作有力、充满自信的张书记的身躯吗？这个像疟疾病人的呻吟一样发声的喉咙，就是那个清亮的、威风凛凛的书记的发声器官吗？他一次又一次地向自己提出这样的问题，百思不得其解。他得到结论：这只能是一场噩梦。这是一个误会，是一个差错，简直是在开一个恶狠狠的玩笑。不，他不相信自己会成为党和人民的敌人，不相信自己会落得这样下场。我们应当相信群众，我们应当相信党，这是两条根本的原理。这个活着还不如死了好的癞皮狗一样的"三反"分子、"黑帮"张思远并不是他自身，这是一个莫名其妙的躯壳硬安在了他的身上。标语上说：张思远在"革命小将"的照妖镜下现了原形，不，那不是原形，是变形。他要坚强，要经得住变形的考验。

但是，冬冬的几个嘴巴把他的精神支柱摧垮了。

冬　冬

父亲对于孩子的感情和母亲是不同的。从呱呱坠地的那一刻起，不，从生命的信息突然发生在自己的肚子里，孩子的一哭一笑，一动一止，一声一息都牵动着母亲的心。而张思远在开始的时候竟然感觉不到那个软软的、抱也抱不起来、身上带着尿臊味儿、哭起来没完、哭起来就闭上眼睛不肯睁开的小生命和自己有什么不可分割的关系。由于第一个儿子的夭亡，他对于五二年冬天来到他和海云的生活里的冬冬，抱着一种特别小心翼翼的加意保护的态度。这是一种责任感，这是一种习俗——父亲都应该爱儿子。然而，这不是爱。有爱也暂时还只是对于海云的。他知道海云是怎样牵肠挂肚、如果如痴地爱着孩子，在海云坐月子的头一个星期，张思远为了海云甚至需要做出非常喜欢冬冬的样子，这使他觉得羞愧、不自然。

　　十个月以后，海云休学完毕，走了。冬冬已经能站立，能扶着墙挪动一下步子，能用含糊不清的声音叫"叔叔"了。冬冬总是把父亲叫成叔叔，使张思远略感不快。那时的冬冬已经长出了八个牙，能吃饼干，甚至有一次流着眼泪嚼完一根大葱。这一切使冬冬像一个人了，一个新的人来到了张思远的身边，他将是自己人生路上的又一个伴侣。这种想法使张思远嗓子里热乎了一下。在工作忙的时候，他有时会打个电话问问孩子的情形。

　　这以后传来了海云和班上一个男同学关系"不正常"的消息。一种最庸俗、最卑劣的令人恐怖的念头一闪而过：冬冬是我的吗？讨厌！我哪有时间管这些。我要管的是三十万人的命运。他忙得没有时间正眼看冬冬一眼了。

　　但是他原谅了海云，因为他是一个登高望远的领导者，更因为，他爱海云。有爱就有宽恕，什么都能宽恕。他看不得海云的孩子般的面孔上缀满泪珠。他宁愿自己受辱。但如果他的爱恰恰是海云的不幸的根苗呢？呵，呵，呵？海云的泪珠，荷叶上的雨滴，化雪时候的房檐，第一次的，连焦渴的地面也滋润不过来的春雨！五四年春天，隔着雨丝他一眼就看到了冬冬的紧贴着窗玻璃的脸，压扁了的鼻头青、白、丑得可爱。到处是清凉、湿润、对于焦渴的心灵的慰藉。永远不老的春天，永远新鲜的绿叶，永远不会凝固、不会僵硬、不会冻结的雨丝！小冬冬爬到了桌子上，把脸贴到窗玻璃上，目不转睛地看着这大自然的奇观，到处悬挂着亮晶晶的雨丝，新鲜、好奇、迷恋而又困惑。这是一个人有生以来的第一次赏雨。忙碌在会议和文件之中，像蚕儿忙碌在桑叶之中的张思远被冬冬赏雨的画面深深地打动了，他心潮汹涌。春天，绿叶，雨丝，这是为了新生者而存在的。只有年幼者才能看到他所看不到的那些惊人的美丽，只有第二代才能懂得他所不懂的生活的魅力。生生不已，这世界才不会霉朽在锈垢里。他没有惊动自己的亲儿子。亲儿子，亲儿子！这甚至使他回想起或者根本不是什么回想，他只是模模糊糊地感觉到，正是他自己，在他两岁的时候，在三十一年以前，也用同样的姿势，压扁了鼻子，欣赏这人生的第一遭春雨。冬冬和他，不就是一条生命之线上的两个点吗？他走了，为了千千万万幼小的孩子，他愿意背负起所有的重担，他愿意把一切心力献给自己从幼小就参加了的人类最宏伟也最艰巨的事业。冬冬长大了，他们的生活会比我们这一代人好得多！祝你幸福，儿子！

从此，他一有空闲就愿意与儿子在一起。当他拉着儿子的手，缓缓地（儿子可已经在小跑）走在大街上的时候，在他的身旁，不是一个和他一样的，或者即将和他一样的男子汉吗？当他把儿子抱到冷食店的乳白色的藤椅上的时候，他不是平等地在和另一个独立的人——现在是他的客人呢——"共进冷饮"吗？当儿子把脸伏在一块北冰洋牌大冰砖上，快乐地发出呜呜的声音，他又是怎样的幸福，怎样的惬意啊！等冬冬吃完了，他把儿子高高地举起来，举得远远高过了自己的头颅，看，儿子比我还高呢！父与子的爱，男性的爱，与其说是血缘的亲密，不如说是友谊！

然而这友谊遭到了风暴，原因当然是孩子的母亲。五七年，海云居然在系里宣扬几篇以反官僚主义为名向党进攻的小说。这几篇小说是二十年以后张思远才看到的。为什么我当时竟想不起来找小说看一看呢？然而即使有空去看小说也是没用的，因为那是一个看重信仰和热情远远胜现实和理性的年代。于是海云变成了反党反社会主义的"右派"分子，企图从内部攻破堡垒的帝国主义的代理人，披着羊皮的豺狼，化装成美女（我的天！）的毒蛇，睡在身边（！）的敌人，她起的是蒋介石所不能起的危险和恶劣的作用。而结果呢，自然是海云要求离婚，他尽最大的力量做最后的努力，没有效果。我可是仁至义尽了，办离婚手续前后他一再自己对自己说，正是这种对自己无咎的坚信和一再提醒，使他意识到自己有一点底虚，正像大声唱着歌走夜路的人，声音越大，说明他越虚弱。

冬冬怎么办？他们没有谈很多。"我仍然是他的父亲，你仍然是他的母亲"，这是不言而喻的，共产党人是共产主义者，不会像划分私有财产一样地划分孩子。孩子一开始住在他这里，很快他也认识到没有母亲的孩子便是没有人穿的衣服，而没有父亲的孩子至多是没有衣服穿的人。孩子后来住到了海云那里，他有空的时候，便派汽车去接。然而冬冬是太懂事了，不论是北冰洋牌的冰砖，是粉红色的草莓冰激凌还是高级西餐馆里的、装在高脚银杯里的菠萝三得，已经不能使他快乐，使他呜呜地叫，甚至也不能使他展眉一笑了。

然后美兰占领了他的全部空白，虽然他们没有孩子。他也逐渐适应了，喜欢了美兰给他安排的舒适而又合理的生活。美兰一定学过运筹学，她的生活的第一准则绝不是享乐，而是合理。早晨喝茶而晚上喝酒，早上用较凉的水洗脸而晚上用温热的水洗浴，坐着伏尔加牌汽车去看电影的时候还要让司机在电影开演以后开上车去菜市场买鲜笋，一切都透着合理。然而这样合理又这样美满的生活，仍然使张思远激动不起来。她带来的只是舒服，是令人困倦的幸福，是一种酒醉饭饱的无差别境界。而这境界又是乏味的。他几次找已经上了小学的冬冬，没有找来。于是，六四年的一天他自己乘车去郊区的一个小学看望冬冬。他不愿意见海云，他不能去海云家，尤其是海云也已经结婚，对方正是大学期间的那个同学，海云的这种行为更证明了他的高尚无瑕，他的良心获得了一种解脱。

六四年的冬冬瘦弱、苍白，显然营养不良。六〇年困难时期，张思远曾经打发人给冬冬送过几次高价的奶油点心与高级巧克力，奶油点心与巧克力并没能使儿子壮实起来。而且，张思远觉得，在送过点心与巧克力之后，儿子与他更疏远了。六四年的这次见面，冬冬一再强调："爸爸待我很好。"他管继父叫作爸爸而称亲父张思远作父亲，而且全部称呼都是"您"，他才十二岁。他那种客气而又提防的表情使张思远想起自己的某个下属。又加上美兰得知他去看望冬冬以后给他施加的无形的压———一切如常，只是美兰的额头显出了那两道竖纹，而且笑声特别不自然。这种笑声使他觉得脊背上冒冷气。于是，他不再去看冬冬了。六五年春节，他又派人往学校给冬冬带去了花蛋糕。谁想得到，花蛋糕被原封退了回来。附有冬冬的一个字条："父亲，谢谢您。不要再给我送吃的了，请您不要生气。"他生气了，他已经越来越习惯把人分成上级和下级，下级对于他都是毕恭毕敬的，他轻易地向下级发脾气而不会有任何不良后果，而且，脾气是威严、是权势的一个不可或缺的部分。而冬冬（当然不会是他的上级），却这样对待他，真是岂有此理！

将来等他大了，他会明白这一切的，他会自己来找我的，他会懂得，有一个老革命的爸爸，有一个市委书记的爸爸是多么荣耀和福气！张思远这样想。

两年以后，他弯腰撅腚，站在台上挨斗。打倒大叛徒大特务张思远！张思远不投降就让他灭亡！砸烂张思远的狗头！只有不要脸的人才说不要脸的话。顽固派……只能变成不齿于人类的狗屎堆。呼噜咕咚呜好像在开锅，好像在刮风，好像耳朵聋了什么都没有听见。头发根被揪得发麻，腰弯得好像变成了两截。但这一切总会过去，他被斗已不是第一次。就在这时候忽然冲上来一个少年，他正好瞭起眼皮偷看了一眼，天呀，冬冬！飚地抡起了巴掌，第一下打在他的左耳朵上，这真是咬牙切齿的狠狠的一击，只有想杀人、想见血的人才会这样打人，只一下就打得张思远从两个扭住他的胳臂的小将手里跳了起来，连脑袋都嗡地一响，像通了电，耳膜里的刺心的疼痛使他半身麻木，恶心得想要呕吐。抡起的手臂，又用手掌背反打了他的右耳，这一下比较轻，感到的疼痛却更加分明，等挨了第三个巴掌以后，他已经不省人事了。

昏迷中，他听到了那个打他的少年——他就是冬冬，没错！好像哭出了声。

阶级报复！只有用阶级斗争的观点才能说明这一切。海云是已经定性、已经做了板上钉钉的正式结论的阶级敌人。而张思远，尽管目前在受群众的审查，但他的职务是省委正式任命并在中央组织部备了案的。他的身份仍然是一个城市的党的委员会的领导人。革命群众要打倒他，给他提出了许多罪名，但这一切没有做结论，没有定性？他的问题与海云有着本质的差别，阶级的差别。冬冬顽固地站在他的妈妈的反动立场上，也许是接受他妈妈的指使，对张思远实行阶级报复，谋杀！不是说"只准左派造反，不准'右派'翻天"么？不是说，在史无前例的无产阶级"文化大革命"中，难免鱼龙混杂，泥沙俱下，难免有各式各样的牛鬼蛇神跳出来么？冬冬的行为就是"右派"翻天，就是牛鬼蛇神跳了出来。需要找个机会，向看管他的革命群众把这个问题谈一谈，提醒他们要密切注意阶级斗争的新动向，提醒他们对于社会上的真正对党对社会主义怀有刻骨仇恨的人，绝对不能手软。

然而他自己先软了。没过几天，他得到了海云自缢身亡的消息。几乎与此同时，他得知美兰已经正式贴出了造反声明，要与他彻底划清界限。这后一个消息对他却几乎没有产生什么影响。

审　判

我请求判我的罪。

你是无罪的。

不。那有轨电车的叮当声，便是海云的青春和生命的挽歌，从她找到我的办公室的那一天起，便注定了她的灭亡。

是她找的你。是她爱的你。你曾经给她带来幸福。

我更给她带来毁灭。我没有照顾好我的第一个儿子，到现在我甚至于想不起他的小脸是什么样子。我得罪了冬冬，我现在才明白，我送去的巧克力和花蛋糕只能提醒他注意到我和他最亲爱的妈妈的处境的差别。在她流泪的时候，我本应该用手绢，不，用手指揩干她的泪水。但是我没有这样做，我向她打了一番官腔。但最主要的还不是这些。如果没有我，她会安心上大学，她会成为教授、专家，她会毫无负担地在完成学业、取得一定的成就以后找一个年龄、性格、地位更合适的伴侣。由于有了我，这一切都成为不可能了。这使她郁郁寡欢，这使她在五七年说了一些带情绪的话。

但是你爱她。真的吗？

我们都有一死。我希望在我离开这个世界的前一刹那再说一句：海云，我爱你！但如果我真的爱她，我就不应该在五〇年和她结婚，我就不应该在四九年和她相爱。我们不相信魂灵，但我假设我们还有一千个一万个来世，我愿意一千次一万次地匍匐在海云的脚下，请她审判我，请她处罚我。

你是人，你的地位并没有剥夺你的爱的权利，更不能剥夺你回答一个少女的爱的召唤的权利。

然而我更成熟，我应该理智一些，我应该负起责任。我不应该闯入一个如此纯洁而幼小的灵魂。

在四九年，你就不纯洁吗？你就不幼小吗？那是我们的共和国的童年，也是我们大家的童年。

但我为什么竟没有想到去保护她？豁出命我也应该在她的身边。

然而后来是她不爱你了，她太轻浮，她有毛病。在大学，她有了自己的情人，该责备的只能是她而不是你。

我的痛苦就在这里。竟没有人能够惩罚我。

有。

谁？

冬冬。

山　村

庄生梦见自己变成了蝴蝶，轻盈地飞来飞去。醒了以后，倒弄不清自身为何物。庄生是醒，蝴蝶是梦吗？抑或蝴蝶是醒，庄生是梦？他是庄生，梦中化作一只蝴蝶吗？还是他干脆就是一只蝴蝶，只是由于做梦才把自己认作一个人，一个庄生呢？

一个有趣的故事。一个有趣的，听来却有点悲凉的想象。原因是他有一个有趣的，简直是美妙的梦。能够做这样的梦的人有福了，如果梦中不是化为蝴蝶，而是化为罪囚，与世隔绝，听不到任何解释，甚至连审讯都没有，没有办法生活，又没有办法不活，连死的权利都没有。再仔细一看，监狱竟是自己在任时监造的，是自己视察过的，用来关阶级敌人的……他又将想些什么呢？

就是这样的铁一样的令人窒息的梦也醒了。张思远在七〇年突然被释放了，就像前三年突然"升级"关进单人监狱一样莫名其妙。更使他清醒的是他的家，他的家已经没有了，在他监禁期间，美兰已经去法院正式办理了离婚手续，带走了他尚存的全部家产。这样的消息对于一个出狱者，真像山泉沐浴一样地爽心明目、安神败火。

也是一只蝴蝶，却不悠游。上不着天，下不着地。"你的事情现在还排不到日程上。"专案组长对张思远说。一个钻山沟的八路军干部，化成了一个赫赫威权的领导者、执政者，又化成了一个被革命群众扭过来、按过去的活靶子，又化成了一个孤独的囚犯，又化成了一只被遗忘的、寂寞的蝴蝶。我能不能经得住这一切变化呢？

他不像有些被拉下马来的可怜虫，把生活的意义、生存的目的放在等一个"人民内部矛盾"的结论上。中国共产党的老党员，市委书记需要一个"人民内部矛盾"的结论？天大的笑话。他需要活下去，需要思考，需要找到他的儿子。

于是，在七一年的初春，他动身到冬冬插队的一个边远的山村。山下一片杏花如云。山谷里溪流旋转，奔腾跳跃，叮咚作响，银雾飞溅。到处都是生机，就连背阴处的薄冰下面，也流着水，也游着密密麻麻的小鱼。向阳的地方更不用说了，一片葱绿，从草势来看，即使在冬天，这草也没有停止生长。顽皮的松鼠在枝上跳来跳去。大青石上是松鼠嗑掉的杏核皮，嗑得干干净净。小花蛇在枯叶里钻进钻出。野兔跑起来就像一溜烟。记得有一次张思远到郊区去视察，夜间行车，一只小灰兔闯进了越野小汽车的前灯的光柱里。它一下子那么惊慌，左右都是一片漆黑，后面是疾驶着的、紧紧追赶着它的可怖的怪物——汽车。它只有向前一条路，它只有沿着车灯光柱的方向拼命跑。司机哈哈大笑起来，踩踩油门，加快了速度。当时张思远真想命令司机停住车，关上灯，让灰兔走掉。但他不好意思这样婆婆妈妈。眼看汽车就要把灰兔轧倒了，张思远看到了小兔的颤抖的长耳朵。忽然，小兔不知道怎样来了一股勇气，转身一蹿，得救了。张思远长出了一口气。

山径崎岖。人生的道路更加崎岖。但山还是山，人还是人。尽管祖国的大地承受着太多的苦难，春天仍然是祖国的春天，山的春天，人的春天。他真希望自己变成一只蝴蝶，从积雪的山峰飞向流水叮咚的山谷，从茂密的野果林飞到梯田。一组青年在梯田上犁地。为首的小伙子斜披着黑色的小棉袄，打着口哨。忽然，他高声唱起了山歌：

> "天大的冤屈告诉你哥哥，
> 妹妹呀你莫要想不开，
> 莫要投河……"

　　海云没有投河，她把脖子伸到绳环里。张思远感到了在蹬倒凳子以后的一刹那，绳索像铁钳一样地咯吱一声勒断喉咙的痛苦。一想到这儿，他就半天半天说不出话来。他的发音器官出了毛病。他就是以此为理由请求不去"五七"干校而去他儿子插队的地方的。

　　他是作为"白丁"来到山村的。没有官衔，没有权，没有美名或者恶名，除了赤条条的他自己以外什么都没有。就像五十年前他来到这个诱人而又恼人的世界上一样。人出生的时候不是一无所有，甚至连遮掩身体的裤衩都没有吗？一无所有的他住到了山村里，儿子却立即转到了另一个村落。我们会慢慢了解的，他冷静地住了下来。他并没有很快了解他的儿子，他首先了解，首先发现的乃是他自己。

　　在登山的时候，他发现了自己的腿，多年来，他从来没有注意过自己的腿。在帮助农民扬场的时候，他发现了自己的双臂。在挑水的时候他发现了肩。在背背篓子的时候他发现了自己的背和腰。在劳动间隙，扶着锄把，伸长了脖子看着公路上扬起大片尘土的小汽车的时候，他发现了自己的眼睛。过去，是他坐在扬尘迅跑的小车的软座上，隔着透明塑料板看地头劳动的农民的。

　　他甚至发现了自己仍然是一个不坏的、有点魅力的男人。不然，那些结过婚的女社员，那些壮年妇女为什么那样喜欢和他说说笑笑呢？已婚的男女农民们互相开那么重的玩笑，说那样的粗话，让他简直受不了。但这也是可以原谅的。难道休息的时候还不能自己拿自己开开心吗？他们开心的事够少的了，总不能歇地头的时候也念"凡是敌人反对的……"或者高唱什么"冲云天"

"冲霄汉"啊。他们巴望着土里多出点东西,他们不想跑到云天或者霄汉上去。倒是他张思远,过去常常坐着"安–24"或者"伊尔–18"在云天和霄汉上飞行。

他甚至在这里发现了自己的智慧,自己的觉悟,自己的人望。十七年当中,他到处受到尊敬,但这尊敬在一夜之间变成了诬陷、强暴、摧残。连美兰和他的儿子也离开了他。他恍然大悟,这尊敬不是对张思远而是对市委书记的。他失去了市委书记便失去了这一切。但是现在不同了,农民们同情他,信任他,有什么事都来找他,不是因为别的,而是因为他确实正派,有觉悟,有品德,也不笨,挺聪明也挺能关心和帮助人。

然而在冬冬面前不行。他第一次去看冬冬的时候,冬冬正在缝鞋,拿起一块皮子,噗噗噗噗往上喷一些唾沫,然后是锥子引针。他看得出,冬冬在努力表现自己是一个缝鞋的老手,完全具有在城市的十字路口摆鞋匠摊的经验和水平。但正因为他太努力了,他并不真像一个会缝鞋的人。

"你为什么不说话……"他问冬冬。

"没什么可说的。您何必到这儿来?我连姓都改了,我不姓张。"

"那随你。但是毕竟只剩下了我们两个。我除了你,你除了我,再没有别的亲人。"

"如果您官复原职,您是要先杀一批的吧?林副统帅教导我们说:政权便是镇压之权。我不是第一个该杀的吗?"

"别……淘气!胡说八道!"

"您为什么不说您恨我呢?那天您没有认出我来吗?那天是我打的您。说老实话,您当时是怎么想的?阶级斗争,阶级报复……是吧?"

张思远战栗了。

"这样倒好一点儿。我需要的是诚实。诚实的恨对于我比虚假的爱好。"冬冬激动了,他的锥子扎破了左手的无名指。他把那个指头放到嘴里,嘬着、咽着自己的血。他的这个姿势活像他的母亲。张思远新婚的时候,不,大概还是结婚以前呢,海云给他钉扣子的时候也扎破过自己的手。

"你能不能告诉我一点儿你母亲最后几天的事情?"

"我不知道。"

"你说什么?"

"那天我打了你,就被送到了公安局去。"只许左派造反,不许'右派'翻天。"这是你们提出来的口号。"

又是战栗……那绳索勒断脖颈的痛苦,咯吱,残酷的一声响,咯,咯……

"您怎么了?"

"咯……咯……"

冬冬把他扶到了床上,而且给他倒了一杯水。

"你……为什么……躲着我?"张思远的嗓子劈啦劈啦的,像在拉一个破风箱,像在转动一架旧风车。

冬冬听懂了他的话。半天没言语,然后反问了一句:

"您能原谅我吗?"

"也许,应该请求原谅的是我呢。"

"您说我为什么要……打……您?"

"为了你母……"

"不,不是的,"不等父亲说完冬冬就打断了他,他生怕父亲说出那荒唐而可怖的话，"我打您……真真正正是为了革命造反，我们那一派的头头鼓励我……恰恰相反，在您揪出来以后，母亲多次给我说，您不是大字报上所说的那种人……母亲的死，和我不听她的话也许不是没有关系。当然，主要是她被打得皮开肉绽。她受不了。我……"

热泪切割着皮肤。悲痛切割着心。他们和解了。

他们没有和解。在张思远和他的儿子慢慢建立了比较密切的来往关系以后，有一次，他看到了儿子写的一篇日记。日记写得灰暗，简直是颓废，什么"够了，这谎言和伪善，这高调和欺骗"，什么"人是最自私也最卑劣的"，什么"生活便是错误，生活便是痛苦"。看着看着，张思远的手抖了起来。难道我们这一代艰苦奋斗，流血牺牲，鞠躬尽瘁，夜以继日，就是为了让你们搞这种渺小卑微的无病呻吟吗？他激动地责备了冬冬，冬冬也激动起来。

冬冬说："立场？立场？您说我站在什么立场？你们当然是站在党的立场，你们牺牲，你们从党那里得到的东西并不比你们献给党的少！就是现在您坐了监狱，您委委屈屈，你们每月的收入也比农民一年的收入多。而且，你们当然充满信心，不是今天就是明天，你们又会坐在市委书记的宝座上！"

"住口！"张思远动怒了，"你可以尽管骂我，却不能诬蔑我们的党！不能诬蔑我们整整一代革命者。李大钊，方志敏……是为了人民而抛头颅、洒热血……"

"为了我们，为了让我们受罪吗？"

"你这样说太危险！太反动！"

"您要送我进监狱吗？本来您建造监狱也不是为了关自己

的呀!"

"你……"张思远气得说不出话来。如果是五年以前,他听到这样的言论,不论是谁,他都要和他决裂,他都要全力给以回击,给以打击,给以镇压。他听到这种话简直要爆炸了,他压低了声音,含糊地骂了一句,拂袖而去。

在回自己住处的路上,碰上了雷雨。闪电就在树梢上放光,雷声炸响在头顶。雨声哗哗,真像是千军万马在奔跑,在呐喊,在厮杀。雨水在脚下流淌,走在山路上,就像蹚过溪水一样,鞋变得又重又湿。这个时候,张思远多么渴望自身也变成一声沉雷,一道闪电,他多么渴望自己也能发光,能爆炸呀!他甚至想,触雷该是多么痛快的事啊!他滑了一跤。

复 职

不知道为了什么,

忧愁常围绕着我,

每天我都在祈祷,

快驱散爱的寂寞……

一首香港的流行歌曲正在风靡全国。原来他并不太知道。他只是恍惚听说许多青年在录制香港的歌曲。那时他只是轻蔑地一笑。对于香港的文化,他从来没有放到眼里。只是在他没有暴露自己的身份,悄悄地动身去他作为老张头曾经劳动过六年、流过六年汗、心里头更是流过六年血的地方,在他转车之前住到了一个一般干部住的招待所里,他才从同室的一个贸易公司采购员所携带的录音机那儿，仔仔细细地，一遍又一遍地听到了这首歌。

怎么说呢？他不是音乐家。在部队，他学会了识简谱，学会了打拍子。八路军战士都爱唱歌。一个初到边区的人，头一个印象便是歌声多。有一个歌的头两句就是"解放区的天是明朗的天，解放区的人民好喜欢"，然后底下两句是"解放区的太阳永远不会落，解放区的歌声永远唱不完"。解放战争时期，只要听一听蒋管区流行的《疯狂世界》，再听一听解放区流行的《我们是民主青年》，便可以知道中国的未来是属于谁的了。

然而现在呢？现在是怎么回事？三十年的教育，三十年的训练，唱了三十年的"社会主义好""年轻人，火热的心"，甚至还唱了几年"老三篇不但战士要学，干部也要学"之后，一首"爱的寂寞"征服了全国！

他想砸掉这个采购员的录音机，他站起来，转了一圈，拳头握得指甲刺痛了手心。这是彻头彻尾的虚假！这是彻头彻尾的轻浮！那些在酒吧间里扭动着屁股，撩着长发，叼着香烟或是啜着香槟的眉来眼去的少爷们和小姐们，那些一听到外国，一听到香港，甚至一听到台湾就垂涎三尺而又不读书、不流汗、不开夜车，却又整天梦想着电冰箱、流线型家具和席梦思的混蛋们，他们难道真正懂得什么叫爱情，什么叫忧愁，什么叫寂寞吗？所有这一切，不过是在三等照相馆里照相时候的令人作呕的装腔作势！

一首矫揉造作的歌。一首虚情假意的歌。一首浅薄的甚至是庸俗的歌。嗓子不如郭兰英，不如郭淑珍，不如许多姓郭的和不姓郭的女歌唱家。但是这首歌得意扬扬，这首歌打败了众多的对手，即使禁止——我们不会再干这样的蠢事了吧？谁知道呢？——也禁止不住。

甚至是一首昏昏欲睡的歌。也许在大喊大叫所招致的疲劳和麻木后面，昏昏欲睡是大脑皮层的发展必然？

但是不，张思远副部长不能昏昏欲睡。从七五年四月复职以来，张思远夜夜都不能踏踏实实地合上眼睛。

七五年四月，张思远正在山村他和儿子合住的那一间用石头砌的墙，用石片盖顶子的小屋里择韭菜。由于女医生秋文的帮助，他和儿子已经和解很久了。现在他择菜，打算等儿子回来吃一顿饺子，他还想邀请秋文和她的女儿一道来吃晚饭。经过了一冬的萝卜白菜之后，拿起一把哪怕是沾满了泥土和马粪的碧绿的韭菜，也顿时觉得石屋里充满了春光，充满了春的生机。白茎绿叶的韭菜，是和阔别好几个月的和暖的风，和小鸟的啁啾，和融化着的一道一道的雪水，和愈来愈长了的明亮的白天，和返青的小麦，和愈来愈频繁的马与驴的嘶鸣，和大自然的每个角落里所孕育着、萌动着的那种雄浑而又微妙的爱的力量不可分离地扭结在一起的。所有这些都敲打着每个人的心灵，即使创痛使某个心灵变成了裂了纹的鼓，也总会发出一点儿声息，给人一点儿希望。何况是张思远，贫穷和压迫熔铸了他的童年，血与火染红了他的青春，党与领袖指引着他的路，人民的尊敬、信赖与期待推动着他的步履。他已习惯于乐观和充满希望。在这个春天他又重新充满了对于某种转机的预感。总不能老是一个样子。连小孩子都分得清的是非，党能够弄不清吗？回顾一生，回顾上下左右，回顾历史和现实，回顾中国的昨天和今天，展望明天，党毕竟是伟大的党，光荣的党，而且终将是正确的党。

这当真是预感吗？抑或只是事后才自以为是预感？不是从六

六年他被"揪"出来的第一天起他就不相信那正在发生的事情，而期待着对已经发生的事情的否定吗？他不是觉得昨天比今天更真实，而明天既杳然又带来向昨天靠拢的希望吗？还有这个"揪"字，什么叫揪呢？查一查《辞海》，当作"抓住、扭住"解。这是一个具体而又形象的动作。而现在所说的"揪"出来，又代表着一种多么明晰而又含混的意思！特殊的政治产生了特殊的政治术语。这几年简直是对语言法则的挑战，斯大林关于语言的稳定性的论述到底还灵不灵呢？我们的后代能够理解今天流行的这些花样翻新的词汇吗？他们能够理解"炮轰"和"油炸"，"靠边站"和"砸烂"，"站队"和"帽子拿在群众手里"吗？

所以他需要转机，他像赛前的跑马一样地迫不及待。因为这一切都是他的事情。他与这一切息息相关。但是山村的生活又明明改变着他。他为在春天择一把韭菜而衷心喜悦，正像他不畏刺目的阳光抬起头来去寻找盘旋歌唱的云雀，为这春天的第一只鸣禽而衷心欢喜一样。他细心地从韭菜中剔除枯叶和杂草。他着重取掉靠近根部的不洁的鳞片。他闻到了新鲜的韭菜的辣而芳香的气息。他拿不定主意去请还是不请秋文，并为这拿不定主意而觉得懊恼。

有一种声音。不是牛的声音，不是风的声音，不是乡村孩子们的声音。拖拉机和柴油机吗？为什么声音愈来愈近？是汽车？哪一辆汽车迷了路？坐汽车的人既受人尊敬又脱离群众，但总要有人坐小汽车。"砰砰砰"，这么早就剁起肉来了吗？哪里来的肉啊？放两个鸡蛋就行了，金黄的鸡蛋，油绿的韭菜。然而用鸡蛋作馅子费油，农村里供油的标准太低了。"砰砰砰"，却原来是敲门。

一个年轻的小伙子。草绿色的军服，闪闪的红星。立正，一个军礼。韭菜落到了地上，站起身来的时候碰翻了小板凳，哐当。

张思远同志：
　　请于四月二十五日前来省委组织部报到。

　　此致
革命敬礼！

　　这是什么意思？同志，承认我是"同志"了吗？组织部，这个机密而又重要的部门，总是由可靠、最有经验、最沉着的同志掌管的。此致敬礼，所以伟大的长城的一员把手举到了帽檐前。图章却是革委会政工组党的核心小组（代）。谁也闹不清这种组织机构的名称和内涵，弄不清党的机构是何时何人为了什么取消的，弄不清为什么革委会的党的核心小组变成了党委，弄不清现在让他去报到的组织部是不是原来意义上的、他所熟悉的掌管党员和干部的党委的一个要害部门。

　　但毕竟是要他去组织部。至今，他的党的组织生活还没有恢复。但他按月寄去党费，既然没有给他什么处分，他就有权利——义务变成了权利——交纳党费，而不论是政工组还是核心组，无法拒绝。而且，他是按照他原有的级别和工资缴纳的，虽然他现在每月的生活费不足他应领工资的三分之一。这也是他的一个挑战，我仍然是高级干部，我的工资的三分之一也并不比你们少！

　　"快坐下"，他热情而又客气地请前来接他的军人同志坐下。他的口气，他的笑容，他的弓曲的腰和背更像山区的老农。这几年，他已经惯于仰视那些在新生的红色政权里工作、支"左"的人。那些人的工资比他少一半也罢，却有着十倍、百倍于他的威风。仰视红色政权的干部便会平视农民、"五七"战士和再教育青年，这是令人痛快的。年轻的，刚刚长出一圈黑胡子的解放军同志却没有坐下，他说："外面有车。张思远同志能不能料理一下，下午就动身？×主任说是愈快愈好……"年轻人的口气既缓和又礼貌，这种口气使张思远想起了昨天，想起了他有过的秘书和司机，想起了他的党龄和职位。"这个——"他把"个"字拉长了声音，声音拉得长短和职务的高低常常成正比。他已经有九年没有这样拉长声音说话了，当明天具有了向昨天靠拢的希望的时候他的声音立即拉长了，完全并非有意。他的脸唰地一红。

九年来他的心好像一个平静的湖泊。尽管湖泊的深处有漩涡，有波动，甚至有火山的爆发和死灭，然而湖面是愈来愈平静了。平静的湖面是美丽的，每个人都可以从湖面上看到自己的倒影，而且，倒影往往比活人更有魅力。

来接他的军人和汽车只不过是向湖泊吹了一口气。湖面上呈现了浅浅的同心圆。于是湖的自我感觉在发生变化，不管湖泊承认不承认。

他回到了自己的城市。他回到了市委小楼。他被任命为新生的红色的市委的第二把手了，"可我的组织生活还没有恢复呢！"他提出。"先上任去！"有关领导回答他。还是那条路。还是那座楼。粉刷和油漆遮盖了九年的疮痍。镶木地板和白晃晃的大吊灯在最初的一刹那竟使他热泪盈眶了。幸好，谁也没有看见。失去的天堂，他想起了这一句实在不应该想起的话。九年来，他已经忘记镶木地板和大吊灯了。五年来，他只知道崎岖的、石子铺成的山径，掩映的树木，石块和石片搭成的房子，室内的地也是土质的，要适当地洒一点儿水，洒少了起尘土，洒多了和泥。夜间照明靠煤油灯，关键在于把罩子擦净，擦亮。最初他用呵气的方法，向着玻璃罩子呵一口气，然后用柔软的手绢擦过来擦过去。有一次把玻璃擦碎了，险些扎破了手。后来他学到了一条经验，用白酒把手绢沾湿，果然擦得晶亮异常，照得石窑就像白昼一样。何况，晴天有满天星斗，乡村的星星比城市多得多，而且，由于山比地面更靠近天，所以星星离山村的农民比离城市居民近得多。但是他怕阴天，怕下雨。那次如果没有秋文医生他也许就没命了。

他现在不怕阴天，不怕下雨，也不怕黑夜了。城市无夜晚。汽车里无阴雨。拥有暖气设备的办公楼和宿舍无冬天。但是，没有夜晚就没有星星。没有阴雨就没有雨过天晴的重生的欢欣。没有冬天就没有洒洒扬扬的漫天飞雪的纯洁。有一得必有一失。

许多的老同志、老朋友、老下属、老同学来找他。正像他当初一下子变成了形影相吊、孑然一身、不可接触一样，他一下子又成了人们的希望，人们注目的中心。"我早就想去看你了，这中间我打听过好几次。"有人说，显然不是假的。"我犹豫了半天。现在人家官复原职了，找的人也多，别去打搅吧……可咱们毕竟是老关系了，张书记还能把咱们忘了吗？"如此这般。特别是市委的老人，更是把希望寄托在张思远身上。张思远重返市委领导岗位，是他们各自回到体面的昨天里去的先声。

然而，被今天毁坏了的昨天却不可能在明天照原样恢复。不仅某一派的"警惕'走资派'复辟还乡"和温柔一点的"穿新鞋走老路我们不答应"之类的标语在时时敲打着他。而且，在他熟悉的一切后面他发现了格格不入的陌生。公共汽车堆积在终点站上不肯发车，汽车站上等车的人一群一群，翘首相望。据说司机围拢在一起打扑克，谁被"抠"了"底"，谁开行一次。到处都是标语、口号、大批判、热烈欢呼。甜食店成立革命领导小组也说那是"毛泽东思想的伟大胜利"。黄纸红字（这两种颜色代表喜庆，白纸黑字代表声讨、共诛之）十分醒目的大标语下面是没有扫尽的垃圾和伸手乞讨的儿童。清洁工也不好好干活了。而乞丐正与空话一起增长。到处是喝酒，请客，"哥俩好，八仙寿"。据说"批林批孔"的时候有一位"左派"提出划拳行令中的用语有儒家思想，另一位"左派"便设计了新的拳经："一元化呀，三结合呀，五星红旗呀，八路军呀……"荒唐变成现实，现实变成梦魇。莫非好几亿人都把脚气灵或者痔漏膏当作补药咽到了肚子里？

市委也不是原来的市委了。每天上班进市委的门的时候，他的心都要动一下，我没有走错吧？我真的又来这里了吗？这是什么地方呢，我不是去挨打的吧？市委的牌子换得更讲究——据说原来的牌子被不知谁拿去做大立柜了，五合板嘛，市场上缺——所以增加了警卫，戒备森严，这当然是必要的。连团市委和妇联门口也站着带枪的人。有一次张思远无意中听到了两个不在哨位上的警卫排战士模仿样板戏的对话，"……两件什么宝？""好马、快刀。""马是什么马？""吹牛拍马。""刀是什么刀？""两面三刀。"

"新鲜事物"还多着呢。小汽车增加了三倍还不够用，因为副职增加了五倍。组织科四个科长只有一个干事，到处是谣言、小道消息、传说：梅花党，长江大桥擒匪，美人鱼，棺材里的死人诈尸……公开的山头和宗派。完全取消了党的组织生活，更不可能进行什么批评和自我批评。公事私办，私事公办，来联系工作的人还要拿上私人的介绍信，为了私事可以巧立出差名目。明目张胆地伸手要党票，要官，要权……

这样下去，我们的党，我们的国家不是要完蛋吗？想到这里，就像发了寒热病，张思远一会儿冻得浑身打战，牙齿咯咯地响，一会儿七窍生烟，忧心如焚。何况，他的头顶上又出来了一位第一书记，一位除了抓辫子搞阴谋仍然只会抓辫子搞阴谋的新贵。

美兰也来凑热闹了。她要求复婚。几次来信，张思远没有回复。电话约谈，张思远回答说："不必了。"他挂上电话，不顾耳机里传来的吱哟乱叫。一天下班，我的天，美兰已经坐在他的房里，她大概是拧开了锁，而别人不敢拦阻。完全是"复辟"后的全权的女主人，床单拽下来准备洗涤，卧室里新添了两束塑料花。张思远什么话都没说，回到了办公室。这时他由衷感谢市委大门戒备的森严。他拿起一叠文件，全是"大批促大变"，也许是促大便吧？什么反潮流，什么法权，什么全面专政，什么唯生产力论，什么教育革命的形势大好不是小好而且愈来愈好。他漾起了酸水。他的胃在收缩，贲门在收缩。各种新名词连同小道消息，连同革命拳经，连同美兰的大白柿饼子似的面孔一起旋转，如刀如炸弹，如雾如烟，如风如电，如商标，如膏药，如济公活佛的蒲扇。

回到昨天是不可能的。他的余生是为了明天。必须抢救明天。

秋　文

那次他在雷雨中跌了一跤。醒过来后，张思远发现自己是躺在公社医院的病房里。远近驰名的大大夫秋文亲自在护理他。这一跤，不仅摔坏了他的腰椎，而且，濯雨的结果是上呼吸道感染继发肺炎。

张思远到山村来没有几天就知道了秋文，上海医科大学毕业，四十多岁，高身量，大眼睛，长圆脸，头发黑亮如漆。她把头发盘在脑后，表面上像是学农村的老太太梳的纂儿，然而配在她的头上却显得分外潇洒。衣服总是一尘不染，走在山路上，健步如飞。这在"文化大革命"期间的农村，本来是一个很各色的人物，但她偏偏非常随和，不但和农村的男女老少都说得来，而且接过农民让过来的烟袋就能吸两口，在红白喜事上，接过农民让过来的酒杯就喝。

听说她和丈夫离了婚，独自带着一个女孩子生活在山村。这种独身女人本来是很难在农村生活的，偏偏她和这里的男男女女交往，却没有人在背后说过她的半个不字。

开始，张思远觉得她有点儿神秘，同时直觉地不那么喜欢她，虽然他承认她本来应该说是相当漂亮的。他觉得她有点咋咋呼呼，每天说的话，走的路，抽的烟和喝的酒都超过了应有的限度。但是，她的医术好，和农民的关系好，所以张思远每次见到她也都礼貌地招呼一番。后来他又了解到，冬冬倒是常到秋文医生那里去，说是为了找一点儿医书看。生活总不会把一切门窗堵死。

"您说了许多胡话，"秋文医生说，轻轻地，音调完全不同于她日常的说笑，"可能您想的事太多了，大干部嘛。"隔着口罩，张思远好像看到了秋文医生嘴角的笑容。她的眼睛也在微笑着。这微笑里充满了理解，充满了悲哀，充满了凝结着悲哀的清冷的自信，好像是雪天里的篝火，天与海的尽头的白帆，月光下的一株老胡桃树。那个带几分男人气质的、饶舌的、随波逐流的大大夫退到哪里去了呢？

"其实把你们拉下来当当老百姓也不赖，"另一次她这样说，

丝毫不顾忌同病室的其他人，"要不，别看报纸上喊什么下乡、蹲
点喊得那么凶，你们躲在自己的小楼里才不愿意下来呢。您说对
不对？老张头！"

张思远想抗议，他并没有什么小楼。他现在连家都没有了。
但是老张头的称呼使他觉得温暖，就像小时候母亲叫他"小石头"
一样。张思远的名字（乡下管这种名字叫作"官名儿"，可见，这
种名字是为了做官才起的）才像石头一样硬。人需要母亲，需要
亲昵，需要照料、理解和同情。所以每当秋文医生说"好好吃下
这些药，多喝开水，你会很快好的"的时候，他都觉得特别熨帖。

冬冬每天来给他送饭，挂面，荷包蛋，山药汤，小米粥。"您
不要那样生气，"冬冬说，"我不过是在日记本上发发牢骚罢了，
爱发牢骚的人其实倒不会怎么样。那天是我不对，对于李大钊和
方志敏，我永远崇敬他们。我最近常想，生活压根儿就不像我小时
候想的那样美好，所以生活压根儿也不像我现在所想的那样不好。"

"你？你转变了？"张思远惊喜交加。

"谈不上转变。我大概总不会完全了解您，就像您不会完全了
解我。人和人的隔膜，是永远也无法消除的。于是发展到不是你
吃掉我，就是我吃掉你。"

"那你为什么又天天给我送饭来呢？"

"秋文阿姨让我来的。她说，"冬冬迟疑了一下，好像不知道
该不该把底下的话说出来，"秋文阿姨说，你爸爸也不容易……"

"你和她谈过我？"

"谈过。"

"谈过你的母亲？"

"谈过。"

"还谈过什么？"

"什么都谈过。怎么？违反保密条例么？"冬冬的语气又是那样刻薄了。

"不。我说，那很好。"

张思远——不，老张头从冬冬那里了解了一点儿秋文的事情。秋文原来的丈夫是五七年划的极右，现在还在劳改农场。冬冬认为，只是为了女儿的前途，秋文才与丈夫离了婚，实际上，她在等待着那人的自由。六四年"四清"的时候的工作队，和七〇年"清队"时候的宣传队开始都瞧着她不顺眼，准备立案专门审查，但是所有的社员和基层干部都向着她。她主动到工作组和宣传队去谈自己的一切，谈笑风生，全无禁忌，反而打消了别人对她的猜疑。

她有一层保护色吧？她分明是一株异地移植的树，既善于适应水土，又保留着自己的与这里的植物群全然不同的个性。她的随和后面是清高，饶舌后面是沉思，喜笑乐天（带点傻气）后面是对十字架的背负。

但那些又不仅仅是保护色，清高后面确有一种由衷的利他主义，沉思后面确有拿得起放得下的丈夫气，而背负着十字架的她仍然时时感受到生活的乐趣。想想她对村里的少男少女的婚姻恋爱的关切吧，她都快成了新式的、可靠的、不怕受累、不怕落埋怨的媒婆了。如果仅只是为了保护自己，她的笑声能那样真诚，那样傻气么？

但是她显然用另外的调子与张思远谈话："好好了解了解我们的生活吧，官复原职以后，可别忘了山里人！"

张思远挥挥手，表示对"官复原职"丝毫不感兴趣。但是秋文不饶人：“甭摆手，我如果是你就争取早点儿回去。一个月挣着那么多钱跑到这儿来摸锄把子？不但官复原职，而且会官运亨通！”

“越说越不着边际了。”张思远更摇头了。

“当然。自然死亡再加上穷整，真正有经验、有水平又能干事的领导干部现在是越来越少！不光你们越来越少，就连我们这样的大学毕业生也越来越少。再搞上十年教育革命，等到中国人都成了文盲，小学毕业的就是圣人！而你们这些大干部呢，更成了打着灯笼也讨唤不着的宝贝！反正说下大天来，你既不能把国家装在兜里带走，也不能把国家摸摸脑袋随便交给哪个只会摸锄把子的农民！中国还是要靠你们来治理的，治不好，山里人和山外人都会摇头顿足地骂你们！”

张思远只觉得眼前一亮，心头一亮。治国治党，这是他们义不容辞的任务。事情总会发生变化，总会走向自己的反面。想不到秋文还是一位政治家呢。但是我能等到那一天吗？不是整天说离了谁地球也照样转吗？不是我已经被抛出社会生活的轨道有许多年了吗？

秋文的话应验了，没有用很久。七五年，张思远正择着韭菜就被接回了市委。七七年，粉碎“四人帮”后，张思远升任省委的副书记。七九年，张思远又调到北京，担任国务院的一个部的副部长。

上　路

他终于暂时离开了质地讲究的“部长楼”。这一幢高层建筑是为副部长以上的干部提供住房的，老百姓称之为部长楼。经常有许许多多小汽车停在楼前。有警卫，所以一般人不走近它。住惯了部长楼离开它竟不是那么容易的。虽然张思远这次的重返山村之行已经计划了许久了，已经下决心许久了，但他还是挪不动自己的脚步。一想到他要离开自己的惯常的和应有的生活轨道，他就觉得不安，甚至有点烦恼。就像一个坚持按时每日三餐的人，突然让他改成一天吃两顿饭或者四顿饭，就像一条鱼忽然准备去陆地上观光。今晚我躺在这里，明晚，后天晚上，以及后天以后的诸晚，我将躺在哪里呢？出发前夕，张思远辗转反侧，一直有一个声音在劝阻他，在拉着他的手，拉着他的腿，拉着他的衣角。别折腾了，你现在不是很好吗？你已经快要六十岁了，你担负着党政要职，热情、想象和任性对于你不但是不必要的，而且是一种不能原谅的罪过。你何必自找苦吃呢？

但他终于离开了部长楼，而且，他坚持没有坐飞机和软席卧铺，坚持不准他的秘书预先挂长途电话通知当地各级领导准备接待。秘书几次企图说服他，暗示他的这种坚持不但是幼稚的，无意义的而且是不近人情的，不正常的。秘书只差问他一句话了：您的神经是不是出了毛病？

他用沉默压倒了秘书。现在，火车在《祝酒歌》的歌声中开动了。秘书、司机和他坐惯了的黑色吉姆都离开了他。汽笛发出了刚亮的愉快的叫声。机轮的声音也是铿锵有力的，金属的撞击令人焕发精神。李光羲的"朋友啊请你干一杯"之中夹杂着女列车员的吐字急促的问话："这是谁的行李？"张思远闭了一下眼睛，有一位脾气大的母亲打了她的淘气的孩子的屁股蛋，于是孩子和李光羲展开了咏叹比赛。张思远睁开眼睛，阳光洒满车厢。风吹动了他的花白的头发。有人打开了车窗。他轻松而自由。我又是一只蝴蝶了么？

"把票给我！"女列车员向他伸出手，下令说。铁路员工的蓝色制帽下是一张年轻的、不耐烦的脸。如果在软卧，她就会用另一种口气说话。这挺有意思。张思远掏出了自己的车票。铁路制服，还有解放军的军服，似乎都应该改进一下了，这两年人们穿得愈来愈好，而制服与军服却依然旧貌。本来，这种制服，尤其是军服，应该有一种强大的吸引力……

一个红鼻头、敞着怀的大胖子摇摇摆摆地坐到了他的旁边，大胖子的不寻常的分量使卧铺吱地一响。"玩两把百分吧？"大胖子说话是胶东半岛的口音，嘴里喷出辛辣的生葱味儿。如果在软卧……

如果在软卧车厢会比这儿好得多。当然。但这一类的想法只不过微弱地一闪。他的眼睛里闪烁着阳光。他喜欢这一节车厢。喜欢脸孔绷得紧紧的列车员姑娘，瞧，她又来拖地板了，多辛苦！他喜欢他头上的中铺和上铺的解放军战士，他们一开车就睡着了，年轻人的睡眠是多么香甜呀！他喜欢对面的吸着两毛钱一包的香烟的干部，这位干部死乞白赖地向他让烟，他怎么推也推不出去。为什么把烟和酒的作用看得那样阴暗呢？这位同志的让烟就丝毫不意味着托他办事之类。还有带孩子的母亲和在车厢里跑来跑去，给陌生的"叔叔"表演节目的孩子。有了孩子，生活就变得好过多了。冬冬爱说人和人之间的隔膜，但是人和人也是可以相亲相爱的呀。

是的，从七五年恢复工作到现在又是四年多了。艰难的，令人惶惑失望，摇摇欲坠的头一年；绝处逢生的，狂喜又狂哭的第二年；麻烦的，纠缠不休的，明明又是扎扎实实地迈步前进的这两年。回顾昨日，他不能不为已经发生的变化的巨大和迅速而惊叹。面对百废待举的现实，他又为某些人的因循麻木而心急火燎。他很忙。他很少有机会与这些坐硬卧车厢的普通人坐在一起。即使到基层去，到群众中去，他的位置也与别人不同。但是他不能那样重访山村，他不能前呼后拥，气宇轩昂地以高干的姿态出现在冬冬和秋文的面前。如果他那样做，他就是欺负人，他就是自己把自己从冬冬和秋文身边拉开。虽然他知道，坐小汽车绝不是他的或任何人的过错，住"部长楼"，进软席车厢也绝不是应该责备的事情。平均主义从来都是不切实际的幻想，但是，他不能，他不愿，他不敢，他也不应该以高于普通劳动者的任何方式重返山村。

细想起来，就连硬席卧铺也不能使平均主义者安宁。更多的人坐着硬座。从起点站到终点站要运行七十几个小时，有不少的人就这样坐七十几个小时。中国人的耐性、韧性、吃苦耐劳真是举世无双。但为什么还有这么多人连硬卧都坐不起呢？三十年了，你不觉得脸发烧吗？你能不加倍努力工作吗？看看每个车站上，挑着箩筐，背着大包袱，扶老携幼，上车下车的百姓们！

那就是老张头，老李头，老王头和老刘头们。他又有两个星期可以做老张头了。恢复工作以后，他常常回忆在山村的老张头的生活。他有时候自问，可能不可能有另一个张思远，另一个自身，即那个被唤作老张头的我仍然生活在那个遥远的、美丽的、多雨又多雪、多树又多草、多鸟又多蜂蝶的山村呢？当他低头踏进吉姆车的时候，那个老张头不正在鸟鸣中上山拾柴吗？当他在会议上发言，拉长了啊——啊——啊——的声音的时候，那个老张头不正在地头和歇憩的农民、农妇们说笑话吗？他完全不是装腔拿调地拉长了啊的声音，他在对非常复杂的工作、思想、认识问题发表意见，他的话语应该清晰、准确，他必须对他说过的每一个字和每一个标点符号负责，他要一边用心思考一边说，他还要使听他的发言，他的讲话或者被称作张副部长的指示的人有领会、温习、思索、消化的时间，这一切都说明啊的拉长是必要的也是很自然的。另一个张思远——老张头就从来不把啊拉长。说起话来又快又巧妙，那个老张头比张副部长要年轻一些，健壮一些。当张副部长出席一个招待外宾的宴会的时候，当他衣着整齐地，彬彬有礼地为外宾布菜的时候，当五星啤酒和北冰洋汽水，通化红葡萄和贵州茅台，崂山矿泉水和绍兴黄酒被任意选用，任意啜饮的时候，另一个"我"不正在烟气未尽的石板小屋里，在煤油灯的光焰照耀下，在热烘烘的锅灶旁边，在钉得一条腿有点歪的小板凳上，端着山区人民喜爱的粗瓷大海碗，就着老腌咸菜，大口大口地喝着暖人心脾的，掺杂着诱人的红小豆、白芸豆、绿豆和豇豆的浓浓的苞谷糁子粥吗？老腌咸菜是以"老"而自豪的，拴福大哥说他的那一缸咸菜汤还是民国十八年的底子。从民国十八年腌了那一缸咸菜，每年夏天都要熬一次汤，每年秋天都要加菜，加盐，加水，一直到如今。当张副部长正在为处理一个人事问题（如今人事问题占用了他那么多精力，简直令人难以忍受）而在斟酌词句，而在搜索枯肠寻找一个既要坚持原则又要照顾关系，既要有利工作又要挡住从某个方向攻来的明枪暗箭的方案的时候，那个老张头是不是正在饶有兴趣地倾听拴福大哥叙讲自己的腌菜汤的悠久历史呢？现在呢，他又把张副部长留在北京了。

　　让张副部长去开那些开不完的会，看那些看不完的文件去吧。

经过十年的动乱，张副部长正在按照党心民心进行紧张的工作。他并没有忘记使自己的工作对人民、对山村、对老张头和拴福大哥更为有利。不管有多少缺陷，他想不出有比现在的政策更好的政策，他想不出有比现在做法更对人民有利的做法，如果张副部长要和老张头谈谈，他并不感到不安。

他接受了对面的同志让给他的有点儿呛人的纸烟。他有点儿不好意思地掏出了自己的带过滤嘴的"中华"。这并没有引起惊奇，因为现在即使是学徒工出门在外也要带两包好烟，这叫作践牌子。硬卧下铺的空间位置已经决定了他在社会上的位置，不会有人怀疑。他接受了口里发出葱味的胖子的玩扑克的邀请。对家、横甩、抠底、满分升级。只是在戴上了叛徒、"三反"分子的帽子以后他才学会了打百分，下象棋。他也像每个无事可做的旅客一样，努力领会和钻研列车运行时刻表，好像这一次旅行以后他就要调到铁路运输部门担任调度员似的。他拦住跑来跑去的小孩子，给他们吃糖，和他们逗着玩。他本来计划在火车上读点儿书，但拿起书来常常被打搅。也好。老张头与众人平等，与众人一样并无更多的责任因而也并无急迫感。拴福大哥讲过一个理论：人总是要死的，急急忙忙地做事情，也就等于急急忙忙地去死，不慌不忙地做事情，也就等于慢慢腾腾地去死。真是高论。老张头虽然轻松而又自由，率直而又天真，然而却又可能在历史的长河中随波逐流，无所事事。有一得必有一失，这失去的代价未免太大。

还有许多细小的，无足挂齿却又相当讨厌的付出代价。老张头必须事事排队：进站，上车要排队；去餐车吃饭要排队；上厕所和去洗脸池洗脸刷牙都要排队。作为老张头应该完全适应和完全习惯的排队，却引起了张副部长的抗议。他还必须忍受不礼貌的对待和恶劣的条件。有一个胖乎乎的男孩子，看样子不过五六岁，常常横冲直撞地在车厢里穿过来走过去。老张头拦住了他，给他一块糖，无非是想逗他玩一玩，男孩子却小霸王一样地打掉他的糖，而且出口不逊，"×你妈！"这一句粗话引得所有听到的旅客哈哈大笑，笑声中充满了赞赏，好像是听到了侯宝林在相声中甩出来的一个"包袱"。张思远，多半也是张副部长霎时间血往上冲，脸大概都红了，"黑帮"听到詈骂只能低头认罪，但是副部长却无法忍受这种侮辱。"你怎么骂人？"他责问了一句，稍微有点严肃。五六岁的小胖子威风地扬起了头："就骂！就骂！待会儿告诉我爸爸，不给你开饭……"原来，小胖子的爸爸是餐车上的炊事员。旅客们又哄然笑了起来，一边笑一边分析："好小子，这么点儿个就懂得了'权'的厉害！"

还有比这更难堪的。下了火车要坐两天长途汽车，汽车司机对待旅客就像对待一群猪猡。中途停车时他看也不看大家，蛮横而又含混地发一个令：尿尿！吃饭！休息！下车！快上！那种腔调简直令人发指。这且罢了，第一天停车休息，他住进的是一间四十二个人同住的大房间，烟气汗气臭气熏天。六盏四十瓦功率的荧光灯管，终夜不关。半夜里旅店工作人员前来查铺，看有没有没开票就住下的，又查了个鸡飞狗跳。他一夜根本没有合眼。他简直后悔这次出行，后悔自己太不现实，本应该听秘书的话。如果当地省委派小车来接，这两天的路程只要多半天就够了。他毕竟已经老了，已经不是那两年的老张头……

但是第二天他精神还好。上车的时候他觉得自己是打了一个胜仗。他觉得自己是一个坚强的人，是一个没有失去普通劳动者的本色的人。但是他隐隐地觉得自己的微笑后面仍然有一种无法排除的优越感，他隐隐地预先听到了一个声音：这几天的生活，对于张副部长来说，不过是客串罢了……他皱起了眉。

但是有一件事他实在忍不住了。当第二天中午他排着长队等候买票在交通食堂就餐的时候，有一个留着长发，穿着登山服，大约有一米九高的大个子，偏偏在他快要排到窗口的时候横着走了过来，用胳膊肘把他往后一捣，插在了他的前面。问题不在于不排队，加塞儿，问题在于这个大个子在食堂卖票的窗口站了一会儿，偏偏等到张思远过来时夹了进来，这明明是看到张思远老弱可欺，这是专门针对张思远的欺负、侮辱。"同志，你为什么不排队？"张思远的声音颤抖了。根本不予理睬。"后面排队去！"张思远大喝一声，而且动手去拉那个大汉。大汉纹丝不动，回过头来，轻蔑地看了张思远一眼，"少他娘的废话！"他威胁地举起了拳头，"谁说我没排队？我就是排在你前头的！""大家说，他排队了没有？"张思远问，并无畏惧，他相信蛮不讲理的无赖定会受到公众的舆论制裁。然而，多么惊人，多么气人，多么恼人啊！没有一个人言声，有的人还故意掉转了头。"我看，是你没有排队！"大汉一拨拉，差点儿没把张思远推倒在地，他把张思远推出队外，而且摆出一副要打人的架势。你难道能和这样的人动手打架吗？张思远在这个时候多么希望自己的秘书、警卫员、司机在身旁啊！他想象着当自己的身份公布出来，当警卫员掏出手枪，当秘书打电话叫来了公安人员之后这个无赖将怎样地恐惧、面如土色、赔罪求饶，说不定会跪到地上。而周围的群众又怎样地拍手称快……现在，这一切都是不可能的。如果动手，无异于以卵击石。如果在"黑帮"时期我碰到这样的事，我会这样生气吗？张思远问自己，这个自问像一阵清凉的风，吹过了他的身体。

行路难。在家千日好，出门一日难。当老百姓并不是一件轻松的事情，正像当"高干"也绝不是一件轻松的事情。这个故事不应该是庄生梦见自己成了蝴蝶或者蝴蝶梦见自己成了庄生，它应该是一条耕牛梦见自己成了拖拉机或者一台拖拉机梦见自己成了耕牛。在生活里飘飘然和翩翩然的飞翔实在少见。六岁多为了躲土匪，爸爸曾经带着他奔逃，晚间睡在大车店的牲口棚里。他到六十岁也还记得那静夜里马吃夜草的沙沙声，静夜的寒气袭人。这是童年给他留下的最深的印象。抗日战争时期呢，他们常常睡在青纱帐里，夏夜可以听到玉米地里"叭、叭"的声音，乡亲说，那是玉米在拔节，那是一种不可压制的生命的力量，生长的力量，来自泥土、雨水和天空的力量。甚至在长途行军中他走着路也能打盹，前面喊了立正，后面的人把头撞在前面的人的背上。

发牢骚是一件最容易的事情。发牢骚不需要培训，而且时髦。七十年代末期的某些中国人，似乎觉得不发牢骚就不得天黑。他这一路就有许多牢骚俯拾即是。可惜他不是个作家，否则光是交通食堂和交通旅馆的肮脏就够他洋洋洒洒地写一篇文章，再加上两个人物一点儿情节，一点儿感叹和两句尖锐刺激的话，就能做成一篇勇敢地揭露阴暗面的小说。说不定他还能"红"起来，能够参加作家协会，成为一个指手画脚，骂骂咧咧，高人一等，比谁都正确的英雄。写文章咒骂一个交通食堂总比办好一个交通食堂容易得多也痛快得多。然而这究竟能解决什么问题呢？难道把我们的岁月，我们的生命湮没在牢骚和怨言里么？一个没有恪尽己责的人，一个丧失了公民的责任感的人的牢骚，究竟值几分钱呢？他在部里给干部讲话的时候曾经提过这么一个建议：我建议每天八小时工作制改为四小时发牢骚四小时工作，前四个小时大家一起发牢骚，跺着脚骂娘也可以，发完牢骚以后一句牢骚话也不许说，都老老实实做好自己的工作。这种四小时工作制也许比八小时工作制效率还高。当然，这是激愤之语。

所以，他渐渐地不再有牢骚。他想的是自己的责任，每一个人的责任。不管有多少粗野和贫穷，火车在前进，汽车在前进，车轮的旋转使他和别的乘客们时时到达新的地点，车轮的旋转是通向他们的目的地的。正是在旅途中，时间的推移意味着空间的推移，时间的行进成为有形的，成为催赶人的一股可以触摸的力量。

枣　雨

到了，到了，真的到了！到达目的地的快乐便是对于旅途的艰辛的最好的报偿。正像成功便是对于一切艰苦奋斗的报偿。再转过一个山头，再绕过两块圆圆的、两块非人间所能有的巨大的磨盘似的石头，就是山村的汽车站。老乡们说，这两块石头是当年二郎神担着它追赶太阳的时候，中途撂到这里的。谁也不知道这两块石头已经在这里存留了多少年和将要继续存留多少年。反正张思远离去的这四年多石头并没有丝毫变化，它仍然那样沉着、持重而又永远不老地迎接着远道而来的张思远，它的欢迎的姿势与那几年张思远去邻村办事、买东西或者看病归来的时候毫无二致，就像张思远压根儿没有离开过，没有当上什么书记或者副部长一样。停车的时候冬冬和冬冬头上的高压线他是同时看到的。冬冬好像又高了，肩膀也宽了，他早已经调到县里担任小学教员。他们在信上说好了，冬冬来这里迎接父亲。"有电了么？"张思远

问，这是他下车后问的第一句话。有电了，并且正在用电灯代替
煤油灯，用电磨代替石碾子，用电动弹花机、脱粒机、榨油机、
舂米机和粉碎机武装粮棉加工……这是冬冬的回答。父子两人向
前走了几步就来到了老杏树下，老杏树依然是流出了那么多树胶，
像是多感的老年人的泪水，叫人心疼。树胶的颜色、多少、部位
和形状完全和四年前一样，昨天老张头还在这棵杏树底下抽旱烟。
父亲递给儿子一根过滤嘴中华。儿子接过去的时候嘴角微微地一
撇。杏树旁边是一个泉眼，为了保持清洁，泉的源头盖着两块青
石板。"弄脏了清水泉就不是好姑娘"，这是波兰玛佐夫舍民间歌
舞团演唱的一首歌里的歌词。海云最爱唱这首歌的。初冬的太阳
照得他们暖烘烘的，这是一个避风的地方。看，泉眼边的杂草，
黄叶中竟又长出了新绿的芽儿，初冬的太阳，没有风，不也和初
春的太阳相似吗？那新萌发的小小的草芽儿，可知道它的面前并
不是明媚的春天吗？他推开石板掬起清泉喝了两口。还是一样地
清洌甘甜。抬起头，他看到了这次重访第一个遇到的山里人。是
一个裁缝，一个他在山村期间最少打交道的人。圆圆的老式的花
镜，好像与两块巨石一样历史悠久。然而裁缝一眼认出了他，他
也一眼认出了裁缝。这不是张书记吗？您怎么又来到了这个小山
沟？来来来我给您提着包。好好好我们大家都好，有华主席、党
中央的英明领导。您这回来是视察还是蹲点？这可是对我们山区
人民的最大鼓舞，最大关怀……此一时也，彼一时也，官腔官调，
应付长官，多么令人悲哀！

　　幸好这是第一个也是唯一的一个改变了对他的态度的山里人。
拴福大哥就不是这样，"张！"老远就大喊了一声，他的习惯是只
称呼姓，这个习惯倒有点像外国人。大嫂见了他竟咧起嘴哭了。

真想不到你还能到这里来！真想不到大妈活着还能再一次见到你！真想不到这两年日子一下好了许多！我们养了三头猪和五头羊，还有十五只鸡。本来是二十五只，本来有两只公鸡，天天你啄我我啄你，啄得冠子上全是血，只好把战败的那个宰掉了，谁让你没本事？又有九只母鸡串了瘟。这九只是后买的。那十四只是先买的，秋文医生给那十四只扎过针。用蘸水钢笔把鸡瘟疫苗注射到鸡翅膀上。秋文医生连鸡病、猪病也治，其实公社有兽医站。粮价也提了。核桃、杏仁、枣和蜂蜜的收购价都提了不少。电灯也亮了，广播喇叭也响了。只是粮站工作人员老是压低粮食的等级，农民钱拿多了就好像他们的屁股里被塞进了草。有电但常停电，煤油灯还不能丢，却又减少了煤油的供应。我们年终分了四百多块钱。买了一套二十四个花瓷碗。你现在高升？平安？到了北京？见过中央的那些领导人吧？可干部怎么不下来了呢？过去每年冬天都要来人，虽说有几次也乱整一气，但是我们还是想这些干部们，让他们来嘛，给山里人说说，世界上又出了什么能人，出了什么新鲜事？

十五只鸡马上变成了十三只。年近七十的瘦小的老太婆抓鸡的时候其灵活程度不下于一个排球运动员。她跳起来把已经起飞的鸡抓到屋里。于是鸡毛上天而鸡肉上了案板。过油的时候鸡丁哧啦哧啦地响。于是白面馍馍入笼和出笼。于是夏秋晾下的干蒜苗、干豇豆、干茄子和腌猪肉也出场。没等到饭熟，乡亲已经来了许多。当场有五家对张思远提出了在这同一天举行洗尘饮宴的邀请，而且不容许不答应。张思远一一点头，不过前后错开，安排了一下时间。张思再一次后悔没有随身带上秘书和工作台历。这项安排日程的繁重工作只好临时分配给了冬冬。

　　多么好啊多么好！就像他从来没离开过山村。一样的乡音，一样的乡情，一样的人心！一样的推推哪家的门都可以进，拿起哪家的筷子都可以吃，倒在哪一家的炕头都可以睡！甚至连那几条老狗也没有忘记他，摇着尾巴向他跑来，伸起前爪扑他的腿，从湿湿的狗鼻子里发出撒娇的声音。他实在抱歉，倒是想到了给乡亲们带来一点糖果、圆珠笔、画片，却忘了给这些友好的狗带几块骨头。于是他只好抛起了酸梅糖，用这种东西来款待它们可实在不够意思。有一只黄狗不认识他，凶恶地吠叫，它大概是在他离去这段时间出生和成长起来的。狗的主人把黄狗狠狠批评了一顿："你是怎么回事？怎么连自己人，连咱们的老张头也咬？你想找死？"骂得黄狗垂头丧气，诚惶诚恐，灰溜溜地退到一旁，深刻反省自己为什么犯了这么大的过失，其实它的出发点却是忠于职守和立功受奖。

　　虽然也有不少的乡亲问起他的官职，并咋舌惊叹，还一致认为他的升官是一件好事，一件可喜可贺的事，但谁也没有把他当作"上级"看待。他说话既不拉长声，也没有那么多词儿，既不摇头摆尾，也不倒背上手踱来踱去，既不用事前斟词酌句，也不用事后为哪句话不当而追悔。无官一身轻！无官暖人心啊！没有平等，就没有友谊，正像没有土地就没有庄稼，没有核桃树就没有核桃果。还有山里的红枣呢，每一颗枣都像张思远的童年一样久远，古老，鲜甜。张思远小的时候，在他还不是张思远，当然更不会是张教员，张指导员或是张书记，在他只是石头，或者像母亲称呼的那样——小石头的时候，他们家也有一株枣树。打枣，这就是童年的节日，童年的欢乐的不可逾越的高峰！"噼里啪啦"，竹竿在上面打；"稀里哗啦"，枣子往地上掉。许多相好的和不那么相好的小朋友都来了，一边吃，一边捡，一边装，一边找，一边喊。有的枣滚到了渠沟里，草丛里，瓦片底下，凡是企图隐藏自己的枣子也正是最甜、最饱满，又绝对没有虫子的枣儿。这样狡猾的枣子的每一颗的发现都会引起自己和同伴的欢呼。连土都是甜的，连风都是香的，这童年的喧闹和喧闹的童年！这满脸是土，满脸是汗，满脸是鼻涕和眼泪，满脸是带口水的枣皮和欢笑的童年！也许，对于平等、质朴、友情以及像枣雨一样地洒落地上的社会财富的向往，对于共同的公正而富足的生活的向往，就埋藏在这些喧闹的小小拾枣者的心里？也许，马克思、恩格斯和李卜克内西，列宁、斯大林和斯维尔德洛夫，毛泽东、周恩来、刘少奇和朱德，他们的一生，他们的事业和学说的力量正来自这些喧闹的小小的拾枣者的心底？

现在，须发花白的张思远，身居高位的张副部长，又回到这童年般的喧闹中来了重新造访的第一天，走到哪里都被山村的男女老幼所包围，被七嘴八舌的问候、说笑、祝福和诉说所包围。我们企盼过的，我们应允过的，我们拖欠过的，我们损害过的，终于我们要渐渐地兑现了。我们总算学会了一点儿东西。乡亲们，鲜红的甜枣，普落如雨！

第一天他来不及和冬冬以及和秋文谈什么。秋文也把自己的音波汇入到欢呼枣儿洒地的儿童式的喧嚣之中。当他的目光与在人群中的秋文的目光相遇的时候，他像孩子一样地兴奋、期待、欢喜。对看着他的是他这一生从来没有看到过的那种看透了一切悲哀的明朗，是那种负责打枣的大孩子看到闹闹嚷嚷的小孩子时候的满意，是照耀着落光了树叶的枣树的月光的沉寂，他微微战栗。

　　晚上他和儿子，和老农睡在一起。肉、酒、喧闹、温情充塞着他的一夜。于是这一夜的梦概括了他的一生，来自他五十九年的生活经历的压缩复制。放羊娃和地主崽子的打架。穿棉袍的乡村教师的垂青。高唱着《三大纪律八项注意歌》的队伍的到来。枪林弹雨，第一枚手榴弹没有拉弦就扔了出去。红旗下举手宣誓。他不怕牺牲，他渴望献身，他深信迈过这一步便是幸福的红枣降落到每一个家庭的餐盘里。

　　夏天。洁白的短袖衬衫。两根宽带联结着蓝色的裙子。四五八三，她们学校的电话。拨动字盘，然后电话机里传来怯生生的声音。接电话的人不问也知道是谁打的。洁白的身影在眼前一闪。什么，她也到了山里？在哪个公社，哪个大队，哪个村子？原来那些传闻都是假的，原来你还在，你不要走，不要死，让我们再谈两句。平反昭雪的通知你怎么没有拿到手？四五八三，怎么没有人接电话？咣咣，把电话机砸坏了。哭声，是我在哭么？囚徒，自由，吉姆车在王府井大街奔驰。软席卧铺车厢在京汉线上行驶。波音飞机在蓝天与白云之间飞行。上面的天比宝石还蓝。下面的云比雪团还白。又关闭了一个发动机。枣落如雨。弹飞如雨。传单如雨。众拳如雨。请听一听我的心脏。请给我一瓶白药片。请给我打一针。是的，报告已经草拟，明天发下去征求意见。

　　这能行吗？这不可能吗？他一再警告自己早已不是热情和想象的年纪。然而，与生命俱来的想象和热情，不是只能与生命俱去么？如果这一切都成为真的……不正是这一个又一个的假设是指引他行路向前的火炬么？来以前还有点儿犹豫，有点儿打鼓，有点儿担心呢。还有点儿舍不得部长楼的那四间高分子贴面的住宅呢。真不好意思。张思远就在这里呢！张思远没有变。张思远是山里人，张思远就是自己。什么？到时间了？我马上就去。开不完的会，在睡梦里也还要开会。同志们！现在的形势很好。我们要安定团结，要进行改革，要精兵简政，官比兵多的现象再也不能继续下去了。

距　离

　　天气也欢迎张思远的重新造访。一连许多天都分外晴好。人，山，树和空气，都从容安详。冬冬陪着父亲转遍了每一块梯田，山坡，果园，菜地。高大的柿子，丰满的核桃，古怪的花椒，俏皮的山楂，风流的桃李，朴实的苹果……别来无恙。蹚过一段酸枣刺，躲避着猎獾人下的夹，他们来到育林区。五年前他们冒雨栽下的油松、马尾松和落叶松苗，已经长得超过了膝盖。自己亲手栽下的（那天手上，脸上和衣服上全是泥）松树将要久远地在这里成长壮大，将要在这一代人，这两代人，这几代人身后继续葱郁葳蕤地庇荫这块山坡。这真让人欣慰。

　　但是他和冬冬却谈不拢。这次来冬冬对他特别体谅和关心。您要锻炼身体。该休息也得休息。最好每年夏天都到海滨去一次。冬冬真是大了，懂得疼人啦。回北京吧，你完全有理由……让我们在一起，我一天天地老了。冬冬的回答是意想不到的坚决：不。为什么？不为什么，我不愿意当高干子弟。这是什么意思？"高干"就不能有自己的孩子？我们为了革命，为了人民没有吝惜过生命和鲜血。张思远有点儿激动，冬冬却很平静。你们可能是崇高的和伟大的一代人，但您总该正视现实。群众舆论对高干子弟那么不利。您别忙。我们也愿意做崇高伟大的一代人，像你们一样，作披荆斩棘的探求者，开路者，创业者。但是你们只要求我们、只允许我们做守业者，做接班人，只允许我们顶替你们的位置，要求我们走在你们的脚印上。不，那是办不到的。我已经二十七岁了，从生下来我们就受教育，听父母的话，听老师的话，听团小组长的话，听贫下中农的话，听屁大的一个什么官儿的话。现在，我们该自己教育教育自己了，该自己去选择自己要说的话。你这样说既片面又空洞。何必故作惊人之语呢？中国吃各种惊人之语的亏还不够吗？是党的政策而不是你们的惊人之语——另一种类型的假、大、空话给农民带来好处。你不是真空，中国不是真空，历史不是真空。你们不能从钻木取火开始。你们既不了解国情又不了解历史。靠你们的那些皮皮毛毛的见解只能误国误己，头破血流。人类历史是一个连续不断的过程，革命是几代人的事业。接班丝毫不意味着墨守成规，真理标准的讨论已经为发展、创造、突破扫清了道路。中国需要的是切切实实的工作而不是狂徒的自我膨胀。活到老学到老，连我也时时觉得自己需要受教育……

　　冬冬发现有一株山楂树上竟有五颗鲜红的果实没有被采摘走，他捡起几块石头去击落那幸存的红果，他对与父亲辩论并没有什么兴趣。最后他说：

　　"明天我就回县城了，我们还可以在县城谈谈，请您不要生气，我现在不那么愿意和您在一起，一个原因就是您太爱对我进行教育。妈妈在世的时候并不是这样，她用十分之九的力量照顾我，只用十分之一的力量指点我。这又有什么办法呢？她是一个弱者，而您是一个强者。我宁愿碰得头破血流也不愿依附于您。我会去看您的。今年暑假我可能就去……还不行吗？"

　　张思远沉默了，他转过身，凝视着对面山坡上的小松树，默默地把儿子分给他的两颗酸果放到嘴里。夕阳照耀着小松树，小松树拖下了比自身长得多的影子。

告　别

　　早在七七年，张思远便得知了秋文原来的丈夫已经死于劳改队的消息。他给秋文写去了慰问的信，由于那特殊的难知其详的"离婚"，他无法直言哀悼，只是关切地问候起居，也讲述了自己工作上、生活上、身体健康上的一些苦恼，并且表述了不破这些苦恼所压倒，而要压倒这些苦恼，一往直前，鞠躬尽瘁的心思。

　　他没有收到回信。这是他给秋文写的第三封信。第一封信是他刚刚回到市委以后，夹在给冬冬的信里，寥寥数语："我常常想起在山村的难忘的日子。我非常感谢您在医疗和其他方面对我的帮助。我更感谢您对冬冬的关心。祝您和您的女儿安好。"这封信也没有得到回信，只是冬冬来信时提到："秋文阿姨叫代问您好。"

　　第二封信是七六年春天，在"反击右倾翻案风"的悲剧和闹剧里又要强迫张思远扮演一个罪人的角色。空气肃杀，写信也是战战兢兢的。回信马上来了，用的全是社论里可以找到出处的词语。"让我们坚信，毛主席的革命路线一定能够取得彻底的胜利！""这里的贫下中农随时准备接待您重新来进行劳动锻炼，改造世界观。""唯物主义者是无所畏惧的，共产党的哲学是斗争哲学。"张思远完全懂得这些话的意思，一想起秋文，冬冬和山村，他的心就落到了实处。

　　从七七年他就想再去看望一次秋文，他想去探求一下改变他们俩的生活，使他们俩生活在一起的可能性。秋文是他遇到过的一个有点儿怪的人，一个既有松树的坚定又有柳树的灵活的人，在山村的五年，秋文要比他更强，更有力量。另外，自从他明确地坚决地表示不愿再与美兰恢复关系以后，关心他的"生活问题""个人问题"的人实在太多，有许多老战友特别是老战友的夫人硬把照片塞到他的手里，他不胜其烦。有一次他干脆宣布，他已经自己找好了，就在他曾经劳动过的山村，他将亲自把她带来，无劳众位费心。塞到手里的照片没有了。半信半疑的好人们一见到他就要问："什么时候？"好像在提醒他和催促他快快偿还积年老债。

"也许按照我们中国人的习惯，我早就不应该说这些了。也许，我的话会使你不高兴。但是，这话在我的心里已经好多年了。最初，我得肺炎的时候，还没有这么老，是你给了我力量、镇静和勇气。只是因为……我才把这种感情压在心底。"

"谢谢您了。"秋文这样说。真诚，又有点嘲笑。

"我还从来没见过你这样的女同志。你既清高，又随和，既泼辣，又温良，既……"

"这么说我也是高大完美，几百年出一个了？"

"请别开玩笑，"张思远的声音有点忧郁了，"而且，我觉得你了解我，也许你还喜欢我。"

秋文动了一下，躲避开张思远的目光。

"我碰到许多困难。我的脖子上套着拥脖，我还得拉套，有时候还要驾辕。遇到难题，我常想，假如你在我的身边，假如你能给我当参谋，当后台，当……不论什么，工作和生活就会容易得多了。"

"我这次来，就是为了你。你不会猜不到的，跟我走吧。你去了以后，工作由你自己挑选。还有女儿，她当然跟着我们……"

"什么我们？"秋文的声调是严厉的，"为什么我要去做你的参谋、顾问呢？为什么我要放弃我的工作，我的岗位，我的生活，我的邻居和乡亲，去跟着您做部长夫人呢？"

"瞧，您想的只有自己！官儿大的人总觉得自己比别人重要，是不是？您连一秒钟也没有想到，您可以离开北京，离开您的官职，到我身边来，做我的参谋，我的后台，我的友人。是这样吗？"

"这个方案也可以考虑。"

"可以考虑？官腔！对不起。单冲我刚才的表现，也证明我并不像您想的那么好。您的工作本来就比我的重要一百倍，一千倍。不服是不行的。我拥护您和您的同僚们。你们是国家的精华和希望。你们失去了太多的时间，我相信你们会夺回来。我祝你们成功。我愿意和你们拉起手来。但是我不能去。我已经野惯了。部长夫人的生活会使我窒息。在那样的环境里，我找不到自己的位置。"

"那么在这里呢？你准备在这里终此一生吗？你难道和这里的环境没有距离吗？"

"更多的是融洽。所以我佩服您。您既能当副部长，又能来到山村和我们在一起。还异想天开地想把我也拉了去。而我的适应幅度可没有这么大，我就做个乡村医生吧，给山里人解除一点痛苦。别忘记我们！心上要有我们，这就什么都有了。谢谢您……"秋文的声音有点呜咽了，"我只希望您多为人民做好事，不做坏事……你们做了好事，老百姓是不会不记下的。"

张思远的喉头也郁结了。他缓缓地离去了。秋文没有送他。

他长久地后悔，为什么不多看上两眼，秋文坐的结实沉重的椅子，秋文的没有上过油漆的白木桌子。她的灯，她的书，她的脸盆架，她的草帽和听诊器。这一切物品都比他幸福，这一切物品都昼夜陪伴着秋文，都和秋文在一起。

乡亲们继续招待，胃和头脑一起进行社会调查。豆腐和粉丝，果酒和老醋，全部是自己的副业。鲜鸡蛋，咸鸡蛋，松花蛋和臭鸡蛋，动物蛋白和零花钱都在增长。黍面油炸糕蘸蜂蜜，这是山里人最好的甜食……还有什么困难么？还有什么意见么？就是怕变。只要政策不变，只要这样搞下去，只要再不自己折腾自己，日子就步步登高。

乡下的情况比原来设想的还要好些。你们快点富起来吧，我们的国家指望着你们呢！记住以往的经验教训，稳稳当当地带着我们前进吧，我们农民指望着你们呢！酒足饭饱，他们互相鼓励着。

底下便是告别了。张副部长的秘书很会办事情，在张思远悄悄地回到山村，在他重温了和饱尝了普通老百姓的好处与难处之后一周，当地领导接到了他的秘书的电话。立刻，领导人、接待人员、小汽车都来到了山村。张思远注意地环顾四周，最后他确信乡亲们对他比儿子对他更要理解，他悟到乡亲们那样亲热并不是因为不知道他官复原职而且有升迁，不是不知道他完全有可能坐上小车，带上随行人员前来，而是知道了这一切但更知道他的为人，他的本色。乡亲们对待他没有变，是因为相信他没有变。这让人感动得热泪盈眶。这使一周来的经历更具有动人的美好色彩。于是人们簇拥在一对巨石旁欢送他。别忘了我们！人们希望的不过如此。难道能够忘怀和违背这样的愿望吗？他含着泪坐到了司机旁的当地认为最尊贵的座位上。他的心留在了山村。他也把山村装到自己的心里，装到汽车上带走了。他一无所得？他满载而归。他丢了魂？他找到了魂。在县里与冬冬话别以后向省城驶去。当然，再没有排队，没有野蛮霸道的小孩子和大流氓，没有生葱味，没有令人无法安眠的大房间。我敢忘记我受到了多少照顾吗？我没有责任、没有义务让大家都过上文明和富裕的生活吗？在省城的高级宾馆住过一夜以后他上了飞机。

是四个人一排的头等舱。"禁止吸烟"和"系好安全带"的字灯亮了，发动机像发了疯一样地怒吼。飞机抬头了，他们腾空而起。山村被远远地摞在后面，繁重的工作堆在前面。回去以后他面临的任务棘手而又大有可为，他什么都不怕了。穿着清洁的蓝制服，头上戴着缀有中国民航的银色鹰徽的硬壳帽子的小小的女服务员端来了香茶、夹心巧克力、胶姆糖、纪念画片和一家外商承印的附有广告的飞行时刻表。一只翅膀略略抬高，他们在转弯，达到了预定的高度。比任何一只蝴蝶都飞得高得多。发动机的声音平稳，庄重，叫人放心。机舱愈来愈热了，他旋松头顶的黑色塑料"龙头"，冷空气吹到他的脸上。他隔着圆圆的舷窗长久地注视着祖国大地。他爱这阳光和阴影，轮廓和色彩十分分明的一个又一个的山岭，像是一排排裸露的核桃仁。他爱这线条齐整如棋盘格子的田园。他爱这纵横交错如蛛网的大大小小的道路。什么时候，能把我们的祖国，包括我们的山村，都放到喷气式飞机上，赋予她们以应有的前进的高速呢？难道民国十八年开始用的菜汤，还要继续腌下去吗？下面是云层了，白茫茫，灰蒙蒙。不管飞得多么高，它来自大地和必定回到大地。无论人还是蝴蝶，都是大地的儿子。他拧紧调节空气的旋钮，放低了椅背，他安安静静地睡着了。

桥 梁

　　他吃了一碗鸡丝汤面，一个花卷，几片火腿和几片榨菜。他伸了一个懒腰，点起一支烟吸了几口就掐灭了。他不是诗人，他再没有时间抒情、缅怀和遐想。他必须像牛一样地、像拖拉机一样地工作。工作做好了就有了一切。他换上睡衣和拖鞋，拿起剃须刀架，打开洗澡间的顶灯和整容镜上的罩灯，他放了热水，把胡须剃了个干干净净。所有的愁雾都吞咽到肚子里而面孔在两盏灯的交映下容光焕发。他一贯如此。他往澡盆里放水，不断地用手试着水的温度。他试着哼了哼在旅途中听过的那首香港的什么"爱的寂寞"的歌曲，他哈哈大笑。他改唱起《兄妹开荒》来。他好好地洗了个澡。把一切不必要的，多余的负担都洗掉了，他坚信洗澡是快乐与健康之源。他坚信他会顽强地活下去，工作下去，直到至少家家户户都有一个洁白闪亮的澡盆。他用干毛巾揩净了身体上的水珠。顶灯与整容灯照红了他的皮肤。他还不老。他的血管里流着热和红的血液。他关掉这两个灯，来到客厅。他吸完刚才撂下的那半支烟。他打开落地式收音机，李谷一在演唱《洁白的羽毛寄深情》。他站起来，洗过澡以后人们轻盈得就像蝴蝶。他轻轻走过去打开阳台的钢门。清冷的夜气扑来，他以为是来自山谷的风。他披上大衣走了出去，天上的星星和地上的灯火联结在一起。他看着这些无言的、久远的星星。他发现这些谦逊而持重的，丝毫也不与盛气凌人的新贵——碘灯和钠灯争辉的星星和山村的星星并没有两样。支持她们的是同一个天空，憧憬她们的是同一个地面。在昨天、今天和明天之间，在父与子与孙之间，在山村二郎神担过的巨石与十七层的部长楼之间，在海云的在天之灵与拴福大嫂新买的瓷碗之间，在李谷一的"洁白的羽毛"和民国十八年的咸菜汤之间，在肮脏、混乱而又辛苦经营的交通食堂和外商承印的飞行时刻表之间，在秋文的目光、冬冬的执拗、四九年的腰鼓、七六年的游行，在小石头、张指导员、张书记、老张头和张副部长之间，分明有一种联系，有一座充满光荣和陷阱的桥。这桥是存在的，这桥是生死攸关的。见证便是他的心，便是张思远自己。要使这桥坚固而又畅通无阻。他渴望着一次又一次地与海云，与秋文和冬冬，与拴福一家的相会。他期待明天，也眺望无穷。

　　他做了几个扩胸的动作，深深地吸了几口空气。似乎电话铃在响。他走进温暖明亮的室内，随手拉上了浅绿色的窗帘。他关掉客厅里的灯，走进装有电话的居室。他拿起电话，是部长，向他问候旅途辛苦和健康，问他："任务完成了没有？""差不多了，差不多了。"他爽朗地回答，这个脱口而出的答话恰到好处。然后部长向他叙述了一些情况，通知他后天有一个事关重大的会议，要他准备好发言。

　　他谢了部长，放下电话，走向写字台。最急需看的文件、信件和资料秘书已经送到了这里。秘书开列了一个立刻要处理的事项的清单。他拿起粗大的铅笔。他开始翻阅这些材料，一下子就钻进去了。他觉得有那么多人在注视他、支持他、期待他、鞭策他。

　　明天他更忙。